IESU TIRION

TIRION

LLEUCU ROBERTS

Argraffiad cyntaf: 2005

© Yr Awdur a'r Lolfa Cyf., 2005

Mae hawlfraint ar gynnwys y llyfr hwn ac mae'n anghyfreithlon
i atgynhyrchu unrhyw ran ohono trwy unrhyw ddull ac at
unrhyw bwrpas (ar wahân i adolygu) heb ganiatâd ysgrifenedig y
cyhoeddwyr ymlaen llaw.

Llun a chynllun y clawr: Siôn Ilar

Rhif Llyfr Rhyngwladol: 0 86243 799 7

Cyhoeddwyd, argraffwyd a rhwymwyd yng Nghymru
gan Y Lolfa Cyf., Talybont, Ceredigion SY24 5AP
e-bost ylolfa@ylolfa.com
gwefan www.ylolfa.com
ffôn (01970) 832 304
ffacs 832 782

1: Tedi Blêr a Ffidlan

Erbyn i Myfyr orffen piso am ben Tree, ro'n i wedi hen benderfynu rhoi'r gorau i fy swydd. Neu'n hytrach, i fy swyddi. Bob un ohonyn nhw. Nyrs, Diplomydd, Athrawes, Plismones, Gweithwraig Gymdeithasol, Seiciatrydd... y cwbwl lot. Roedd codi Myfyr a'i gario'n diferu i ffwrdd oddi ar y Tree wleb, sgrechlyd, yn fwy nag oedd yr un dyn byw'n haeddu ei wynebu eto mewn un oes.

'Bygro'r Cylch ma!' gwaeddais, nes dod â gwrid i wyneb fy nghynorthwywraig, sydd hithau'n rhugl mewn rhegiaith ei hun. 'Dwi 'di ca'l llond bol.'

Ddim ar y plant oedd y bai i gyd. Plant ydi plant. Byw i dynnu gwallt a phoeri a phiso am ben ei gilydd oedd y rheini. Ond y plant oedd cychwyn a phen draw pob dim hefyd: nhw oedd cynnyrch a chanlyniad holl gachu rwtsh eu rhieni. Yn y rhieni roedd y drwg. Ac ro'n i wedi cael llond bol, llond cratsh, llond y bali lot. A mwy.

'Ffwcin hel!' meddai Sam wrth sbio ar Myfyr yn piso dros ben Tree.

'Sam!' rhybuddiodd Doreen, ond yn wangalon. Roedd hithau ar union yr un eiliad â Sam yn deud ffwcin hel hefyd yn ei phen wrth sbio ar Myfyr yn piso dros ben Tree.

'Deng munud,' meddwn wrthyf fy hun. 'Deng munud ac mi fydd y cyfan ar ben. Deng munud, ac mi ga i fynd adra. Wna i ddim sbio ar y cloc. Mi eith. Mewn cyn lleied o amser ag y cymer hi i ferwi wy – yn tŷ ni – mi dawelith Tree. Ac mi ddôn Nhw i'w nôl nhw. Mi fydd Tree wedi ei sychu, Myfyr wedi cadw ei bidlan a'r llawr yn sych. Deng munud, ac mi ga i waredigaeth.'

Gwir. Cyn i Kayleigh, dair munud cyn *lifft off* a Iesu Tirion, stwffio darn o jig-sô Postmon Pat yn ddigon pell i lawr corn gwddw Brengain i wneud iddi dagu. Heimlich manwfrodd Doreen hi dros lawr y festri nes i'r telpyn carbord a hanner cynnwys ei stumog dasgu allan o Brengain, hitio Nebo yn ei wyneb, a dwyn sgrechiadau Brengain – fu'n gymharol fud tra bu'n tagu – yn ei sgîl.

Darn o ffedog Mrs Goggins a chynffon Jess y gath fflat oedd o, fel y nododd Sam.

'Shitibiriani,' rhegais. Do'n i byth bron yn arfer rhegi cyn fy mhenodi'n arweinyddes y Cylch Meithrin yn Nantclagwydd.

Wyth mlynedd yn ôl y ces i 'mhenodi. Wyth mlynedd hir, lafurus yn ôl. Newydd fynd oedd Seimon. A finnau'n wynebu magu Gwion ar fy mhen fy hun. Chwa o awyr iach wedi'r straen o geisio cadw'r rhwymau ar ein priodas dros y blynyddoedd a'r boen o gadw slac yn dynn yn ariannol yn mennu fawr ddim ar yr anadl ddofn o ryddhad a roddais. Yn fy iwfforia o ennill fy mywyd yn ôl yn eiddo i neb ond i mi fy hun, mi fûm yn ddigon gorffwyll i geisio am swydd arweinyddes y Cylch yn y pentref wedi i'r un flaenorol ymddeol ar ôl sylweddoli ei bod dri-chwarter ffordd at *nervous breakdown*. Dwn i'm pam yr anfonais fy ffurflen yn ôl: ro'n i'n gneud yn go lew fel oedd hi, ac yn llwyddo'n braf i ryw stwna fel cyfieithydd o adra tra oedd Gwion yn yr ysgol.

Ro'n i'n cychwyn yn y Cylch o fewn cwta bedair awr ar hugain i'r deng munud o gyfweliad ges i.

Yn y dyddiau diniwed hynny, roedd gen i'r syniad gorffwyll

yn fy mhen mai dim ond dwy awr a hanner y dydd o waith oedd y swydd. Dwy awr a hanner bob bore, gan adael y prynhawniau'n rhydd i mi ddal ati efo'r cyfieithu.

Am wythnos y bûm i'n hofran ar gymylau euraid fy anwybodaeth cyn i realiti ddisgyn fel tunnell o lo gwlyb am fy mhen. Ro'n i wedi ffeirio fy rhyddid ffôl am diced un ffordd i'r ddw-lal-wlad, lle'r oedd llinellau rhesymeg fel y gŵyr gweddill y byd amdanyn nhw yn gweithio naill ai ben-i-waered a/neu tu-chwith-allan neu ddim o gwbwl.

'Swn i wedi medru rhoi'r gorau iddi ar unrhyw bwynt yn ystod yr wyth mlynedd, ond wnes i ddim, er mawr syndod i mi fy hun yn gymaint ag i neb. Mae masocistiaeth yn nodwedd gre' mewn menywod yn gyffredinol. Rai ohonon ni'n fwy na'n gilydd.

Fore Gwener y digwyddodd y piso. A'r bore Llun cynt y cychwynnodd helbul y tedi.

Roeddan ni'n ddeg i gyd yn y Cylch ar y pryd: wyth o blant a Doreen y gynorthwywraig a finna. Anaml iawn y cawn ni ffwl-ows efo'r plant i gyd yn bresennol, ond felly roedd hi fore Llun. Llond festri Bethania o weiddi, sgrechian, hitio, dyrnu, a llysnafedd trwyn y plant (a pharthau anatomegol eraill na gwn lle i ddechrau eu rhestru), a rhegi'r mamau. Mae Capal Bethania wedi hen arfer rhoi'i fysedd yn 'i glustiau pan 'dan ni yn y festri (bechod nad ydi'r blaenoriaid wedi dysgu gwneud yr un fath).

'Anti Mafed!' gwaeddodd Lowfi Mefefid wrth ddod i mewn drwy'r drws a'i llygaid yn pefrio. 'Sbïwch be dwi 'di ga'l! Tedi Bêf newydd!'

Ar flaenau'i thraed, chwifiai dedi bêr mawr boliog o flaen fy wyneb. Roedd 'na olwg 'be 'na i?' braidd ar wyneb tedi, neu 'anawsterau dysgu dwys', yn cyferbynnu'n llwyr â'r cyffro ar un Lowfi.

'Neis iawn,' meddwn i, gan synnu damaid: roedd ôl chwarae ar y tedi, y pwythau wedi agor mymryn ar ei fraich a darn o bawen ei droed ar goll. Nid tedi newydd mohono. Go brin bod Melangell Wyn Parry LLB, mam Lowfi, wedi prynu tedi ail-law i'w huniganedig! Doedd hi byth yn prynu dim ar stondin bric-a-brac y Ffair Wanwyn na'r Ffair Dolig gan mai dim ond pethau newydd sbon danlli grai wnâi'r tro i'w merch fel arfer (pwy ŵyr pa jyrms a lechai yn y blew a'r stwffin). Nid tedi dau ddwrnod oed o'r Early Learning Centre mo Ted coes-glep yn fama: mwy o dedi blêr na thedi bêr – heb fod yn steil Melangell Wyn Parry LLB, yn sicr.

'Rown ni o ar Ben y Piano, ia?' bachodd Doreen y tedi o goflaid dyner Lowfi.

Ein harfer yn y Cylch yw gosod unrhyw deganau o adra'n rhes ar ben yr hyrdi-gyrdi ansoniarus a elwir yn drosiadol yn biano, tan amser 'Iesu-da-amen-cot-ag-adra' rhag ennyn rhyfel ymhlith yr ŵyn. Mae digon o achos cynnen yn y teganau sydd eisoes yn y Cylch heb ddod â thaflegrau criws ar ffurf teganau o adra i mewn i bethau.

'Oes faid?' cwynodd Lowfi, gan sbio ar ei mam.

'Sa well,' meddai Melangell. 'Ti'm isio i'r plant erill frifo tedi a titha prin yn 'i nabod o eto, nag wyt?'

Mae'n siŵr gen i mai ystyriaethau'n ymwneud â 'meddiant yn naw rhan o ddeg o'r gyfraith' oedd yn mynd drwy feddwl Melangell gan mai ystyriaethau felly oedd ei byw a'i bod o ddydd i ddydd, ond ddywedais i ddim byd.

Glaniodd Brengain, gan lusgo'i mam tu ôl iddi. Parodd hyn i Melangell Wyn Parry LLB droi ar ei sawdl sidêt yn chwimwth a diflannu drwy ddrws y festri'n reit sydyn heb y sws na'r 'hogan-dda-'ŵan' arferol i Lowfi. Yn ôl y sôn, dydi Melangell na Susan, mam Brengain, ddim wedi maddau i'w gilydd ers i Brengain alw Lowfi'n bitsh ar lwyfan y Neuadd Goffa adeg Drama'r Geni y llynedd. 'Does dim lle yn y llety' oedd geiriau Brengain i fod, ond mi welodd yn dda i goethi mymryn ar y sgript ac ychwanegu 'i chdi'r bitsh' wedi i Lowfi (Mair) dynnu ei gwallt tu ôl i'r llwyfan yn ystod sych-anerchiad agoriadol Cadeirydd Pwyllgor y Neuadd Goffa. Mi fu 'na hen ffraeo a bygwth cyfraith yn ystod 'O Deuwch Ffyddloniaid' wedyn – digon i neud noson un neu ddwy ohonon ni: anaml 'dan ni'n cael sioe gega rhwng cyfreithwraig barchus a darlithwraig prifysgol ar yr arlwy ar noson Drama'r Geni.

Roedd Brengain wedi dod â'i chyfrifiadur *V-tech* (i blant 6–8 oed) efo hi i'r Cylch a Susan eisoes yn brolio'i sgiliau llythrennedd o flaen y plant a'r mamau eraill. Cafodd Doreen bleser mawr yn ei fachu a'i osod ar Ben y Piano o dan drwyn Susan.

''Dan ni'n *trio* deu'tha'r plant am beidio â dŵad â stwff o adra i'r Cylch,' meddai'n ddigon bethma, gan agor fflodiart arall o froliant gan Susan – wedi'i wisgo mewn ffug-ddiymhongarwch wrth gwrs.

'Fedrith hi'm bod hebddo fo, ma gin i ofn… rêl poen. Darllan, cyfri, sgwennu. Mae'n anodd dal i fyny efo hi, cofiwch. Dwn i'm be i neud, oedd hi'n nabod 'i llythrenna i gyd cyn troi'n ddwy.' Tytiodd fel pe bai hi'n gwaredu at dwpdra ei merch. Brengain Cadwaladr, ymgnawdoliad o'r cysyniad o beniogrwydd – heb eto gyrraedd ei phedair, ac ar fin troi'r deugain…

'Ella sgwennan ni lythyr 'ta,' atebodd Doreen. 'A geith hi'i ddarllan o i ti. I ddeud bod 'na'm tegana i ddŵad i'r Cylch.'

'Prin fedrwch chi alw cyfrifiadur yn degan!' brathodd Susan.

Penderfynais gamu rhwng y ddwy.

'Mi fydda i'n neud rw 'chydig o sgwennu hefo'r plant sy'n medru bore ma,' meddwn wrth Susan, heb fwriad yn y byd o wneud y fath beth. Mae rhai rhieni'n meddwl mai dŵad i'r Cylch i ddysgu sut i sgwennu traethodau mae eu hepil athrylithgar, i'r diawl â datblygu sgiliau cymdeithasu a chyd-chwarae.

Cyrhaeddodd Myfyr wedyn. Ymddangosodd yn nrws y festri yn ôl ei arfer a Doreen a finnau'n methu ei riant (pa un bynnag ydoedd) unwaith eto. Dim ond braich a welem ar y gorau, a hynny 'mond pe baem yn digwydd bod yn edrych i gyfeiriad y drws, braich yn rhoi gwthiad bach i Myfyr i mewn aton ni cyn diflannu eto. Prin y bydden ni, dri mis cyfan wedi i'r bych gychwyn yn y Cylch, yn nabod y tad pe penderfynai hwnnw un bore gamu i mewn dros riniog y festri a dangos mwy na hyd ei fraich i'r ddwy ohonon ni.

'Ty'd 'ta, Myfyr bach,' anelais ato i afael yn ei law. Mae'r demtasiwn i'w alw'n byr-Fyfyr bron â mynd yn drech na fi'n aml, gan mai pwtyn bach ydi o, yn cyrraedd fawr pellach na 'mhenaglinia i a Doreen. Planais o ar y mat yn y gornel dawel lle'r oedd Kayleigh Siân a Shaniagh Wynne, efeilliaid Doreen, eisoes yn archwilio parthau mwyaf cyfrinachol y doliau gwrywaidd.

'Hen bryd iddyn nhw gael brawd bach,' ebychodd Doreen, wrth i Kayleigh Siân droi ei sylw a'i diddordeb at Myfyr, y ddoli fach wrywaidd fyw a oedd newydd lanio. Rhybuddiodd Doreen ei merch hyna, o ddau funud a hanner, i roi crys-T Myfyr yn ôl yn daclus yn ei drowsus.

'Sgin ti blania?' gofynnais, gan wybod hefyd y byddai angen iddi ddod o hyd i ddyn cyn medru gwireddu unrhyw obaith am frawd bach i'r ddwy. Roedd Tom yn hen hanes ymhell cyn i'r ddwy fach gychwyn yn y Cylch.

'Sgin ti git *A.I.*?' gofynnodd Doreen.

Sam gyrhaeddodd nesa. Safai yn y drws o flaen ei fam a'r ddymi foreuol yn ei geg. Er bod Sam yn nai iddi, aeth Doreen drwy ei rigmarôl Ben y Piano arferol wrth halio'r plastig crwn o safn y teirblwydd. Daliodd Sam ati i sugno am eiliad neu ddwy cyn sylweddoli bod y ddymi wedi diflannu.

'Mi lychodd 'i wely neithiwr a finna heb roi dim iddo fo yfad ar ôl pedwar, 'lly go slo ar y llefrith,' gorchmynnodd ei fam, Tina, sy'n chwaer i Doreen.

'Esu, fydd o 'di sychu'n grimp cyn penwsos gin ti,' meddai Doreen yn swta. Mae'r efeilliaid chwe mis yn hŷn na'u cefnder, a Doreen yn ystyried ei hun yn llawer mwy o law ar y busnes magu ma na Tina… gan anghofio weithia bod gan Tina fab arall, James, sy wyth mlynedd yn hŷn na'i hanner brawd, a bod Tina wedi magu'r ddau ar ei liwt ei hun o'r crud.

Aeth Sam draw i chwarae ar y beics. Sylwodd Kayleigh Siân arno drwy gornel ei llygaid a rhoddodd y gorau ar amrantiad i chwarae 'chwilio biji-bo'r ddoli' efo'i hefaill. Yr eiliad y cododd Sam ei goes i esgyn ar y beic bach lliwiau cynradd tair olwyn, roedd Kayleigh yno'n ei swsio'n wlyb ar hyd-ddo. Disgynnodd Sam yn glewt ar lawr a dechrau gweiddi crio.

'Gotsan!' gwaeddodd ar Kayleigh – yn agos iawn at ei le, meddyliais.

'Sam!' ceryddais. 'Sna'm iaith fel'na i fod yn y Cylch, nag oes?'

'Ar blydi James ma'r bai,' eglurodd Tina. 'Rhegi o'i flaen o bob munud. Dwi'n deud a deud 'tho fo am 'i chau hi.'

Yn ôl a wela i, dydi Sam ddim yn dysgu'r nesa peth i ddim o iaith gan neb heblaw am James: fo ydi'r unig un sy'n gadael unrhyw argraff ar lefaredd y plentyn gan nad yw Sam prin yn agor ei geg o gwbwl ac eithrio i regi. Gwenais wên hynod o gydymdeimladol ar Tina i'w gyrru ar ei hynt. Roedd Heidi Moon wedi ymddangos yn nrws y festri ac yn mynnu fy holl sylw.

'Tree dim...' gwnaeth fosiwns bwyta. 'Dim *muesli*... dim *apple*... dim *nothing at all*...'

Ers dau neu dri mis yn unig roedd Heidi wedi bod yn dysgu Cymraeg a chwarae teg iddi, roedd hi'n mynnu siarad yr iaith bob cyfle posib, er mawr rwystredigaeth i Doreen.

'Don't worry, she always eats toast here,' meddai fy nghynorthwywraig, sydd eto i ddysgu sut i gynorthwyo dysgwyr yr iaith.

'Bara cyflawn organig...?' holodd Heidi eto, gan ynganu'n hynod o gywir.

'Yes, yes, same as usual.' Roedd pen draw ar amynedd Doreen.

Aeth Heidi allan yn ddynes gymharol fodlon ei byd cyn i mi orfod ategu celwydd Doreen. Bara sleis gwyn fydd hi bob amser yn ei brynu – bara ugain ceiniog am bum torth math-o-beth o Tesco. Mi fydda i'n gneud mwy o ymdrech am yn ail fore â hi i ddod o hyd i'r bara cyflawn organig mae Heidi'n ei fynnu i'w merch, ac oni bai ei bod hi'n mynd yn sgrech arna i, mi ydw i'n llwyddo. Mae Doreen yn defnyddio'r un cwdyn plastig 'bara cyflawn organig' bob bore i guddio'i thafelli gwyn, cleiog hi: duw a ŵyr be fyddai gan y bobol iechyd a diogelwch i'w ddeud am hynny. Ond 'na fo, to'n i'm yn pasa deud wrthyn nhw.

Roedd Tree eisoes yn torri gwallt Sam efo darn o *sticklebrick*. Hogan ydi hi – Tree 'lly – er i ni graffu'n hir ar y ffurflen gofrestru ar ei bore cynta yn y Cylch i wneud yn siŵr a methu â chanfod goleuni ar honno chwaith. Fydd hi byth yn gwisgo dim byd heblaw trowsus cordyroi brown efo crysau'n clasio o'r siop ail-law yn y dre ac mae ganddi gapan o wallt fel mynach heb y corun moel. Y bore cynta hwnnw, mi wrandawodd Doreen a fi am gliwiau yn sgwrs Heidi wrth iddi ddod i'w chasglu a ddangosai ai merch ai bachgen ydoedd, ond ni phrofodd hynny ddim yn bendant chwaith gan fod Heidi'n drysu ei 'hi' a'i 'fo' cymaint. Doreen fu'n gyfrifol am ateb y cwestiwn mawr ar ail fore Tree yn y Cylch. Roedd hi wedi bod â charfan o'r plant, Tree yn eu plith, yn y tŷ bach.

'Ista!' meddai Doreen yn fuddugoliaethus wrth ddychwelyd, a deallais yn syth: gneud pî-pî ar ei heistedd roedd Tree gan awgrymu'n gryf mai merch oedd hi – er nad oedd yn brawf i sicrwydd chwaith gan fod un neu ddau o'r hogiau'n dal i neud pî-pî ar eu heistedd hefyd.

'Het wirion yn anghofio llenwi blwch hogyn neu hogan,' meddai Doreen wrth sbio eto ar y ffurflen gofrestru, 'ac ma gynni ddwy ochor yn rhestru be ma hi a be ma hi ddim yn ga'l fyta a be ma hi'n ca'l a be ma hi ddim yn ca'l chwara hefo nhw… dim *action men*, dim lego ar ffurf gwn…'

O'r diwedd daethai Doreen a fi o hyd i gymal ar y ffurflen mewn sgrifen fân, fân lle'r oedd Heidi wedi rhoi'r gorau i ddefnyddio'r Gymraeg annealladwy oedd ganddi dros weddill y ffurflen fel cyfrwng mynegiant ac wedi sgwennu *'she finds scenario interface interaction stimulating'*.

'Bingo!' gwaeddasai Doreen, 'hogan 'dio!'

'Dowch i ista 'ta,' clapiais fy nwylo i ennyn sylw fy nosbarth bach angylaidd wedi i Heidi adael. Daeth pawb ond Shaniagh Wynne yn syth, ac mi ddaeth hithau hefyd, fymryn yn groes i'w hewyllys, pan gariodd Doreen hi'n ddisymwth dan ei chesail at y cadeiriau bach.

'Rŵan 'ta,' dechreuais, wedi iddyn nhw i gyd ryw lun o ymlonyddu. 'Dwi isio gwbod be dach chi i gyd wedi bod yn neud drosd y penwsnos.'

'Busnesa 'di hynna,' meddai Doreen dan ei gwynt a gwên faleisus ar ei hwyneb.

'Ma'r Mudiad yn annog siarad rhydd gin y plant am 'u profiada,' meddwn wrthi, ac aeth y plant i gadw reiat yn syth wrth ein gweld ni'n dwy'n siarad â'n gilydd. Ro'n i wedi cynllunio fforwm siarad bach gwaraidd wrth gofrestru, a phob plentyn yn cyfrannu dogn o'i brofiad ar lafar i hybu ei sgiliau llefaredd a rhannu geirfa a chydgyfranogi o iaith ei gyfoedion.

'Busnesa 'run fath,' mynnodd Doreen.

Anadlais anadl ddofn cyn bwrw ati eto, a chael dim ond wynebau gweigion yn ateb i 'nghwestiwn.

'Sam. Be fuist ti'n neud?' promptiais.

'Damia!' ebychodd Sam. 'Dwi isio chwara ceir.'

'Yn munud,' meddwn. 'Ar ôl i chdi ddeud wrtha i be fuist ti'n neud ddydd Sadwrn.'

'Dwi isio chwara ceir,' atebodd Sam.

Cododd Lowfi Mefefid ei braich.

'Fuish i'n chwafa efo Hafi Eufwyn!' Ei chefnder yn y Bala ydi Hari Eurwyn. Mae o bum mlynedd yn hŷn na hi ac yn Dduw iddi mewn welintyn-bwts. 'Aeth Hafi Eufwyn â fi i weld y defaid!'

'Do?'

'Do. Ag aeth Hafi Eufwyn â fi am dfo i weld y gwafthiag.'

'Do?!'

'Do. Ag aeth Hafi Eufwyn â fi am dfo i weld y chwiaid.'

'Do?!'

'Do. Ag aeth Hafi Eufwyn â fi am dfo i weld Meg y ci defaid.'

Ddywedais i ddim 'do' y tro hwn, dim ond sbio arni a thrio dychmygu sawl math o wahanol anifail fedrai fod ar fferm Hari Eurwyn cyn iddi redeg allan o stêm. Ond doedd dim angen promptio ar arabedd Lowfi Mefefid.

'Ag mi aeth Hafi Eufwyn â fi am dfo i weld yf ieif bantam.'

'Shaniagh? Be fuist ti'n…?

'Ag mi aeth Hafi Eufwyn â fi…' torrodd Lowfi Mefefid ar 'y nhraws, 'am dfo i weld yf ieif Ffôd Eiland Fed.'

Crychodd Doreen ei thalcen – sut aflwydd oedd cau pen hon?

'Shaniagh?' holais eto. 'Fuist ti'n rwla dydd Sadwrn neu ddoe?'

'Do,' meddai Shaniagh, ar ôl meddwl yn hir.

'Lle?' holais yn llawn brwdfrydedd.

'Adra,' meddai Shaniagh. 'Ag yn gwely, ag yn lownj, ag yn toilet…'

'A chditha, Tree?' torrais ar draws Shaniagh. Athrawes wael…

Cefais wybod am daith Tree efo'i mam i'r Ganolfan Dechnoleg Amgen ger Machynlleth. Mae Heidi'n mynd lawr yno bob penwythnos i gynnig ei hamser yn wirfoddol i'r prosiect codi tai gwellt. Mae hi wedi arbenigo ar ddulliau adeiladu amgylcheddol gywir, ac maen nhw'n byw mewn tŷ o wellt ar gyrion y pentre. Yn amlach na pheidio, mae Tree'n mynd efo hi i Fachynlleth.

Cyrhaeddodd Nebo tua phum munud i ddeg. Ei chwaer hyna ddaeth ag o – yn miglo o'r ysgol fawr eto. Yr ola o saith ydi Nebo, ei rieni wedi methu cael enw call arall erbyn iddo fo lanio. Ac eto, dwi'n teimlo weithia bod rhywbeth yn addas yn yr enw. Yr ieuenga o saith plentyn swnllyd, na welai neb o'i lu brodyr a chwiorydd ei golli am hydoedd pe diflannai fory nesa: Nebo-bwys.

Doedd 'na fawr o wahaniaeth bod Nebo wedi colli'r sesiwn sgwrsio chwaith – prin ei fod o wedi deud gair ers iddo gychwyn yn y Cylch.

'Mi siaradith pan benderfynith o fod o isio gneud,' oedd cyngor didoreth Bethan, ei fam. 'Swn i'n meddwl ella'i bod hi'n reit fodlon fod 'na *un* distaw mewn saith.

Am un funud ar hugain wedi deg o'r gloch y glaniodd y bom ar y bore Llun tyngedfennol hwnnw. Dwi'n cofio, achos digwydd edrych i gyfeiriad y cloc ro'n i pan sylwais ar Tree'n rhythu ar Ben y Piano.

'Be sy, Tree?' gofynnais.

Pwyntiodd at dedi bêr Lowfi Mefefid.

'Tedi fi 'di hwnna,' meddai.

Yn anffodus, roedd clustiau radar Doreen yn digwydd bod wedi eu pwyntio i'r un cyfeiriad â fy rhai i. Crychodd ei thalcen wrth synhwyro rhyw ddrwg yn y caws.

'Naci,' eglurais yn bwyllog wrth Tree. 'Tedi Lowri ydi hwnna. Tedi *tebyg* i dy un di ydi o.'

Daliai'r fechan i rythu ar y tedi fel pe bai'n ceisio dod o hyd i dystiolaeth ar ei bryd a'i wedd a fyddai'n cadarnhau ei hamheuon.

'Tedi fi 'dio,' meddai eto. 'Bruno.'

'Tedi *tebyg* i Bruno,' ymdrechais, a gwybod hefyd 'mod i'n colli'r frwydr.

'Na! Bruno *ydi o*!' Roedd llais Tree'n codi wrth iddi synhwyro anghrediniaeth ei hathrawes.

'Ella mai 'ta,' meddai Doreen gan sbio arna i, heb helpu rhyw lawer ar y sefyllfa.

Penderfynais nad rŵan oedd yr amser i ymladd brwydrau perchnogaeth Bruno, neu pwy bynnag oedd o, ac roedd Lowfi Mefefid wedi dechrau sylwi ar ein diddordeb yn y tedi.

'Amser llefrith!' cyhoeddais, a hysio'r plant at y byrddau bach.

'Ddim eto,' meddai Doreen gan sbio ar y cloc. ''Dan ni ddim 'di gneud y cardia myddyrs-dê eto.'

'Nawn ni nhw wedyn, yn syth wedi llefrith,' meddwn i gan agor y carton llefrith. ''Nei di neud y tôst, plîs?'

Aeth Doreen draw at gegin y festri – nid ei bod hi'n haeddu'r fath label. Teciall a thostar a sinc. Hyd a lled ei chegindod.

Bu'r plant wrthi'n ddiwyd yn gludo papur *crêpe* ar gerdyn a thalcen a thrwyn, nes i Tree anghofio am Bruno – am y tro. Gosodwyd y cardiau 'Diolch, Mam' i sychu ar y lein gortyn yn y gongl dros y gwresogydd a thyrrodd yr wyth angel bach ar y mat i ganu 'Un Bys, Un Bawd' a 'Jî Geffyl Bach' a 'Wyth Crocodeil'. Gwnes bwynt o'u troi i wynebu'r ffenest yn hytrach na'r piano rhag ennyn rhagor o ddiddordeb yn Bruno. Câi'r canu fod yn ddigyfeiliant am heddiw: hybu sgiliau cerddoriaeth y glust.

Daeth amser 'Iesu Tirion' a chaeodd pob un o'r plant ei lygaid a rhoi ei ddwylo at ei gilydd fel pob angel bach da. Pob un ond Tree, a oedd â'i llygaid ar agor a'i phen ar dro yn ceisio sbecian ar Bruno.

'Iesu Tirion, gwely nawr

Blentyn bach yn bolgi mawr

Wrth fy ngwenda, ty'd â'r ha

Paid a'm gwnffon, Iesu da. Amen. Côt.'

Heidiodd y plant at eu cotiau bron cyn gorffen yr 'Amen'. Cesglais y creadigaethau cerdyn a *chrêpe* i'w dosbarthu i bob plentyn wrth iddo fo neu hi fynd drwy'r drws i ofal rhiant neu warcheidwad. Casglodd Doreen y teganau-o-adra gan gynnwys Bruno i'w breichiau.

Roedd Melangell Wyn Parry LLB yno'n barod, diolch i ryw Dduw, a Heidi Moon heb gyrraedd. Gafaelodd Lowfi yn y tedi o goflaid Doreen a'i wasgu nes bygwth rhwygo'i bwythau a gwasgaru ei ymysgaroedd stwffinog. Diflannodd Lowfi a Melangell, a phan drois i rownd, roedd 'na ddagrau yn llygaid Tree fach.

'Bruno…' criodd. Edrychais ar Doreen a chododd honno ei hysgwyddau.

'Sbia di am Bruno ar ôl i chdi fynd adra, 'ŵan,' meddwn wrth yr hogan fach oedd yn torri ei chalon yn dawel ar y mat. 'Gofyn di i Mam. Siŵr gin i fod Bruno adra'n disgw'l amdana chdi.'

Mungo Moon, tad Tree, ddaeth i'w chasglu, nid ei mam. Roedd Cymraeg Mungo'n salach nag un Heidi hyd yn oed – ond ei awydd i'w siarad yr un mor gryf.

'Diolch,' meddai wrth Doreen a finnau. Gwelodd y cerdyn Sul y Mamau yn llaw fach Tree. 'Oh, cardan! Neis. *What's this sool-eh-mameyh then?*' gofynnodd i mi.

'*Mother's Day,*' atebais. ''Dan ni wedi bod yn gneud cardiau Sul y Mamau.' Ynganais bob sillaf mor glir ag y medrwn. '*Mothering Sunday.*'

'Ia. Da iawn,' meddai Mungo, heb ddallt fawr ddim. Gafaelodd yn llaw Tree ac aeth allan.

'Sgandal 'ta be?' meddai Doreen wedi i'r ola o'r plant ein gadael.

'Be 'ŵan?' ffugiais anwybodaeth.

'Y *tedi*, 'de!' meddai Doreen fel pe bawn i'n jolpan wirion.

'Be amdano fo?' holais, yn rêl jolpan wirion yn meddwl bod Doreen heb fedru rhoi dau a dau at ei gilydd a gneud rwbath o bedwar i fyny.

'Dwi 'di *bod* yn ama,' meddai hi wedyn. 'Tydan nhw byth yn torri gair hefo'i gilydd 'run bora pan ma'r ddau'n landio 'run adag. Shŵar sein i chdi. Misdimanas fan'na.'

'Mungo Moon a Melangell Wyn Parry?!' Sut ar wyneb daear fedrai hi amau'r fath uniad?

'Ers iddi ga'l o off y *possession charge* 'na llynadd.'

Canabis yn agor y ffordd i fyrdd o shenanigans lliwgar... digon posib. Ond be oedd gan hynny i'w wneud efo Bruno?

19

'Obfiys tydi!' dechreuodd Doreen ar ei sbîl Inspector Morsaidd. 'Mae *o* 'di rhoi tedi bêr 'i hogan bach yn bresant i hogan bach 'i *bit of fluff*. Clir fel jin.'

Anadlais yn ddwfn. Oedd, beryg. Yn glir fath â'r London's gora ar ôl ca'l bath. A Lowfi Mefefid a Tree'n socian yn 'i ganol o.

Diolch byth, ddaeth Bruno ddim yn agos i'r Cylch fore dydd Mawrth. Cafwyd sesiwn bur rydd o unrhyw gomosiwn, unwaith y llwyddais i a Doreen i fficsio'r giât plant yn y drws rhwng y festri a'r capel. Mae'r giât wedi bod yn broblem ers talwm. Tydi hi ddim yn gweithio, yn y bôn, os mai atal plant yw ei phwrpas ac, ar y cyfan, dwi'n tybio mai atal plant *ydi* pwrpas giât atal plant.

Tydi'n giât ni ddim hyd yn oed yn arafu dim ar blentyn sydd â'i fryd a'i feddwl ar groesi'r ffin rhwng y festri a'r capal. Os rhywbeth, mae ei bodolaeth ynddo'i hun yn denu'r diawliaid bach i'w chroesi. Cymer ddeg munud solet i'w gosod, a deg nano-eiliad i'w tharo ar lawr a'i chroesi. Treuliwn ran helaeth o amser y Cylch yn rhedeg fel petha gwirion drwy'r capal ar ôl un neu fwy o'r cythreuliaid tair troedfedd: maent â mantais drosom, wrth gwrs, gan na fedrwn eu gweld dros gefnau'r corau. Brengain a Myfyr oedd y tresbaswyr fore Mawrth, a Doreen oedd yn trio'u dal. Welais i 'rioed mohoni'n chwythu cymaint. Yn y diwedd, bu'n rhaid iddi daflu ei chorpws sylweddol pedair-stôn-ar-ddeg *weight-watcher*og dros reliau'r allor cyn medru bachu coler Brengain a'i dwyn yn ôl i'r gorlan.

'Basdads bach!' ebychodd Doreen yn ddigon uchel i adael argraff ar feddyliau'r plant wrth ddod yn ôl i'r festri'n chwys doman dail. 'Chdi 'ŵan.' Haws dweud na gwneud yn achos Myfyr bach: ond roedd colli ei bartnyr in creim wedi ei arafu o fymryn hefyd. Penderfynais ddefnyddio tactegau mwy dan din.

'Os nad w't ti'n dŵad ata i i fama *rŵan*, Myfyr,' cyhoeddais o ddrws y festri, 'fydd 'na ddim chwara siop drin gwallt i chdi am wsos gyfa *ac* mi gei di ista'n gornal nes amsar mynd adra.'

Mi gododd pen bach dros gefn un o'r corau.

'Ty'd 'ŵan, i chdi ga'l tôst.'

Chafodd o ddim tôst, ac mi roish i fo i ista'n gongl beth bynnag. Fedra inna fod rêl bitsh bach pan dwi'n trio 'ngora 'fyd.

Pum munud oedd 'na i fynd pan ddechreuodd Lowfi sôn am Bruno.

'Mae o'n dŵad i'f gwely hefo fi bob nos,' cyhoeddodd yn falch wrth Tree.

Medrwn weld Doreen drwy gornel fy llygaid yn trio cofio lle'r oeddan ni'n cadw'r canllawiau ar Gam-drin Plant… ond sôn am y tedi oedd Lowfi, nid ei roddwr.

'Dwi'n foid o i ista dfws nesa i Lal-la a Po. Ma' Caflo'n licio Po.'

'Pw' 'di Caflo?' gofynnodd Tree.

'Caflo! Ddim *Caflo*!' ceryddodd Lowfi. 'Y tedi oedd gin i ddoe! Tedi newydd gin Dad chdi.'

'Tedi fi 'dio!' protestiodd Tree. 'Tedi *fi* 'di Bruno!'

'Naci, tad,' haerodd Lowfi. 'Ma Dad chdi 'di foid o i fi. Pan oedd Mam yn sâl yn gwely a fo 'di dŵad i destio'i bfestia hi.'

'Reit 'ta, genod! Be dach chi isio ganu?' torrais ar draws, er mawr ddiflastod i Doreen.

Toedd Lowfi ddim isio torri'r stori yn ei blas, serch hynny.

'Esh i mewn i llofft Mam atyn nhw, wedyn aeth Dad chdi lawf i'f caf i nôl Caflo i fi a deud wftha fi am fod yn hogan dda a mynd i ista o flaen *Planed Plant*.'

"Mi Welais Jac y Do'? 'Duw Wnaeth yr Heulwen'? 'Wyth

Crocodeil…'?!' Roedd fy llais i bron â bod yn eu canu'n barod. Roish i ddim cyfle i neb ymateb cyn lansio ar 'Un Bys, Un Bawd yn Symud,' gan chwifio 'mysedd fel rwbath ar sbîd o flaen y wynebau gweigion o 'mlaen. Cododd y canu'n raddol bach wrth iddyn nhw ryw how-fwmian y diwn, ac anghofiwyd am Bruno-Caflo. Gin bawb ond fi a Doreen.

Tad Lowfi oedd yno i'w chasglu. Wyddwn i ddim ai da hynny 'ta peidio: o leia, doedd dim rhaid i mi na 'nghynorthwywraig eiddgar am sgandal orfod ei hwynebu hi, Melangell, wedi datgeliadau'r bore. Gwyddwn o'r gorau na fyddai Doreen wedi medru maddau i sbio ar y brestiau fu'n destun sgwrs ei merch gwta ddeng munud ynghynt.

Cyfrifydd ydi Roger, Mr Melangell Wyn Parry LLB. Mae'n gwisgo siwtiau llwyd ac yn gyndyn i agor ei geg wrth siarad. Gwenodd yr hyn a ystyriai'n wên cyn diflannu efo'i ferch.

A Heidi Moon gasglodd Tree. Siom deublyg i Doreen.

Diflannais innau'n bur ddisymwth gan fwmian rhyw esgus am blymar a pheips er mwyn osgoi'r jiws roedd Doreen ar dân am ei rannu â rhywun. Es adra i dŷ heb broblem efo'i beips a dechrau paratoi brechdan yn ginio: rhois y menyn yn y cwpwrdd llestri, a'r llefrith yn y popty cyn medru tynnu fy meddwl oddi ar y darlun o Mungo Moon yn archwilio brestiau Melangell Wyn Parry LLB, a fuo 'na fawr o lewyrch ar y cyfieithu drwy'r pnawn.

Fore Mercher y ffrwydrodd y llosgfynydd a phoeri brwmstan dros waliau dihalog festri Bethania.

Fel y mae dydd yn anorfod yn camu naill ochr i wneud lle i'r nos, a lleuad wedi haul, daeth awr y cyfarfyddiad rhwng Mungo a Melangell a Doreen a finnau yn y Cylch. Ro'n i wedi llwyddo i rybuddio Doreen rhag agor ei cheg pe digwyddai'r ddau lanio yn ein plith ar yr un pryd, ac mi lyncodd ful am i mi *feiddio* meddwl y gwnâi hi'r fath beth. Un cysur bach oedd geiriau Doreen ynghylch sut roedd y ddau prin yn cydnabod bodolaeth ei gilydd fel arfer. Byddai clywed y ddau'n creu sgwrs â'i gilydd er ein budd ni yn sicr o wneud i mi gochi o embaras drostyn nhw – fel taswn *i*'n euog am 'y mod i'n gwybod rhywfaint am eu cyfrinach *nhw*.

Mungo a Tree gyrhaeddodd gynta. Es ati i gogio bach 'mod i'n dra phrysur yn gosod y potiau paent allan yn barod i'n Leonardos bach ni. Anelodd Doreen yn syth tuag ato.

'Bora bach braf,' dechreuodd – yn araf, iddo ddallt.

'Neis iawn, *indeed*,' medda fo.

'Rhy braf i weithio,' daliodd Doreen ati. Gwyddwn fod yr hulpan ar fin pwsio'i lwc...

'Ym... Doreen!' ceisiais swnio'n ddidaro. 'Ga i dy help di hefo'r paent ma?'

Anwybyddodd Doreen fi.

'Rhy braf i neud dim byd... blaw gorfadd yn gwely,' meddai Doreen wrth Mungo. 'Ond hen le unig 'di fanno heb gwmni.'

'*I'm sorry?*' meddai Mungo heb syniad be oedd hi'n ddeud.

Gwenodd Doreen.

'*Nice morning,*' meddai hi wedyn, yn gwybod yn iawn na ddeallai Mungo mohoni: fy herio i roedd hi'n ei wneud, gwthio at ymyl y dibyn...

'*Bo-rah brah-v ieon,*' meddai Mungo'n araf i gadarnhau – eto – brafrwydd y bore.

'Fydd Lowri ddim isio llefrith o hyn allan.'

Roedd Melangell Wyn Parry wedi ymddangos y tu ôl i Mungo ac yn siarad efo ni.

'O?' mentrais.

'Dwi am 'i thrio hi ar ddeiat heb gynnyrch llaeth am rw hyd… gweld os medar hi ddygymod â bod yn fîgan.'

'*Vegan?*' gofynnodd Mungo a throi i siarad efo hi. Mae Mungo a Heidi a Tree yn figaniaid. '*Is that what you said?*'

Nodiodd Melangell, bron heb sbio arno.

'Dwi'n weld o'n gweithio i fi,' meddai Melangell wedyn gan anwybyddu Mungo. 'Meddwl trio fo ar Lowri.'

'Ia… iawn,' meddwn i. 'Dŵr? Ta sgwosh?'

'Dŵr, siŵr iawn,' meddai Melangell.

'Dŵr, *good old H2O*,' meddai Mungo. '*Tap, bottled or filtered? Shouldn't go for tap,*' cynghorodd Mungo Melangell.

Rhythodd hithau arno am eiliad: Ti'm i fod i siarad hefo fi o'u blaenau nhw! Cau hi!

Dalltodd Mungo mai taw piau hi, a throdd ar ei sawdl.

'*Os* na dio'n ormod o drafferth,' gwenodd Melangell.

'Troi tap, agor potal, prin bod '*run* yn *drafffarth*,' mwmiodd Doreen a diflannodd gwên Melangell: fedrodd hi 'rioed odda Doreen.

Trodd hithau Melangell ar ei sawdl, a diflannu heb sws na 'hogan dda 'ŵan' i'w merch eto fyth. Gwyliodd Lowfi ei mam yn mynd drwy'r drws a gwawriodd rhyw olwg fach 'be 'na i?' yn ei llygaid. Es ati i'w helpu i dynnu ei chot. Doedd hi ddim yn rhyw barod iawn i adael i mi agor y botymau, a buan iawn y sylweddolais i pam. Be ddisgynnodd allan o'i guddfan dan ei chot ond y tedi. Ddim eto, meddyliais. Ond roedd Doreen wedi achub y blaen ar unrhyw ebychiad y medrwn ei ynganu.

'Ben y Piano,' cyfarthodd gan fachu tedi oddi ar lawr fel corwynt. Edrychai Lowfi fel pe bai hi ar fin torri allan i grio. Ceisiais ei denu i gornel y tŷ bach twt i wneud panad o de i

Anti Doreen ond doedd yna ddim fedrwn i ei ddeud i dynnu ei meddwl oddi ar Caflo. Ceisiais ei chymell i roi dŵr yn y teciall plastig coch a rhoi tafell blastig frown yn y tostyr plastig glas a melyn, a daeth Doreen aton ni i ganmol y wledd roedd Lowfi'n ei pharatoi iddi heb wên ar ei hwyneb.

'Be am neud *pizza* i Anti Doreen 'ŵan?' cynigiais a gafaelodd Lowfi'n ddigalon yn y trionglau lliw chŵd a'u taro'n ddiofal ar blât plastig gwyrdd.

'Fedra i'm o'i fyta fo heb fforc,' meddai Doreen.

'Sgin ti fforc i Anti Doreen?' gofynnais yn frwd.

Slapiodd Lowfi fforc ar y bwrdd o'i blaen ac wrth godi'i phen mi roddodd sgrech annaearol wrth i'w llygaid ddisgyn ar y piano. Dyna lle'r oedd Tree wedi estyn cadair ac yn sefyll arni a'r tedi bondigrybwyll yn ei llaw. Synhwyrodd iddi gael copsan a neidiodd o ben y gadair gan gipio'r sgryffbeth gerfydd ei wddw fflyffiog. Rhedodd i'r gornel wrth y cotiau, a Doreen a finnau ar ei hôl.

'Fi bia Bruno!' gwichiai Tree.

'*Ben y Piano!*' cyfarthai Doreen gan ochrgamu er mwyn ceisio rhwystro'r fechan. Ond roedd Tree'n ei heglu hi am giât y drws i'r capal. Disgynnodd y giât bron heb ei chyffwrdd a rhedodd Tree i mewn rhwng y corau.

'Fi bia Bruno! Fi bia Bruno!' clywn sgrechiadau Tree'n atseinio drwy'r gysegrfan. Toedd hi ddim ar ei phen ei hun chwaith – roedd Blodwen Davies, blaenor, wrthi'n gosod blodau yn y sêt fawr. Prin y cafodd gyfle i godi ei phen cyn i Tree lamu rownd yr ochr ac i mewn i'r sêt fawr. Rhoddodd Blodwen gam echrydus yn ôl i osgoi'r cythrwfl a tharo'r stand flodau hanner gorffenedig i'r llawr. Camodd Tree yn yr oasis a chario'r darnau socllyd gwyrdd dros y caped.

'Be ar wynab... ?' rhuodd Mrs Blodwen Davies, blaenor.

Methodd Doreen â symud yn ddigon cyflym i ddal Tree a

oedd bellach yn cyrraedd y drws yn ôl i nyth y Cylch. Ond aeth hi ddim i mewn – roedd Lowfi wedi ymddangos yn y drws.

'Ty'd â Caflo nôl!' gorchmynnodd a'i dwylaw o boptu ei morddwydydd. Mewn un symudiad cyflym, roedd Tree wedi troi ar ei sawdl ac yn anelu nôl eto i lawr at y sêt fawr, lle'r oedd Mrs Blodwen Davies ar ganol araith ddigon annuwiol.

'Be aflwydd sy'n mynd mlaen ma? Syrcas 'di fama 'ta addoldy? Sut dwi fod i osod bloda i angladd Godfrey Phillips pnawn ma yn y fath firi? *Carnations* ddudodd o! *Carnations* pinc a melyn... ac maen nhw i gyd ar lawr, dan draed!'

Roedd Lowfi bellach wedi ymuno yn yr helfa – a gwell siâp rhedeg arni nag oedd ar Doreen a finnau. Ceisiai'r ddwy ohonon ni osgoi camu i mewn i'r sêt fawr rhag ennyn rhagor ar lid Mrs Blodwen Davies. Ond doedd y fath ystyriaethau'n mennu dim ar Tree nag ar Lowfi a redai'n ôl ac ymlaen o un ochr i'r llall i'r sêt fawr – ac un tro i'r pulpud – dros weddillion *carnations* y diweddar Fr Godfrey Phillips, ymadawedig.

O'r diwedd, ochrgamodd Lowfi'n fwy llwyddiannus na chynt a llwyddodd i lorio Tree a'r tedi. Bachodd yn Caflo, ond doedd Tree ddim am adael i Bruno ddiflannu o'i meddiant ar chwarae bach. Tynnodd y ddwy â'u holl nerth i'r ddau gyfeiriad, nes i stwffin y tedi chwalu o gwmpas ei gesail: daeth y fraich yn rhydd. Gafaelai Tree yn y fraich a Lowfi yn y gweddill ohono.

'Dowch!' gorchmynnais yn chwyrn gan fachu Tree a Lowfi gerfydd eu breichiau a'u martsio'n ôl i'r Cylch yn ddiseremoni a gadael Mrs Blodwen Davies i'w stwnsh *carnations* a'i bytheirio. Aeth Doreen ati i sodro'r giât ddiawl yn ôl yn ei lle.

'Gawn ni air wedyn, Mrs Davies,' galwais arni wrth gau'r drws ar y ffrwd eiriol.

Roedd Tree'n sgrechian fel pe bai uffern fawr ei hun wedi ei sugno i'w grombil. Gwenai Lowfi'n fuddugoliaethus: gwell tedi unfraich na dim tedi o gwbwl. Bachais Caflo-Bruno o'i dwylo a'i gorchymyn i eistedd ar gadair yn y gornel. Sodrais Tree ar gadair arall yn y gornel gyferbyn, a lluchio tedi, a'i fraich, ar Ben y Piano. Roedd golwg bur gwla arno a'i stwffin yn hongian allan. Daliai Tree i sgrechian crio.

'Iesu Grist!' ebychodd Doreen yn ddiamynedd. Doedd y disgrifiad swydd ddim wedi sôn dim am chwarae rygbi hefo tegan meddal yn erbyn dwy ochr o ddynanod sgrechlyd tair a hannar oed.

Heidi gyrhaeddodd i gyrchu Tree tuag adref. Cofiais y dyliwn fod wedi cuddio Bruno-Caflo yr eiliad y glaniodd ei llygaid ar y gyflafan stwffinog ar Ben y Piano. Rhy hwyr.

'Beth sydd wedi digwydd i Bruno?' gofynnodd yn eglur ofalus.

'Damwain,' eglurais, heb wybod lle i fynd nesa.

'Ffrae rhwng y plant,' cynigiodd Doreen. '*Dyna* pam 'dan ni isio i'r plant ada'l tegana adra.'

Y fam anghywir, meddyliais: efo Lowfi y cyrhaeddodd Caflo-Bruno'r Cylch. Ond doedd Heidi ddim i'w gweld yn cofio neu'n gwybod nad Tree a'i cyrchodd i'n plith. Aeth at y piano a chodi'r swp fflwff a stwffin yn ofalus.

'Job i Mam,' gwenodd ar Tree. Gwenodd Tree hithau yn ôl arni drwy lygaid coch chwyddedig.

Sbiais i gyfeiriad Lowfi. Roedd y diafol yn llechu yn ei llygaid hi.

'Fi bia Caflo!' gwaeddodd.

'Ty'd 'ŵan, Lowri,' es ati i'w chysuro – ac i gau ei cheg. Nid fama oedd y lle i ddatgelu cyfrinachau a allai rwygo priodas.

Cafodd fy nghysur effaith gwbwl groes ar y fechan. Gwaeddodd ddwywaith mor uchel ar Heidi mai HI PIA CAFLO!

Yna, i ategu ei geiriau, rhuthrodd draw at Heidi a dechrau taro'i choesau â'i dyrnau bach ffyrnig. Roedd golwg reit syfrdan ar wyneb Heidi wrth i mi dynnu Lowfi oddi wrthi.

'*They tend to get possessive of each other's belongings at this age, don't they?*'

'*Yes!*' poerodd Doreen. O'r diwedd roedd 'na riant i'w weld yn dallt ei phregeth ynghylch dod â phethau o adra i'r Cylch. Ro'n i'n diolch i Dduw na cheisiodd Heidi ddeud be ddywedodd hi yn Gymraeg, neu 'san ni'n dal yn y festri rŵan yn aros iddi orffen.

I ganol y lobsgows, fel dyrnaid go hegar o jili, glaniodd Melangell Wyn Parry LLB, gan ailennyn ysfa Lowfi i adennill y tedi i'w meddiant.

'*Deud* wrthi, Mam! Tedi *fi* 'di Caflo!'

Roedd un cipolwg ar y llanast anifeilaidd yn llaw Heidi yn ddigon i Melangell ddallt y sefyllfa. Medrwn ei gweld hi'n meddwl 'shit, shit, shit' heb iddi agor ei cheg. Yna'r dewis. Ai deud y gwir ac agor y drws ar lifeiriant o gachu, neu fradychu ei merch drwy ddeud clwyddau ac osgoi'r cachu – am ryw hyd beth bynnag.

'Brynwn ni dedi arall i chdi. Rŵan. Awn ni i dre'n syth o fama...' Tybed a oedd llais Melangell Wyn Parry LLB erioed wedi swnio mor wichlyd yn y llys?

'Dw'm isio tedi arall! Dwi isio Caflo!'

'Ty'd 'ŵan, Low. Gei di dedi *a* rwbath arall os doi di 'ŵan yn hogan dda.'

Doedd Heidi ddim i'w gweld ar frys i symud er gwaetha'r ffaith fod Melangell yn ewyllysio â'i holl ysbryd iddi fynd o 'na. Toedd Lowfi ddim ar frys chwaith, ac ni fyddai addewid o holl stoc deganau Woolworth wedi tarfu dim ar yr hogan.

'Dudwch wthi, Mam! Fi *pia* fo! Na'th dad Tfee 'i *foi* o i fi!'

Trodd Doreen a finnau ein cefnau arnyn nhw mor gynnil ag y medrem a bwrw ati'n fwy brwd nag erioed o'r blaen i gadw'r teganau. Gweddïwn nad oedd Cymraeg Heidi'n ddigon da iddi fod wedi dallt Lowfi Mefefid a'i 'f'.

'Mungo?' holodd Heidi mewn syndod, gan roi'r top hat ar bob gronyn o ffydd mewn unrhyw fath o dduwdod a fu gen i erioed.

'*Rŵan* ma'r ciachu'n cychwyn!' mwmiodd Doreen dan ei gwynt. Roedd 'na wên ar wyneb y jadan!

'Sydd Mungo wedi rhoi tedi i ti?' Roedd straen yn tueddu i dynnu'r graen oddi ar Gymraeg Heidi.

'Dwn i'm be ma'i'n fwydro,' tynnodd Melangell fraich Lowfi i'w llusgo allan ar ei hunion.

'Hwnna!' sgrechiodd Lowfi dros ei hysgwydd wrth i Melangell geisio ei thynnu o'r ffordd. 'Caflo! Nath Mungo'i foi o i fi pan oedd o'n ffidlan hefo bfestia Mam.'

'Blodyn sgin i'n car! *Vestia Superbia*. Gredish i 'sa Mungo'n medru deud wrtha fi sut i gadw fo'n fyw!'

Deallais yr eiliad honno be oedd yn gneud Melangell yn gyfreithwraig mor llwyddiannus – y gallu i feddwl ar ei thraed. Ardderchog yn wir, gan enaid di-Ladin (*cymharol* ddi-Ladin 'ta: roedd hanner ei gohebiaeth yn y gwaith o ddydd i ddydd mewn Lladin – ond heb eto fod yn ymestyn i arddwriaeth).

'Nacia, Mam!' edrychodd Lowfi arni'n hurt. 'Bfestia *chdi*! Pan oedda chdi'n dy wely...' pwyntiodd Lowri at y cyfryw fronnau dan eu gorchuddion drud. 'Ffeina. Bfestia *chdi*!'

Am eiliad, rhythodd y ddwy fam ar ei gilydd wrth i'r gwirionedd hitio Heidi. Yna, cododd Melangell Lowfi yn ei breichiau yn ddiseremoni a dianc yr un mor sydyn â'i harabedd a'i Lladin.

'*Come back here, you cow!*' sgrechiodd Heidi gan ddechrau dilyn y gyfreithwraig allan.

'*Please,*' ymbiliais. '*If you've any issues to sort out, please don't do so here... in front of the children.*'

'Cymraeg!' gorchmynnodd Heidi dros ei hysgwydd a martsio allan ar ôl Melangell.

Eisoes, yn ystod yr hw-ha, roedd Tina, mam Sam, wedi dod i'w gasglu, wedi ceisio oedi wrth weld bod RHYWBETH MAWR YN DIGWYDD, ond wedi gorfod rhedeg allan yn groes i'w hewyllys pan fachodd Sam allan drwy'r drws agored. Rhuthrais at y drws i'w gau. Daliai Nebo a Myfyr i chwarae ceir fel pe na bai dim o'i le. Roedd Kayleigh Siân a Shaniagh Wynne yn tynnu'r doliau'n ddarnau wrth gwpwrdd y Cylch, a gallwn weld nad oedd unrhyw frys mynd adra ar eu mam. 'Chollodd Brengain 'run eiliad nac ebychiad nac edrychiad o'r ddrama fach wrth y drws: eisteddai'n llonydd ar y fainc wrth y wal gyferbyn yn sugno'r cyfan i mewn.

'Ty'd 'ŵan, Brengain. Fydd Mam yma rŵan,' meddwn wrthi, gan glywed lleisiau'n gweiddi tu allan. Doedd Heidi na Melangell ddim wedi derbyn gair o 'nghyngor i i fynd â'u ffrae adre, o gyrraedd clustiau'r plant.

Ymddangosodd Susan yn y drws a gwên fach ryfedd ar ei gwefusau.

'Be aflwydd sy'n digwydd *fan'na*?!' gofynnodd gan amneidio'i phen tuag allan.

'Paid holi,' atebais. Câi'r jiws aros. 'Bosib y medra Brengain ddeud 'tha chdi, cofia,' ychwanegais yn ymddiheurgar, gan egluro bod Brengain wedi gweld y ffrae a chlywed pob gair cyn i ni fedru gneud dim am y peth.

Chwarae teg, mi ddywedodd Susan ei bod hi'n bwysig i blentyn brofi *pob* agwedd ar fywyd – y melys a'r chwerw – a bod tystio i ffrae rhwng pobl eraill yn cryfhau'r sicrwydd teuluol lle nad oedd ffraeo o'r fath yn digwydd.

Sylweddolais fod y sŵn tu allan wedi tewi pan gerddodd Susan i mewn.

'Be ddudist ti wrthyn nhw?' gofynnais. 'Ma'n nhw 'di mynd.'

'Ddim fi,' meddai Susan. 'Blodwen Davies ddudodd 'than nhw 'sa hi'n galw'r heddlu os na fysa'r ddwy'n cau 'u cega, a mi heglon nhw hi am 'u ceir.'

Ar hynny, cerddodd y gyfryw Flodwen Davies i mewn. Datganodd ei neges yn groyw ac i'r pwynt cyn troi ar ei sawdl a mynd allan. Chawson ni ddim cyfle i ymateb.

'Mae 'na gwarfod blaenoriaid wsos nesa i drafod y defnydd o'r festri. Mi fydda i'n gneud 'y ngora glas i sicrhau bod yr ysgol feithrin yn symud o ma. Mor bell o ma ag sy'n bosib, os ca i'n ffordd.'

Un tedi rhacs, un *affair*, ac un *eviction* mewn cwta ddwy awr a hannar. Hei-ho! Tybed be fyddai gin bora fory ar yn cyfar ni?

Ar ôl i mi roi dillad Gwion i'w golchi'n y peiriant a thanio'r cyfrifiadur, panad o goffi du bendithiol wrth law, a phaciad o fisgedi siocled, mi ganodd y ffôn. Prin iddo stopio cyn i mi alw 'nos da' ar Gwion am bum munud i ddeuddeg a hanner tudalen o gyfieithiad carbwl o 'mlaen i: hanner diwrnod o waith, hanner tudalen.

Heidi oedd y gyntaf i ffonio. Mynnai siarad Cymraeg er gwaetha'i thymer, a phowliai'r geiriau ohoni'n un cwlwm o ddiffyg synnwyr. Ceisiais ei thawelu – gwadu unrhyw wybodaeth am be roedd hi'n sôn – ond roedd hi'n dra awyddus i fwrw'i bol beth bynnag, felly bu'n rhaid i mi wrando arni'n deud am yr *affair* rhwng Mungo a Melangell unwaith eto:

ddywedodd hi ddim nad oeddwn i eisoes wedi ei gasglu'r bore echrydus hwnnw. Aeth ati wedyn i fytheirio am Melangell, gan bupro'i Chymraeg anniben â disgrifiadau megis *'trollop'* a *'slag'* a *'whore'*. Gobeithiais yn ddistaw bach nad oedd Tree yn yr un stafell â hi.

Yna rhoddodd ei hwltimatwm. Os oedd Tree'n mynd i barhau i fynychu'r Cylch, roedd hi isio i fi fedru ei sicrhau nad oedd Lowfi Mefefid yn cael twllu'r lle. Dadleuais nad fy lle i oedd gwahardd y fechan beth bynnag am bechodau ei mam, a cheisiais ddatglymu fu hun o'r holl fater drwy ddeud wrthi mai rhyngthi hi a Melangell oedd y ffrae, nid rhyngof i a Lowfi. Ffarweliodd Heidi'n bwdlyd, a llwyddais i roi brawddeg gyfan ar y sgrîn cyn i'r ffôn ganu eto. Melangell y tro yma. Ond yr un oedd y neges: isio i mi sicrhau nad oedd 'y Tree felltith 'na a'i mam dw-lal' yn dod yn agos i'r Cylch byth eto neu mi fyddai'n rhaid iddi gadw Lowfi adre. Dywedais wrthi hithau, yr un fath, na fedrwn rwystro Tree rhag mynychu'r Cylch.

Ildiais i'r tebygolrwydd mai chwech o blant fyddai ar gofrestr y plant yn dilyn y ffrae a throis yn ôl at y cyfieithiad. Rheoliadau Iechyd a Diogelwch yn y Gweithle i'r coleg yn dre: dau gan tudalen o dermau a chyfreithiaith. Ces ddwy frawddeg o'r cyflwyniad i'r rhagarweiniad ar y sgrîn cyn i'r ffôn ganu am y trydydd tro.

Doreen. Isio clecs. Dywedais wrthi'n ddigon swta mai'n lle ni fel Cylch Meithrin oedd cadw allan o bethau, ond 'sa waeth i mi fod wedi gofyn am gegiad o'r lleuad ddim. Roedd hi newydd weld Elliw, chwaer Melangell, yn dre a honno wedi deud wrthi fod Melangell ddim isio i Tree ddŵad i'r Cylch. Roedd Doreen yn cael myll: pa hawl oedd gan Melangell o bawb i osod y drefn? *Hi,* Melangell, ddylai gadw *Lowfi* o'r Cylch, nid y ffordd arall rownd.

Ffoniodd Heidi nôl wedyn – yn deud y bysa'n rhaid iddi gadw Tree o'r Cylch os oedd 'y *slag* Melan-gell' yna'n parhau i ddŵad â'i hogan yno. Dywedais wrthi y bysa'n gollad i ni heb Tree, ond os mai dyna fel oedd hi, Heidi, yn teimlo...

Dechreuodd Heidi feichio crio lawr y lein a galaru am y modd roedd rhai dynion wastad yn sbio dros ben wal ar y cae nesa ac yn methu gneud y tro efo be oedd gynnyn nhw, a rhai genod bob tro'n sbio dros y wal i'r cae nesa i fachu dynion nad oedd ganddyn nhw unrhyw fusnes eu bachu... Gwrandewais arni am chwarter awr gyfan, gan geisio teipio'n ddistaw bach ag un bys ar yr un pryd. Ond doedd y cyfieithu ddim yn gneud synnwyr. Addewais i Heidi 'swn i'n ceisio cael gwybod gan Melangell be oedd ei bwriad ynglŷn â Lowfi a'r Cylch, a ches wared arni. Wrth roi'r ffôn i lawr, gwyddwn i mi fod yn fyrbwyll yn addo'r fath beth: nid fy lle i oedd ymyrryd mewn unrhyw ffordd; *fedrwn* i ddim ffonio Melangell.

Fu dim rhaid i mi boeni'n hir gan i Melangell fy ffonio i. Rhois y gorau i'r cyfieithiad am y tro a mynd drwadd i'r lolfa i eistedd tra bod Melangell yn mynd drwy ei phethau. Doedd dim symud arni. Fedrai hi ddim gweld pam oedd disgwyl iddi *hi* dynnu Lowfi o'r Cylch, wir. Ddim bai Lowfi oedd bod Heidi mor styfnig. Na bod ganddi fam wirion, meddyliais heb ddeud gair.

Ces lonydd rhag rhagor o alwadau ffôn rownd amser te. Roedd Doreen eisoes wedi ffonio deirgwaith i geisio tynnu mwy o'r sgandal o 'nghroen i, a Heidi a Melangell deirgwaith a phedair gwaith yr un.

Daeth yr ateb i mi fel fflach dros y lobsgows oedd gen i ar waith ers y noson cynt.

'Shifftia!' ebychais. Edrychodd Gwion yn wirion arna i, ei lwy hanner ffordd i'w geg.

'Pam? Be dwi 'di neud?' medda fo'n dwp reit.

'Naci, ddim *chdi*,' eglurais. '*Shifftia*. Un i gyrra'dd am hanner awr wedi wyth, llall am chwartar i naw: un i adael am un ar

33

ddeg, llall am chwartar wedi! Fel 'ny, fydd dim angen i'r un set o rieni gwarfod 'i gilydd!'

Edrychai Gwion yn hurt arna i. Heb fod wedi'i oleuo ynghylch dim o ddigwyddiadau'r bore, doedd ganddo ddim affliw o syniad am be ro'n i'n sôn.

'Cylch,' eglurais.

'Oo.' Ysgydwodd Gwion ei ben, yn dallt yn iawn. Dim angen egluro mwy na hynna.

Melangell ffoniais i gynta, ac ar ôl rhywfaint o ddwyn perswâd ar fy rhan, mi gytunodd y câi Lowfi gychwyn yn y Cylch am hanner awr wedi wyth bob bore, ac y byddai hi, neu Roger, yn siŵr o gyrraedd yno i'w nôl hi am un ar ddeg ar y dot.

Roedd angen tipyn mwy o berswâd ar Heidi, ond cytunodd yn y diwedd wedi i mi addo y câi Tree fod yn Mair yn y cyngerdd Nadolig eleni. (Digon o amser tan hynny, meddyliais: byddai Heidi wedi hen anghofio fy addewid ym mhen yr wyth mis, ac os na byddai, byddai'n rhaid croesi'r bont arfog honno bryd hynny. Go brin y byddwn i'n dal yn fy swydd erbyn hynny, pr'un bynnag: mi fyddwn i wedi hen riteirio, neu mewn sbyty meddwl.)

Ffoniais Doreen i ddatgan fy newyddion da o lawenydd mawr, ac ymffrost yn fy ngallu fel diplomydd yn mynnu ymwthio i fy llais. Twtsh yn siomedig roedd Doreen yn swnio: sgandal arall wedi'i diffodd yn ei blas cyn iddi gael cyfle i redeg ei chwrs.

'Cychwyn bora fory,' meddwn wrthi.

''Na fo 'ta,' meddai Doreen yn ddigon fflat.

Aeth pob dim fel watsh ddydd Iau: Melangell a Lowfi yno am hanner awr wedi wyth ar y dot, Heidi a Tree am chwarter i naw. Sws sydyn a ta-ta i'w hepil cyn diflannu heb na bw na be i mi na Doreen, fel pe na bai dim oll wedi digwydd. Melangell yn ei hôl wedyn am un ar ddeg ar y dot, a Heidi am chwarter wedi union.

Dim gair am tedi na Mungo na bfestia drwy'r bore. Bendigedig. Mi fûm i'n paentio lluniau ŵyn bach a haul drwy'r bore bron, nes oedd fy nwylo a 'nillad a 'ngwallt i'n smotiau gwyn a melyn drostynt. Ond doedd dim ots: roedd gan y Cylch wyth plentyn o hyd, nid chwech.

Fore Gwener, roedd Tree a Lowfi ill dwy wedi dod â thegan yr un i'r Cylch: dau dedi. Bobi dedi newydd sbon, heb unrhyw ach yn agos iddyn nhw – Heidi wedi dewis un Tree o siop Pennypinchers yn dre a Melangell wedi talu cymaint deirgwaith am un Lowfi o siop 'Teganau Tlws' yn Llandudno, y ddwy fach mor hapus â'i gilydd â'u cyfryw dedïau, a'r byd yn lle brafiach arnon ni i gyd: pawb heblaw am Mungo. Roedd Doreen wedi clywed si bod Heidi'n ei gloi yn y tŷ bob tro y byddai hi'n gorfod taro allan. Waeth iddi heb â thrafferthu yn ôl y sôn yn y pentra, medda Doreen, gan fod Melangell wedi deud wrtho am fynd i'r diawl y munud yr aeth pethau â'u tin i fyny.

Cyn belled ag y gwn i, mae Roger – Mr Melangell – yn dal mewn anwybodaeth lwyr ynghylch yr holl greisis. Hir y parhaed.

Dyliwn fod wedi rhag-weld na pharhâi'r heddwch yn hir yn y Cylch serch hynny. Fore Gwener mi bisodd Myfyr ar ben Tree, a bu bron i Brengain dagu ar ddarn o jig-sô Postmon Pat. Ond drwy'r cyfan, roedd Lowfi a Tree'n ffrindiau gorau.

35

Wnaeth Doreen ddim mynnu rhoi'r ddau dedi newydd sbon ar Ben y Piano am unwaith, ac ni chafwyd rhyfel yr ŵyn dros y tedïau na thros ddim arall chwaith.

'Cwarfod blaenoriaid wsos nesa,' meddwn wrth Doreen gan gau'r drws ar y festri am wythnos arall.

'Joli,' meddai Doreen.

'Joli iawn,' meddwn i.

2: Ac yn y Diwedd yr oedd y Gair

Y wyrth ydi fod yna gylchoedd meithrin yn dal i fodoli o gwbwl.

Newydd gael arolwg ydan ni. Uffar o ffiasco! Aethai joban fach ran-amser, ddeg awr yr wythnos, yn Efyrest o swydd gan awr yr wythnos – a hunllefau nosweithiol ar ben hynny. Ro'n i fel dynes orffwyll am bythefnos cyn y dyddiad penodedig, yn ticio rhestr wirio hirach na Llawysgrifau Peniarth oll gwt-wrth-gwt, ac yn llenwi ffurflenni ddylai fod wedi eu llenwi ers blynyddoedd i'w gosod mewn ffeiliau a'u dysgu ar y cof. Adroddai Doreen a finnau'r rheoliadau fel parotiaid wrth fynd trwy fosiwns y Cylch, ac wedyn ar ein pennau ein hunain wrth wneud bob dim gartre. Am bythefnos buon ni'n sbio ar bopeth oedd a wnelo â'r Cylch drwy lygaid arolygydd. Pwy bynnag ddywedodd mai swydd ran-amser oedd hon, dowch ag o yma – yn bendant 'fo' nid 'hi' – ac mi sbadda i fo.

Roedd Doreen a finna wedi bod wrthi drwy'r wythnos flaenorol yn atgoffa'r rhieni am y bore Iau tyngedfennol o'n blaenau, gan wahodd eu cydweithrediad: prydlondeb, dim sefyllian, dim teganau o adref, dim plant tantrymllyd – fel pe bai gan y rhieni unrhyw reolaeth dros hynny – dim ond gwên fodlon, hafaidd, hapus-eu-byd wrth adael eu hepil mewn dwylo mor ansbaradigaethus o gyfrifol a gofalus.

Yn wyrthiol, mi aeth popeth fel watsh. Cyrhaeddodd yr arolygwraig, Mrs Thomson, wyneb tin, am naw ar y dot, bum munud cyfan wedi i'r olaf o'r rhieni ddadlwytho'u cynnyrch a diflannu drwy ddrws y festri. Roedd Doreen wedi tynnu'r wên brin o bellafion y cwpwrdd llychlyd lle llechai dan orchudd trwm tu mewn iddi, ac yn ei gwisgo. Parai hynny fwy o ddychryn i'r plant na phe bai hi wedi dechrau gweiddi a rhegi arnyn nhw, dw'm yn amau: efo pob 'da iawn 'mach i' a 'ty'd yma, pwt' o'i heiddo, ymdawelai pob protest yn y meddyliau bach dryslyd cyn eu lleisio.

Ticiodd Mrs Thomson y bocsys yn beiriannol ddeddfol wrth i ni'n dwy ateb y cwestiynau'n robotig gywir air-am-air fel y'u cofnodwyd yn y rheoliadau, gan faglu dros ein gilydd i ddangos tystiolaeth bod y bocs peth-a'r-peth, y cofnod hwn-a'r-llall, yr offer fel-a'r-fel yn ei le, yn gweithio'n berffaith ac yn plesio cocls ei chalon.

Un tramgwydd fu. Ac, a bod yn hollol onest, mi ragwelais y broblem yn ystod yr wythnosau cyn yr arolwg, ond mi fûm i'n ddigon ffôl i anghofio amdani wedyn.

Bochdew ydi Pot Jam. Hamstyr bach tew, bodlon ei fyd sy'n byw mewn caetsh bach diddos ar y wyrctop nid nepell o'r sinc yn yr hyn a gamelwir yn gegin y festri.

Cymerodd yr arolygwraig un olwg arno a marcio'i hanfodlonrwydd ar y papur o'i blaen â chroes fawr.

'Yma dros dro mae o,' rhaffais gelwyddau. 'Tan gawn ni gartra arall iddo fo. Adra hefo fi mae o'n byw dros y gwylia.'

Gwaetha'r modd.

'Dach chi'n gyfarwydd â'r rheoliadau iechyd a diogelwch?' dechreuodd Mrs Hitlyr.

Cyfarwydd! Iesu bach, 'swn i'n medru'u hadrodd nhw am yn ôl wrthi yn 'y nghwsg! Damia las, be gododd arna i i anghofio am y blwmin hamstyr o bob dim?

''Dan ni'n trio annog diddordeb y plant mewn anifeiliaid,' dechreuais geisio palu fy hun allan o'r twll. 'A gan fod gin gymint ohonyn nhw anifeiliaid anwes adra…'

'Nid arolwg o gartrefi'r plant ydi hwn,' torrodd Hermione

Goering ar 'y nhraws. "Swn i'n awgrymu'n gry'ch bod chi'n cael 'i warad o. Mi fydda i nôl, heb roi rhybudd, yn ystod yr wsnosa nesa ma, felly gnewch yn siŵr na fydd y llygoden yn bresennol 'radag honno, os gwelwch chi'n dda.' Ac ar hynny, mi afaelodd yn ei ffeil ac mi adawodd. Heb air o glod am ein holl ymdrechion i sicrhau mai dyma'r Cylch gorau fu erioed yng Nghymru.

'Gotsan wirion!' ebychodd Doreen, bron iawn o fewn clyw Susan, a oedd yn hwyr fel arfer yn nôl Brengain: doedd rhyw firi islaw sylw fel arolwg ddim yn mynd i dorri ar arfer oes.

'Sgin ti le iddo fo?' holais Doreen yn obeithiol gan wybod ar yr un pryd na châi Pot Jam unrhyw fath o groeso ganddi: prin roedd hi'n dod i ben â pharatoi bwyd i'w theulu heb sôn am lygoden fawr o beth.

'Dos i chwara bands!' cyfarthodd Doreen. 'Chdi sy'n mynd â fo adra yn y gwylia.'

Wysg 'y nhin, ia...

'Ella bydd rhieni un o'r plant yn fodlon 'i gymyd o,' atebais yn wangalon. 'Heidi ella.'

"Swn i'm yn meddwl,' atebodd Doreen. 'Toes gynni hi Mungo'n barod?'

Er mor anweledig oedd o ym mhob agwedd arall ar weithgaredd y Cylch, Nebo oedd yr un a ddangosai fwyaf o ddiddordeb ym modolaeth Pot Jam. Tueddai Lowri a'r efeilliaid i wichian y munud y dôi'r creadur bach allan o'i gaetsh i fy nwylo, a gwell gan Myfyr a Sam chwarae efo'r ceir bach a'r tractors na throi eu sylw at fodau byw, di-injan. Pefriai llygaid Nebo'n ddisgwylgar bob tro yr agorwn y caetsh.

'Ofynna i mam Nebo, os ti'n siŵr na fysa Kayleigh Siân na Shaniagh Wynne isio fo,' meddwn i wrth Doreen.

'Fatha siot yn 'u tina!' ebychodd Doreen. 'Ond Iesu mawr, ma gin Bethan saith o lygod *child-size* yn barod. I be fydd hi isio wythfed?'

'Dw'm gwaeth â gofyn,' atebais, gan fwriadu gneud y bore canlynol, a gweddïo na ddôi'r arolygwraig i'r golwg eto cyn i mi gael cyfle i wneud hynny.

Claddodd Doreen a minnau botelaid o win yr un y noson honno wrth ddathlu'r ffaith na fyddai'n rhaid llenwi'r un ffurflen arall na dysgu'r un rheoliad ar ein cof am flwyddyn arall.

Rhyw stwyrian i fynd roedd Doreen ers cryn hanner awr. Mae'n bosib nad oedd hi'n tybied bod ei choesau hi'n dryst i'w chario drwy'r pentre a'i bod hi'n gadael amser iddyn nhw ddod atynt eu hunain oddi tani cyn mentro allan. Eisoes ro'n i wedi deud wrthi nad oedd gen i ddiferyn arall o alcohol yn y tŷ yn y gobaith y byddai hynny'n ei chymell i adael a hithau wedi hen droi hanner nos.

Ro'n i wedi dechrau clywed rhyw sŵn cega aneglur a ffustio allweddell yn dod o gyfeiriad y stydi cyn i Doreen ddeud:

'Pymtheg. Oed peryg.'

Gorffen rhyw brosiect neu'i gilydd roedd Gwion – heb ei gychwyn tan ar ôl y gêm bêl-droed ar y teledu wrth gwrs – a'r cyfrifiadur yn amlwg yn 'cau cydymffurfio â'i orchmynion.

'Gwion!' gwaeddais fy ngherydd o'r lolfa. ''Di rhegi'm yn mynd i neud iddo fo weithio.'

Ymunodd Gwion â ni. Hogyn call ydi o, llawer callach na'i bymtheg oed. Mae o'n barod yn edrych fel dyn, ac yn dipyn o bishyn y tu ôl i'r gwallt hir du sy'n cuddio'i wyneb, er mai fi sy'n deud. Ond roedd y gwallt a ymbresenolodd yn nrws y lolfa rŵan gerbron Doreen a minnau yn ymwthio'n gudynnau blêr i bob cyfeiriad yn groes i holl ddeddfau disgyrchiant ac yn datgelu golwg dduach na'i liw ar wyneb fy uniganedig fab.

'Ffwcin peth yn 'cau gweithio!' rhuodd y bwndel hormonog yn ymosodol fel pe bawn i'n gyfrifol am fod wedi gosod y cyfryw beiriant wrth ei gilydd, jip wrth jip, â'm llaw fy hun.

'Iaith, Gwion!' ceryddais, er y gwyddwn ar yr un pryd y gallasai Doreen fod wedi ymestyn hyd a lled ei waddol o regfeydd cymaint ddwywaith yn y fan a'r lle o fod wedi cael hanner gwahoddiad i wneud hynny.

'Be? Be 'udish i?!'

Es i ddim i ddadlau. Am 96.6 y cant o'r amser, mae Gwion yn hogyn call ac yn gredyd i'w fam, yn wir yn destun balchder tragwyddol iddi, ond am y 3.4 y cant sy'n weddill, mae o'n Etna o hogyn, yn poeri tân a brwmstan afresymol a digyfeiriad dros bob man, yn gwbwl gaeth i hyrddiadau ffyrnig ei hormonau.

'Ffwcin compiwtyr crap!' meddai eto i wneud yn siŵr ein bod ni'n dwy'n dallt be oedd yn achosi'r ffrwydriad, a throdd ar ei sawdl i ddychwelyd at wrthrych ei lid yn y stydi.

'Mi ddo i sbio arno fo wedyn,' gelwais gan obeithio gostegu'r storm a chymell Doreen i adael ar yr un pryd.

Gwneud ei thin yn fwy cyffyrddus yng nghoflaid y soffa wnaeth Doreen.

'Oed anodd,' medda hi eto. 'Clwad hogla ar 'i ddŵr ma'n siŵr.'

Be oedd gan hynny i neud hefo cyfrifiadur oedd ddim yn gweithio, fedrwn i ddim dirnad.

'Drygs, diod, trwbwl,' rhestrodd wedyn heb oedi.

'Iawn i chdi ddeud,' meddwn, yn teimlo'n flin efo hi. ''Di dy ddwy di'm yn bedair eto.'

'Na 'dan. Gin i *ages* cyn dôn nhw i'w *teens*,' broliodd Doreen.

Daliais fy hun yn dychmygu Kayleigh Siân neu Shaniagh Wynne – gwell fyth, y ddwy efo'i gilydd – yn glanio adra'n bymtheg oed yn lysh gachu ac yn cyhoeddi eu bod nhw'n disgwyl, cyn ceryddu fy hun am fod yn gymaint o ast yn dychmygu'r fath beth.

Yn union fel pe bai'r gnawas wedi darllen fy meddwl, dyma hi'n deud:

'Oedd pawb yn tŷ ni'n meddwl bod yr haul yn codi o dwll tin Tina tan landiodd hi adra a deutha ni bod hi *up the duff* hefo James. Fela! *Out of the blue.*'

''Di Gwion 'im yn bell o'i le fel arfar,' meddwn, gan ddamio'r cythraul bach am ddewis *rŵan* o flaen Doreen i gael strancs.

'Ma'n neud yn o lew o styriad, tydi?' meddai Doreen. 'Hogia angan *influence* tad.'

'A genod,' sneipiais yn ôl i gau ei cheg.

Dwi'n lwcus iawn o Gwion. Daeth drwy'r ysgariad yn hynod o ddi-graith. Am gyfnod, bu'n ymweld â'i dad bob yn ail benwythnos, ond dros amser aeth galwadau gwaith Seimon yn drech na'r drefn honno hefyd. Wnes i ddim cwyno, a wnaeth Gwion ddim chwaith. Wedi'r cyfan, yma mae ei fywyd – ei ffrindiau a'i ddiddordebau – nid ym Mhrestatyn-twll-tin-byd. Âi ei ymweliadau â'i dad a'i deulu newydd yn ddigwyddiadau tymhorol, yna'n flynyddol, rownd adeg Dolig, a llynedd fu yna ddim ymweliad o gwbwl. Gwion benderfynodd nad oedd o isio treulio penwythnos yng nghwmni'r ddau niwsans bach chwech ac wyth oed yr oedden nhw'n rhannu gwaed.

'Ffwcin hel, Mam! Dwi 'di deud a deutha chdi fynd â fo i ga'l 'i drwsio!'

Roedd o'n bloeddio o'r stydi, a chlywn o'n taflu llyfrau ac yn cicio bocsys yn gyfeiliant i stribed hir o regfeydd di-dor.

Penderfynias nad oedd awgrymu cynnil yn mynd i gael gwared ar Doreen.

"Sa well ti fynd,' meddwn wrthi'n flinedig. 'Cylch yn bora.'

Cododd Doreen a gwên fach hunanfodlon ar ei gwefusau. Doedd dim rhaid iddi yngan gair: roedd 'fel dwi'n deud, dy'n nhw 'im byd ond trwbwl' wedi ei ysgrifennu mewn llythrennau bras dros ei hwyneb.

Ar ôl cau'r drws arni a chlirio'r gwydrau a'r poteli gwin o'r lolfa, mentrais i mewn i'r stydi. Roedd Gwion wrthi'n diffodd y cyfrifiadur.

'Gad i fi weld be sy,' meddwn yn lluddedig.

'Gweld be?' holodd Gwion yn ddiniwed reit, heb arlliw o dymer ddrwg i'w glywed yn ei lais.

'Y cyfrifiadur 'de!' meddwn i'n ddiamynedd.

'O,' meddai yntau'n ddidaro. 'Dwi 'di fficsio fo. 'Mond isio cau ffenestri oedd. No probs.'

Ac ar hynny, anelodd allan yn ddigon sionc, gan 'y ngadael i'n gegrwth. Pan ddoish ataf fy hun, dilynais ef i'r gegin gan lawn fwriadu rhoi pryd anferth o dafod i'r diawl am ymddwyn fel plentyn dwyflwydd o flaen Doreen o bawb. Roedd o wedi estyn dwy gwpan ac yn dechrau gneud panad.

'Yli ma, Gwion... ' dechreuais ymosod.

'Panad?' holodd yn hwyliog reit cyn troi'r tap i olchi'r llond sinc o lestri ro'n i wedi eu hamddifadu er mwyn canolbwyntio ar gladdu potelaid o win yng nghwmni Doreen.

Gadawyd y cerydd yn farwanedig ar fy ngwefusau.

'Neith o'm atab nôl, na neith,' medda Bethan y bore wedyn yn llipa wrth afael yng nghaetsh Pot Jam gin i. Waeth iddi wyth o gega i'w bwydo'n fwy na saith, ychwanegodd. 'Ac mi neith yn lle hwfar ma'n siŵr.'

Cyfarfu fy llygaid â llygaid Pot Jam am eiliad cyn iddo ddiflannu drwy'r drws: 'Bradwr' cyhuddent.

Ond roedd hyn oll cyn i Blodwen Davies dystio i'r ffrae swnllyd y tu allan i ddrysau Bethania rhwng Melangell Wyn Parry LLB a Heidi Moon, a barnu, yn ei mawr ddoethineb, bod angen galw am gyfarfod blaenoriaid ar frys i benderfynu ar ddyfodol Cylch Meithrin Nantclagwydd – neu o leia, dyfodol ei fan cyfarfod, sef y festri.

Bu'n rhaid i'r plant aberthu eu stori a'u caneuon bob bore am wythnos a chael eu gadael i chwarae hefo'r 'offer chwarae bach' (jig-sôs i bawb call) tra bu'r ddwy ohonon ni wrthi hefo'r cadachau a'r mop a'r brwsh yn sgwrio'r waliau a'r lloriau a'r sinc a'r tai bach, yn crafu baw trwyn oddi ar y meinciau pren ac yn rhwbio olion bysedd du oddi ar nodau Ben y Piano. Sylwon ni ddim, am chwarter awr gyfan ddau fore cyn y nos Iau dyngedfennol, fod Kayleigh Siân a Brengain wedi dianc i'r capel. Magu eu tedis yn y gornel feddal fu Lowfi Mefefid a Tree drwy gydol yr wythnos, yn ffrindiau penna, yn ddwy dedi-fam gyfeillgar, yn rhannu *tips* ynghylch bwydo a newid clytiau Caflo dau a Bruno dau. Mynnai Tree fwydo Bruno dau drwy ei wasgu at ei brest dan ei siwmper gan fod hynny'n iachach iddo meddai na'r hen botel binc oedd gan Lowfi'n barhaol wrth geg Caflo dau. Roedd dwy o'n disgyblion, o leia, yn ddigon hapus i beidio gorfod canu a gwrando ar stori a rhyw stwnsh o'r fath.

Fu 'na ddim gweinidog yn Bethania ers dros flwyddyn. Bai'r blaenoriaid ydi hynny ar y cyfan – does 'na neb i'w weld yn gwneud y tro: mae 'na droi trwyna ar weinidogion benywaidd, a gweinidogion sy'n rhy ifanc a brwd, a gweinidogion allai brofi'n rhy gyfeillgar efo defaid duon y pentref, a gweinidogion a rôi'r argraff y bydden nhw'n gneud mwy efo gweddill y pentref nag efo'u praidd eu hunain. Cafwyd troi trwyn ar weinidogion o'r de, beryg na 'sa neb yn 'u dallt nhw, gweinidogion hefo gitârs, gweinidogion heb gitârs... O'r holl flaenoriaid, Blodwen Davies yw'r gwrth-grist mwyaf i'r Cylch. Hi a Janet Huws ydi'r unig flaenoresau, ond Blodwen ydi'r prif ddylanwad ar y giwed i gyd er hynny. Mae Cyril Parry dros ei bedwar ugain ac yn dilyn ei gorchymyn ar bob mater sy'n codi ynghylch Bethania a'r festri. Mae Idwal Francis yn fyddar fel postyn ac yn sbio ar Blodwen i weld pa olwg sydd ar wedd honno cyn codi ei law i fotio ar bob un dim. Bu farw John Foel Ucha llynedd, felly go brin y byddai o yno, ac mae Alzheimers ar Ifan Manchester House, felly pe byddai o yno, dyn a ŵyr be fyddai ei gyfraniad o i'r ddadl.

Janet oedd fy unig obaith am achubiaeth o blith blaenoriaid Bethania. Hanner oed y lleill ydi hi a hi ydi'r unig un gall o'r cwbwl. 'Dan ni'n mynd nôl yn bell i niwloedd hanes, ni'n dwy – neu mor bell â dyddiau'r ysgol uwchradd o leia – ac wedi para'n ffrindiau gorau drwy'r cyfan. Un dda 'di Jan. Mi fynnodd, ac mi lwyddodd i gael Blodwen i 'ngwahodd i i'r cyfarfod ar y nos Iau i mi gael rhoi safbwynt y Cylch ar y ddadl. Wedi'r cyfan, pe bai'r blaenoriaid am gau'r Cylch, dadleuodd, doedd hi ond yn deg i'r arweinyddes fod yno i leisio barn. Wysg ei thin y cytunodd Blodwen, wrth gwrs, fel y Cristion goddefgar ag ydi hi.

Mi fyddai'n help, dwi'n gwbod, pe bawn i'n aelod yn Bethania, ond mae Janet yn nabod digon arna i, wedi aml i noson *in vino veritas* yn fy lolfa, i wybod mai rhagrith o'r mwya fyddai i mi dwllu drws y capal.

Camgymeriad ar fy rhan, sylweddolaf hynny rŵan, oedd galw pwyllgor brys o'r Cylch yn y festri ar yr un noson â'r cyfarfod blaenoriaid – a hynny CYN y cyfarfod blaenoriaid â bod yn fanwl gywir. Er gwaetha'n hymdrechion gwiw ni i dacluso'r lle – ac mi *oedd* y festri'n edrych yn dwtiach nag a wnaethai ers talwm iawn, ers cyn yr arolwg hyd yn oed – mi anghofiais fod Doreen a Tina, ei chwaer, a Bethan, mam Nebo, yn smocwyr ffri, a phethau bach fel rheolau tân y festri a'r Cylch o ddim rhwystr o gwbwl i'r tair. Pan welais i Tina'n agor y ffenest fach wydr lliw ym mhen draw'r festri ar ddechrau'r cyfarfod, sylweddolais i mi wneud cam gwag. Ceisiais ei hatgoffa'n gynnil fod cyfarfod y blaenoriaid yn dilyn yn syth wedi'n pwyllgor ni, yn yr union fan a'r lle, ond ches i'm ond 'pff, fyddan nhw'm callach' gan Doreen wrth i'r tair danio'r leitar a chwythu'r mwg allan drwy gil y ffenest liw.

Presennol: Fi, Susan, Melangell, Doreen, Bethan a Tina. Un mater ar yr agenda: be ro'n i'n mynd i ddeud yn y cyfarfod blaenoriaid i geisio cadw'r hen gojars rhag gwahardd y Cylch unwaith ac am byth.

'Deud 'thyn nhw am gadw'u hen drwyna allan o'n busnas ni,' cynigiodd Doreen yn ei dull dim-nonsens dihafal ei hun.

''Dan ni *yn* fusnas iddyn nhw, tydan,' dadleuodd Melangell, ''dan ni'n talu rhent.'

'Gormod o lawar,' meddai Susan sy'n Gadeirydd-Drysoryddes Pwyllgor y Cylch. Braf gweld Susan a Melangell yn rhyw lun o gyfathrebu eto wedi pandemoniwm Drama'r Geni, meddyliais, a 'mond pum mis oedd o 'di gymyd.

'Gollan nhw'r rhent os cân nhw wared arnon ni,' meddai Melangell. Lwcus bod gynnon ni gyfreithwraig ar y pwyllgor i ddatgan y blwmin obfiys. 'Felly nawn nhw'm cicio ni allan, 'dan ni'n rhoi gormod o bres yn 'u coffra nhw.'

'Isio cic yn 'u blydi coffra nhw!' cyfarthodd Doreen. Tasa waliau'r festri'n amsugno pob rheg sy'n cael ei ynganu ma, mi fysan nhw wedi hen droi'n goch llachar a fydda dim angen 'u peintio nhw byth wedyn.

'Dduda i wrthyn nhw bo chdi'n ymddiheuro am y miri hefo Heidi wsos dwytha,' meddwn i wrth Melangell, gan wybod yn iawn na fyddai Melangell yn ystyried ymddiheuro am un funud.

'Deud di be lici di,' meddai Melangell. 'Hi oedd yn gweiddi, ddim fi.'

'Dduda 'i bod *hi*'n ymddiheuro hefyd,' cynigiais yn ddiplomatig gan chwifio 'mreichiau i geisio cael gwared ar y mwg ffags.

Wedi hanner awr o drafod be o'n i'n mynd i ddeud, a hanner awr arall yn trafod clecs y pentra, bernais mai gwell fyddai dirwyn y cyfarfod i ben. Ymhen ugain munud, mi fyddai'r blaenoriaid yn dechrau ymgynnull. Cytunodd Tina – sy mewn enw yn ysgrifenyddes y Pwyllgor – i ddrafftio llythyr o ymddiheuriad am holl gamweddau'r Cylch ers oes Adda, a sicrhau ei bod hi'n ei ddangos i mi neu i Susan cyn ei anfon. Does yna fawr o raen ar ysgrifennu ein hysgrifenyddes. A bod yn berffaith onest, does ganddi fawr o glem sut i roi brawddeg gall ar bapur. Mae'r rhieni'n aml yn gorfod dod ata i holi am gyfieithiad. Dydi atalnodi ddim yn rhan o'i chredo hi, ac os oes 'na ffordd anghywir o sillafu gair, mi ddaw Tina o hyd iddo a'i ddefnyddio.

O leia medrwn ddeud wrth y blaenoriaid bod 'na lythyr o ymddiheuriad diffuant ac ymgreinio dwys ar ei ffordd. Yn ddelfrydol, mi fyddai gen i'r cyfryw lythyr yn fy meddiant i'w roi ger eu bron, ond ta waeth.

Cael a chael fu hi i ffarwelio â Susan, Melangell, Tina, Doreen a Bethan cyn i Blodwen Davies lanio. Sniffian oedd y peth cynta wnaeth hi wrth ddod i mewn drwy ddrws y festri, a finna wedi treulio'r awr flaenorol yn chwifio 'mreichiau ac yn agor a chau'r ffenest fach fel ffŵl wrth geisio gyrru'r mwg ar ddisberod.

'Oes 'na rywun 'di bod yn smocio ma?' oedd ei hunig gyfarchiad.

'Dow, 'swn i'm yn meddwl,' atebais yn gelwyddog. 'Ella mai'r teciall ydi o… mae o 'di bod yn stemio.'

Cyrhaeddodd Ifan Manchester House cyn iddi fedru dadlau. Mi eisteddodd o flaen Ben y Piano a dechrau chwarae be yn ei feddwl o, debyg, oedd yn 'Gytgan yr Haleliwia', Handel, ond a swniai'n debycach i fersiwn wltra fodernaidd o 'Merched Dan Bymtheg' y Trwynau Coch. Testun o fawr ryfeddod yn Nantclagwydd ydi'r ffaith nad oedd Ifan erioed wedi chwarae nodyn ar y piano tan iddo ddechrau diodde o'r Alzheimer's. Tynnodd Blodwen Davies y caead i lawr ar ei ddwylo a'i orchymyn i eistedd yn dawel. Gallen ni wneud hefo rhywun fel Blodwen i gadw trefn ar blant y Cylch.

'Be 'dan ni'n neud ma?' holodd Ifan yn ddryslyd. Dwn i'm ai cwestiwn ynghylch ei bresenoldeb yn y festri oedd o, ynteu ymholiad rhethregol ynglŷn â chyflwr y ddynoliaeth, ond boed y naill neu'r llall, yr un oedd y dryswch difrifol ar ei wedd.

'Rhoi diwadd ar y miri unwaith ac am byth os ca i'n ffordd,' atebodd Blodwen Davies gan saethu edrychiad milain i 'nghyfeiriad i.

Buan y daeth Cyril Parry ac Idwal Francis, a chododd pawb eu lleisiau.

'Sut dach chi, Mr Francis?' gwaeddais ar Idwal.

'E?' cyfarthodd yn ôl arna i. Gwenais arno – haws deud 'helô' heb agor 'y ngheg.

Mân-gamodd Cyril Parry ei ffordd at y meinciau blaen yn boenus o ara. Eisteddodd yn glewt o'r diwedd a methais ag osgoi rhyw anadl bach o ryddhad wrth iddo lwyddo i gyrraedd ei nod cyn iddo fo – neu fi – ddisgyn yn farw gorn.

'Ella 'sa'n well…' dechreuodd yn ei lais gwichlyd ara deg, ''swn i 'di mynd i tŷ bach cyn gada'l y tŷ.'

'Dach chi isio mynd rŵan?' safodd Blodwen ar ei thraed i gynnig ei chymorth iddo.

Trodd Cyril ei ben yn ara deg i sbio ar ei dwylath bygythiol yn rhythu i lawr arno.

'Na... ddim rŵan... dw'm yn meddwl... mi gadwith.'

'Iawn 'ta,' cyhoeddodd Blodwen. 'Edrach yn debyg mai 'mond ni'n pedwar sy ma... ac un *answyddogol* 'lly,' gan edrych arna i. 'Mi ddechreuwn ni.'

O, Janet! Lle uffar w't ti yn fy awr dywyll?

'Un mater sy ar yr agenda,' meddai Blodwen drachefn gan sbio ar fwndel o bapurau – amherthnasol, 'swn i'n fodlon betio 'mhen – o'i blaen. 'Y Cylch Meithrin. Yn fwy penodol, *tramgwyddau*'r Cylch Meithrin.'

Roedd hon yn fwy o ddraig nag ro'n i wedi ei ofni.

'Ers blynyddoedd, ma Capel Bethania, drwy garedigrwydd calon ac ysbryd cyfeillgar a Christnogol, wedi agor ei ddrysau i Gylch Meithrin Nantclagwydd ac wedi cynnig croeso breichiau-agored iddyn nhw ddefnyddio'n hadnoddau prin ni – adnoddau a bwrcaswyd drwy chwys llafur cynifer o'n cyndeidiau...'

'E?' Cwpanai Idwal Francis ei glust dde i'w chyfeiriad.

Arglwydd, roedd hon yn gallu rhaffu geiriau at ei gilydd! Agor ei freichiau, wir! Agor ei bwrs i dderbyn y rhent yn agosach ati.

'Loes calon i ni, gynheiliaid yr ysbryd Cristnogol yma yn Nantclagwydd, felly, ydi bod rhieni a phwyllgor ac arweinwyr ac, yn wir, plant y cyfryw Gylch yn cymryd mantais ar yr ysbryd dyngarol mae Capel Bethania'n ei estyn iddyn nhw, yn poeri'r croeso Cristnogol hwn yn ôl i'n hwynebau ni.'

Do'n i ddim yn siŵr ai sgrechian arni neu ddisgyn i gysgu gan mor hirwyntog ei haraith.

'Os ca i ddeud...' dechreuais cyn i Blodwen fynd rhagddi ar fy nhraws...

'Ffraeo stwrllyd – a RHEGI! – y tu allan i'r sancteiddfan!

Llanast wythnosol yn y festri – clai! Paent! Creons! A *chewing gum*!'

Ynganodd y *chewing gum* fel pe bai Satan ei hun yn edrych ar y cyfryw eitem fel unig gynnwys ei ddeiet. Gwyddwn mai Doreen yn unig, o holl rieni a phwyllgor y Cylch, fyddai'n gyson gnoi gwm, a go brin y medrai Bethania ein lluchio o'r festri ar sail gwendid un ohonon ni'n unig, ond doedd gen i ddim gobaith rhoi taw ar arabedd hon a hithau'n carlamu'n wyllt bellach ar gefn ei staliwn.

'Dim ond trafferth 'dan ni wedi'i ga'l gynnoch chi ers y cychwyn! Traffarth a chost!' Edrychodd yn ymbilgar ar y blaenoriaid eraill. 'Cost llnau'u llanast anwaraidd nhw!'

''Dan ni ar yr emyn byth…?' holodd Ifan Manchester House yn ddryslyd obeithiol.

'Emlyn? Hwnnw sy'n pregethu?' trodd Idwal Francis ato, yntau hefyd yn taer obeithio am oleuni ar y dryswch.

Daeth sŵn o gyfeiriad y drws wrth i Janet ruthro i mewn yn llawn ymddiheuriadau. Glaniasai cefnder i Breian, ei gŵr, *fel* roedd hi'n gadael y tŷ a bu'n rhaid iddi roi ei 'su'mais' cyn medru ymesgusodi. I'r diawl â chefnder Breian! Roedd ei hymddangosiad wedi 'nghadw rhag mynd drwadd i'r capal a lluchio'n hunan ben gynta o'r galeri.

'Dwi 'di methu rhwbath?' holodd gan sbio arna i ac yna ar Blodwen. Roedd cŵn y fall yn llygaid honno wrth sylweddoli na châi bellach benrhyddid i fy llabyddio'n eiriol.

'Deud ro'n i…' ailddechreuodd Blodwen, 'fod 'na gryn straen wedi bod ar y capel yn sgil defnydd y Cylch o'r festri.'

'Sut straen?' holodd Janet yn ddiniwed.

'Clai, paent, creons…' mentrais ailadrodd cwynion Blodwen.

'A *chewing gum*!' tasgodd Blodwen fatha rhwbath allan o'r *Exorcist*.

'Wel, oes siŵr,' meddai Janet yn ddidaro. 'Plant 'dan nhw'n 'de. A rhai bach ar hynny. Ddysgan nhw'm byd heb gael gneud rw fymryn bach o lanast.'

'Be am y *chewing gum*?' cyfarthodd Blodwen.

'Well na'u bod nhw'n smocio debyg,' atebodd Janet heb lyfu'i gweflau.

'Ym… mi *ydan* ni wedi bod wrthi fatha lladd nadradd wsos yma'n clirio… a mi fedran ni roi *ban* ar y *chewing gum*…' dechreuais yn gymodlon, ond roedd Blodwen eisoes wedi neidio ar gefn ceffyl arall ac yn carlamu i dragwyddoldeb.

'Smocio! 'Na beth arall!'

'Dew, ia!' deffrodd Idwal Francis drwyddo, 'hen bryd i'r Capal ma ada'l i ddyn smocio'n ystod y bregath…' Cyfeiriodd ei law at ei boced i estyn ei getyn. Ond roedd Blodwen ar yr un amrantiad wedi plannu ei llaw hithau ar ei law o i'w rwystro: plentyn yn cael slap. Syrthiodd wyneb Idwal yn ei siom o gael ei gystwyo'n gyhoeddus.

'Ylwch,' meddai Janet. 'Ma'r Cylch yn gneud gwaith da hefo'r plant, fedar neb ohona ni wadu hynny. A chewch chi ddim gwell arweinyddes na Mared fama…'

'Dw'm yn ama,' cyfaddefodd Blodwen dros ysgwydd. 'Er, ella 'sa chydig o ddylanwad Cristnogol yn mynd yn bell…'

'Ma nhw *yma*, tydan?' dadleuodd Janet. 'Ma nhw o fewn i'r Capal, yn medru gweld llunia plant yr Ysgol Sul o'u cwmpas. Rhaid bod hynna'n rhwbath…?'

Roedd yr Ysgol Sul wedi cau ers pedair blynedd dda o ddiffyg diddordeb. Ond roedd lluniau cenhedlaeth neu ddwy o blant yn dal i addurno'r waliau – yn wir, Blodwen ei hun wrthododd adael i'r Cylch lynu lluniau'r plant meithrin ar y ddwy wal hir rhag gorfod tynnu'r lluniau melynllyd o Noa a'i arch, yr Iesu yn ei grud a Lasarus yn codi o farw'n fyw.

Ymwrolais. Roedd cael Janet yno'n dadlau fy mhlaid yn

rhoi mwy na mymryn o hyder i mi.

'Mae gin i syniad mai'r ffrae wsos dwytha rhwng dwy o'r mama ydi prif destun y ddadl yma,' cychwynnais. 'Doedd a wnelo'r Cylch Meithrin ddim â'r mater a fu'n faen tramgwydd rhyngthan nhw, ac ma'r ddwy bellach wedi cyfadde'u bai wrth greu miri'n gyhoeddus... yn wir maen nhw wedi bod wrthi'n ddygyn yn llunio llythyr atoch chi, ar y cyd, yn ymddiheuro o waelod calon am 'u hymddygiad ac yn gaddo na fyddan nhw byth eto'n euog o halogi tir Bethania hefo'u cecru.'

Medrwn innau siarad yr un mor hirwyntog â Blodwen.

'Lle mae o?' chwyrnodd Blodwen.

'Wel... gan mor edifar ydan nhw, ma nhw'n cymryd cryn dipyn o amser i'w orffen o,' eglurais. 'Ond mi fydd o yn y post ben bora fory, siŵr gin i.'

Difarais ofyn i Tina sgwennu'r llythyr sori – 'swn i wedi medru llunio un fy hun mewn deng munud fflat a'i gyflwyno i Blodwen yn y cyfarfod.

'Ein dyletswydd ni fel blaenoriaid Bethania ydi agor 'yn drysa i bawb yn y pentra... cynnwys y gymuned, croesawu cymdeithasu agored. Dyna'r unig ffordd o ddenu pobol i'r lle ma,' datganodd Janet.

'Dwi'm yn siŵr os dwi isio croesawu pobol fela!' meddai Blodwen cyn medru atal ei hun.

'Go brin mai dyna'r agwedd,' ebychodd Janet, yn ddigon snoti chwara teg iddi.

''Swn i'n meddwl ella...' cychwynnodd Cyril Parry'n ara deg, ''swn i'n meddwl ella... bod hi'n bryd...'

'Ia?' cyfarthodd Blodwen gan ddychryn digon ar Cyril a gwneud iddo gychwyn eto ar daith ddiderfyn ei frawddeg.

''Swn i'n meddwl ella... rŵan 'de... bod hi'n bryd i mi fynd i'r tŷ bach.'

'Yn munud!' rhuodd Blodwen arno. 'Ma gin i un eitem

arall o dystiolaeth ychwanegol i'w rhoi ger ych bron chi i gadarnhau 'ngalwad i wahardd y Cylch meithrin rhag defnyddio'r festri.'

Be rŵan? Roedd hi wedi cwyno am y ffraeo a'r rhegi, y paent a'r creons a'r *chewing gum*. Be arall oedd 'na?

'Dwi'n dal i ddiolch mai fi canfyddodd o,' aeth Blodwen rhagddi'n gryptig. 'Dydi iechyd Mrs Hughes-llnau-Capal ddim yn wych. Mi 'sa wedi bod yn ddigon amdani, bysa wir.'

'Be?' mynnodd Janet, wedi cael llond bol ar y rhagymadroddi gorddramatig.

'Hyn,' cyhoeddodd Blodwen gan sefyll ar ei thraed. 'Dilynwch fi.'

Cerddodd i gyfeiriad y drws drwadd i'r capal. Edrychodd Cyril Parry ac Idwal Francis yn syfrdan ar ei gilydd. Ailadroddodd Blodwen ei gorchymyn a rhoi ei braich i Cyril er mwyn ei helpu i godi.

'Trip!' cyhoeddodd Ifan Manchester House gan lamu ar ei draed wrth ei fodd. 'Trip Ysgol Sul!'

Llamodd fel plentyn bach i'w le yn y rhes ohonon ni a safai tu ôl i Blodwen a Cyril, yn barod i fynd i mewn i'r capal – fel gosgordd briodas, a'r priodfab hanner maint y briodferch yn arwain. Cododd Janet ei llygaid i'r entrychion – be rŵan eto?

Cymerodd y daith i'r sêt fawr gryn funudau gan fod rhaid i bawb arafu i gyflymdra hynod anghyflym Cyril ar fraich Blodwen. Dechreuodd Ifan fwmian canu Gorymdaith Briodasol Mendelssohn tan i Blodwen ei shyshio i ddistawrwydd.

Rhoddodd Blodwen Cyril i eistedd yn y sêt fawr, lle dechreuodd o sôn eto ella y bysa tŷ bach yn handi… Wnaeth Blodwen ddim cymryd arni ei bod hi wedi ei glywed y tro hwn a gorchmynnodd y gweddill ohonon ni i aros yn y sêt fawr efo Cyril. Esgynnodd Blodwen y grisiau i'r pulpud. Fentrais i ddim edrych ar Janet rhag i ni'n dwy ddechrau chwerthin. Oedd hon wedi colli arni'n llwyr o'r diwedd ac am ddechrau pregethu-go-iawn o flaen ei chynulleidfa fechan?

Agorodd Blodwen y Beibil mawr yn y pulpud.

'Does 'na ddim geiriau,' meddai. Diolch byth, meddyliais i. 'Dim ond hyn!' a throdd Blodwen y Beibil mawr tuag atom. Y tu mewn i'w glawr ôl, roedd un gair wedi ei sgwennu. Un gair mawr mewn creon du, yn sgrifen sigledig plentyn bach:

C-o-c.

'Be 'dio?' holodd Idwal Francis gan feinhau ei lygaid i geisio gweld. Doedd ei olwg fawr gwell na'i glyw.

Gwnaeth Cyril Parry yr un fath ac wrth i'r neges unsill gyrraedd yn ara deg bach i'w ymennydd drwy ei lygaid dyfriog main, sylweddolais fod gwawr dealltwriaeth wedi cael effaith nid ansylweddol ar ei bledren.

Bedyddiwyd y sêt fawr.

Drwy drwch blewyn meina'r gwybedyn mwya anorecsig, llwyddwyd i gadw drysau festri Bethania ar agor i Gylch Meithrin Nantclagwydd. Barnodd Blodwen Davies fod angen codi deg punt yr wythnos yn fwy o rent arnom i ofalu am gostau llnau a chodi gwm cnoi a golchi'r sêt fawr. Ond pris cymharol fach oedd hynny i'w dalu ar y cyfan. I Janet mae'r diolch. Bu'n dadlau am gryn hanner awr arall pam y dylent droi llygad dall at amryfusedd un neu ddau o blant y Cylch, gan mai dyna'n union oedden nhw – plant – ac roedd arweiniad y Cylch yn anhepgor i'w gael yn ôl ar lwybyr y cyfiawn rhag gwneuthur pechodau eraill tebyg – a gwaeth – yn nes ymlaen yn eu bywydau. Ces 'di Jan. Ar adegau, gwthiai ei thafod mor bell i'w boch fel i mi amau y byddai'n tagu arni.

Cofiais fel y bu i Kayleigh Siân a Brengain ddianc i'r capel y dydd Mawrth cynt. Feddyliais i na Doreen y byddai'r ddwy wedi medru esgyn i'r pulpud ac agor y cawr o Feibil oedd yno. Thwllodd hi ddim o'n meddyliau ni y medrai Brengain fod wedi halogi'r cyfryw Lyfr â'i geirfa dramgwyddus. Brengain yn ddiau – dim ond hi o holl blant y Cylch oedd yn medru sgwennu ei henw heb sôn am roi gair at ei gilydd.

Yn y seiat ddibriffio yn tŷ ni y noson honno, cytunodd Janet a fi i gadw hanes y 'coc' yn gyfrinach rhag gweddill rhieni a phwyllgor y Cylch. Ddôi yna ddim mantais o geryddu'r hogan fach ddyddiau wedi'r drosedd.

A chwarae teg, mi *oedd* hi wedi dangos gallu anghyffredin a digamsyniol i hogan bach dair a hanner oed.

Roedd Nebo'n edrych yn fwy digalon nag arfer y bore wedi'r cyfarfod blaenoriaid helbulus yn Bethania pan adawyd o yn y Cylch gan Bethan gwta hanner awr yn hwyr. Daliai focs dan ei fraich, bocs sgidiau bach gwyn, a mwmiodd ei fam wrth ddiflannu drwy'r drws ei fod o wedi mynnu dŵad â fo i'w ddangos. Roedd hi wedi trio'i gorau meddai, mewn llais blinedig, ond roedd o 'di mynnu dianc bob gafael a rhedag drw'r tŷ, ac roedd o 'di 'cau'n glir â chael 'i fflysio…

'Shit!' sgrechiodd Doreen wrth agor y bocs a'i gau drachefn yr un mor sydyn.

Yn y bocs, gorweddai Pot Jam yn farw gorn. Chymerodd hi ddim eiliad i'r ddwy ohonon ni sylweddoli mai marwolaeth wleb yn nŵr y tŷ bach gafodd Pot Jam druan. Doedd hi ddim mor glir er hynny ai hunanladdiad 'ta llofruddiaeth oedd yr achos, ond siarsiais Doreen i beidio holi dim ar Bethan pan ddôi i gasglu Nebo, rhag cynhyrfu'r dyfroedd – fel petai. Doedd dim golwg llofrudd ar y ddynes, ond pwy a ŵyr: pe bai gen i saith o blant gwyllt mewn pwt o dŷ teras, a chreadur hefo un goes yn fwy na nifer y llofftydd oedd yn y tŷ yn rhedag reiat drwy'r anhrefn… ella 'swn inna hefyd yn medru troi'n llofrudd.

Rhoddodd Doreen y bocs i orwedd tu ôl i Nemo oren balwniog Myfyr ar Ben y Piano, ac er iddo edrych yn hiraethus i'w gyfeiriad bedair neu bump o weithiau tra o'n i'n trio gneud lluniau paent dwylo hefo nhw, wnaeth Nebo-bwys bach ddim crio nac yngan gair arall weddill y bore.

Ar ganu 'Iesu Tirion' oedden ni pan laniodd yr arolygwraig. Penderfynais beidio â tharfu ar lif cynhyrchiol y bore a dechreuais forthwylio'r nodau'n frwd gan geisio cymell y plant i ganu efo fi.

Damia Nemo! Wrth syllu i'w orenrwydd o 'mlaen i ar Ben y Piano, ni allwn weld y bocs gwyn, felly'n naturiol, mi anghofiais am ei fodolaeth. Dyrnais y nodau'n awchus drwy 'wrth fy ngwendid, trugarha' er mwyn ceisio ennyn rhywfaint o frwdfrydedd yn y côr dwy a thair a phedair blwydd oed tu ôl i mi fel y byddai'r arolygwraig yn gweld pa mor wych oedden nhw. Clanciodd yr hyrdi-gyrdi di-diwn dan fy mysedd, a llithrodd y bocs gwyn yn nes ac yn nes at y dibyn, yn ddiarwybod i mi. Pan oedd yn y broses o ddisgyn dros ymyl Ben y Piano y cofiais i amdano, gwta nano-eiliad yn rhy hwyr.

Disgynnodd y bocs yn glewt ar lawr, ac agorodd y caead. Rowliodd corff bach llipa Pot Jam allan ohono a dod i stop droedfedd o flaen traed yr arolygwraig. Tawodd y nodau. Stopiodd fy nghalon i guro. Ni chlywid smic. Am dair eiliad cyfan.

'Wel!' meddai Doreen yn ddidaro. 'Isio i ni ga'l gwarad arno fo *oeddach* chi'n 'de…?'

3: Ac eto nid Myf

Os ydi Nebo'n dawedog, mae Myfyr yn fud. Mi fedrith o grio a sgrechian a chwerthin fel pob plentyn arall, ond wnaeth o rioed agor ei geg i yngan yr un gair hyd yn hyn. Heb fynd i labelu gormod cyn-pryd, ag yntau ond yn dair a hanner, mae Myfyr yn BROBLEM.

Mae 'na sôn fod Einstein yn dair oed – yn ôl rhai: eraill yn mynnu ei fod o'n chwech oed – yn dechrau siarad. Os felly, ella dylian ni ddechrau disgwyl pethau mawr gan Myfyr ymhen degawd neu ddau. Ond hyd yn hyn mae ei rieni a'r Cylch, a'i therapydd lleferydd wedi methu cael bw na be o enau'r bych.

Dydi Myfyr bach ddim yn dwp o bell ffordd. Medr gwblhau jig-sô anodda'r Cylch – rhyw greadigaeth pren 30 darn o'r chwedegau efo'r darnau i gyd yr un mor ddi-siâp, a llun Noddy arno – mewn amser cyflymach na'r un o'r plant eraill, heblaw am Brengain wrth gwrs, ond dydi hi ddim yn cyfri gan iddi gael ei barnu'n athrylith gan ei mam o'r crud a'i gallu goruwchnaturiol yn ei gosod uwchlaw pob plentyn meidrol arall o'i hoed.

Mi geisiais drwy deg a dichell i gymell Myf bach i ddeud rhywbeth – unrhyw beth. Holais gwestiynau, ceisais ennyn dadl drwy ddatgan ffeithiau cwbl amlwg anghywir – a llwyddai i ysgwyd ei ben yn gywir bob tro, ond heb ddeud gair. Doedd waeth i mi heb â thrio yn ôl Glenys ei fam: roedd gweithwyr proffesiynol, llawer mwy tebol na fi, wedi ceisio ac wedi methu â chymell gair o'i ben. Ro'n i er hynny wedi llwyddo yn fy nghais am gymorth un-i-un i byrFyfyr yn y gobaith y byddai sylw personol, unigol yn ei annog i siarad. Penderfynwyd trafod sut bydden ni'n dod o hyd i gymhorthydd un-i-un i Myfyr yng nghyfarfod blynyddol y Cylch.

Yn y festri roedd y cyfarfod i fod i gael ei gynnal, ond mi symudodd i dafarn y Clagwydd gerllaw cyn i ni osod troed dros riniog y fan honno y munud y datganais i na châi Doreen, Bethan a Tina danio ffag tu mewn.

'Blydi Clagwydd 'ta!' ebychodd Doreen yn flin a throi ar ei sawdl ar unwaith. Dilynodd Susan, Melangell, Glenys a fi y drindod nicotinaidd i gyfeiriad y dafarn, a lwc oedd hi i ni ddigwydd taro ar Heidi ar y ffordd.

'Clagwith...?' gofynnodd, fel pe baem wedi cynnig mynd i *strip club* i gynnal y cyfarfod. 'Beth ni eisiau mynd i'r Clagwith?'

'Am ffag,' meddai Doreen wrthi a chamu yn ei blaen heb roi cyfle i Heidi ddadlau.

'Ych-a-fi!' meddai Heidi fel pe bai Doreen wedi sodro ffag yn ei cheg a'i gorchymyn i'w smocio. 'Dydw i ddim yn hoffi smygu.'

'Paid gneud 'ta!' prepiodd Doreen yn swta.

Caeodd Heidi ei cheg.

Roedd y Clagwydd yn prysur lenwi, ond mi lwyddon ni i sicrhau cornel i'r wyth ohonon ni yn y *snug* yn nhywyllwch y pen pellaf.

'Sgynnoch chi le yn yr Ysgol Feithrin 'na i hogyn bach drwg fatha fi?' gwaeddodd Bil Tŷ Sgwâr i'n cyfeiriad wrth i Susan estyn ei ffeil o'i bag. ''Swn i'm yn meindio ista ar lin unrhyw un ohonach chi am fora cyfa!'

Anwybyddodd pawb o – pawb ar wahân i Tina fu'n gneud llygada llo arno fo wrth ordro diodydd i bawb efo arian Melangell. Un boblogaidd yn y Clagwydd oedd Tina – neu Thits fel y'i gelwid gan y dynion bron i gyd: mae'n debyg ei fod yn dod o Tin-a-Thits, gan nad oes yna ryw lawer mwy i Tina na thin a thits am wn i.

'Doro gora iddi!' cyfarthodd Doreen i gyfeiriad y bar wrth weld ei chwaer yn llyfnhau pocedi ôl denims Bil Tŷ Sgwâr yn werthfawrogol. 'Gynnon ni betha pwysicach i neud na chwilio am sgriw hefo moch fatha hwnna!'

'Soch soch,' rhochiodd Bil i gyfeiriad Doreen.

'Re-e-e-it,' cyhoeddodd Susan i agor y cyfarfod a chau pen y ddwy chwaer. 'Agenda. Croeso… diolch am ddŵad. Gohebiaeth, 'im byd o bwys. Ymddiheuriada, hy! Oes 'na byth? Cofnodion cwarfod blynyddol llynadd. Pa gofnodion? Ethol swyddogion. Ia. Reit.'

'Dw'm yn neud dim byd,' datganodd Glenys.

'Na finna,' cytunodd Bethan. 'Gin i ddigon ar 'y mhlât yn barod.'

'A finna,' ategodd Melangell. 'Petha pwysig.'

'Wel, dwi'm am fod yn Gadeirydd am flwyddyn arall,' meddai Susan. 'Dwi 'di gneud dwy flynadd yn barod. Ma'n bryd i rywun arall neud, achos bydd Brengain yn mynd i'r ysgol go iawn yn y pnawnia flwyddyn nesa. Fydda i isio bod yna iddi.'

Wnaiff ei swydd fel darlithwraig yn y Brifysgol ddim tarfu dim ar ei hawydd i fod yna iddi, meddyliais. A beth bynnag, roedd Brengain cymaint ar y blaen i'r plant eraill, beryg mai'r peth gorau fedrai Susan ei wneud fyddai gwrthod rhoi sylw i'r fechan am ryw hyd er mwyn i'r plant eraill gael cyfle i ddal i fyny hefo'r athrylith ag ydi hi.

'Waeth chdi barhau ddim,' meddai Melangell yn bigog. 'Di'r Cadeirydd ddim felsa hi'n goro *gneud* dim byd go iawn, 'na di?'

'Na'r diolch ma rywun yn ga'l!' cwynodd Susan.

'Mi fyddwn i wrth fy modd…' dechreuodd Heidi'n llafurus cyn i Doreen dorri ar ei thraws.

"Na fo! *Sorted*! Susan yn Gadeirydd am flwyddyn arall. Nesa? Ysgrifenyddes.'

'Ma Tina i weld yn neud y job yn iawn,' meddai Glenys.

O ddiawl, meddyliais. Prin bod Tina'n medru rhoi dau air at ei gilydd heb fod yna o leia ddwywaith cymaint â hynny o wallau sillafu. Mi anfonodd y sguthan jolpiog y llythyr ymddiheuro am y ffrae tu allan i'r festri at Blodwen Davies heb ei ddangos i mi nag i neb arall. Bu Blodwen am ddeuddydd yn ceisio gneud pen neu gynffon ohono a cheisio penderfynu a oedd o, go iawn, *yn* ymddiheuriad. Diolch i Janet oedd hi yn y pen draw: nododd fod 'reily sory, wir wan' yn awgrymu diffuantrwydd ein hedifeirwch fel Cylch, a bodlonwyd digon ar Blodwen i gau pen y mwdwl ar y mater am y tro.

'Mi fyddwn i wrth fy modd...' dechreuodd Heidi eto, cyn i Susan y tro hwn siarad ar ei thraws.

'Tina'n fodlon parhau?' holodd. 'Da iawn. 'Mond Trysorydd sy ar ôl.' Prin y clywodd Tina ei henw – roedd hi'n rhy brysur yn tynnu coes Bil ynghylch y blew ar 'i frest wrth sbio arno drwy ei haeliau ffals mascarog eithafol o hir. 'Fel dach chi'n gwbod,' aeth Susan yn ei blaen, 'dwi 'di bod yn gneud job Trysorydd *a* Chadeirydd ers llynadd a dwi'm yn pasa neud y ddwy swydd.'

'Rhy brysur,' meddai Melangell cyn i neb ofyn iddi.

'A finna,' meddai Bethan. 'A sgin i'm syniad su' ma gneud syms.'

'Wel, dwi'm yn cario mlaen 'de,' datganodd Susan yn bendant.

'Mi fyddwn i wrth fy modd...' meddai Heidi eto, ond torrodd Melangell ar ei thraws cyn iddi allu mynd dim pellach.

'Doreen!' meddai Melangell.

'Fatha siot yn 'y nhin!' ebychodd Doreen.

'Ffraeth 'di Dor!' medda Bethan.

'A bod yn fanwl gywir,' mentrais, 'sgin weithiwr yn y Cylch 'im hawl i fod yn Drysorydd. 'Di'm yn iawn bod rhywun yn talu'i hun, nag 'di? O'n i'n meddwl sa *chdi*'n dallt hynny, Melangell...'

'Duw, pwy 'sa gallach? 'Mond trysorydd ysgol feithrin 'di'r swydd, ddim *chancellor of the exchequer*,' ebychodd Melangell yn sychlyd. 'A *does* 'na neb arall oes 'na?'

'Mi fyddwn i wrth fy modd...' ceisiodd Heidi eto, ond chlywodd neb mohoni ma'n rhaid.

'Doreen amdani 'ta,' cyhoeddodd Susan a chau'r ffeil yn glep.

'Be am Heidi?' holais.

'Ia. Iawn. Ro'i henw hi lawr ar gyfer blwyddyn nesa os 'di hi isio... bydd dy Gymraeg di gymint gwell erbyn hynny, bydd Heidi?' Nawddoglyd ddiawledig.

Ildiodd Heidi'n benisel heb fentro dadlau nad oedd a wnelo'i gallu hi i siarad Cymraeg ddim oll â'i gallu i neud syms. Ers y ffrae dros ffling Mungo a Melangell, roedd Heidi wedi gneud ei gorau glas i osgoi'r gyfreithwraig, ac amheuwn fod dŵad i'r cyfarfod blynyddol wedi bod yn gryn artaith iddi.

'Rŵan 'ta. Eitem ola ar yr agenda,' cyhoeddodd Susan, 'ydi cymorth un-i-un i Myfyr.'

'Dach chi'm fod i enwi fo,' meddai Glenys yn biwis braidd. 'Dach chi fod i ddeud "cymorth un-i-un, i un o blant y Cylch."'

'Iawn 'ta,' meddai Susan. ''Dan ni'n chwilio am gymorth un-i-un, i un o blant y Cylch.'

'Ia, ond w't ti *wedi*'i enwi fo rŵan, do?' protestiodd Glenys.

Anadlodd Susan yn ddwfn: wnâi'r cyfarfod blynyddol yma ddim torri unrhyw record am fod yn fyr, ac roedd ei gwydr *gin* a thonic hi'n wag.

'Do,' meddai. 'A 'dan ni i gyd eisoes yn gwbod mai Myfyr sy

angan help. 'Sna neb 'di dysgu dim byd newydd wrth 'mod i 'di enwi fo. Rŵan 'ta, bydd rhaid i ni gynnal cyfweliada i ddŵad o hyd i rywun i fod yn gymorth un-i-un iddo fo – neu HI,' rhythodd ar Glenys a throdd honno'i phen yn flin. "Ta oes 'na rywun fama heno isio'r job? 'Sa'n arbad llawar o falu cachu.'

''Swn i'm yn meindio 'mbach o bres egstra,' meddai Tina, a lwyddasai i dynnu ei sylw oddi ar fysls Bil Tŷ Sgwâr yn ddigon hir i fedru deall be oedd yn digwydd.

'Dos i grafu!' meddai Doreen. '*Ti*'m yn dŵad ar draws pob dim, dwi'n deutha chdi!'

'Pam ddim? Gin i hawl, does? Ac os nag oes neb arall yn trio, a Glenys 'im yn meindio… '

'*Dwi*'n meindio!' rhuodd Doreen. Ni chaed dwy chwaer fwy gwahanol i'w gilydd na Doreen a Tina erioed. Roedd Doreen oddeutu deng mlynedd yn hŷn na Tina ac yn globan fawr dew, ddigon diolwg, yn ôl fel mae mesur y petha ma. Roedd bronnau Tina'n estyn allan yn groes i holl ddeddfau disgyrchiant uwch gwasg denau a modrwy effeithiol drwy ei botwm bol, golygfa yr un mor gyfarwydd i bentrefwyr Nantclagwydd â'i hwyneb. Ond roedd bronnau trymlwythog Doreen wedi hen roi'r gorau i'r frwydr ac yn hongian yn llipa drist, fawr uwch na'i chasgen o stumog, dan siwmperi marcïaidd tyllog. Mynasai Doreen roi modrwy drwy ei botwm bol hithau y munud y clywodd fod Tina wedi cael un, ond hyd yn hyn, doedd neb wedi cael y fraint o'i gweld. A da hynny, mae'n siŵr.

'Di *honna*'m ffit i weithio yn y Cylch!' protestiodd Doreen drachefn.

Un oruchafiaeth fu gan Doreen dros ei chwaer erioed, a'i llwyddiant i'w phenodi'n gynorthwywraig y Cylch oedd honno (nid bod neb arall wedi ceisio amdani os cofiaf yn iawn, ond ta waeth). Y peth dwetha roedd hi isio oedd hon, y chwaer fach wyth stôn a hanner, flondiog, fronnog, maint naw yn crampio'i steil hi'n foreuol yn y Cylch.

'Cym on! 'Swn i'n medru neud o gystal â neb!' protestiodd Tina, a'i llygaid ar y pres yn barod. 'Dwi 'di manijo ca'l 'y mhlant yn hun i siarad, siŵr medra i ga'l Myfyr i siarad 'fyd!' Cuchiodd Glenys a gwelodd Tina'i cham gwag yn gelyniaethu'r union ddynes fedrai sicrhau'r joban iddi. 'Be dwi'n feddwl 'di,' dechreuodd gloddio'i hun allan o'i thwll, 'dwi'n gwbod bo chi 'di neud ych gora efo fo 'de... ond isio amsar a 'mynadd sy 'na... a ma gin i lond trol o 'mynadd... a ma'n hogyn bach *mor* breit, tydi! Tydan nhw'n deud am blant breit bo nhw'n compiwtio'r cwbwl tu mewn fatha... fatha... compiwtars, cyn dechra dŵad ag o allan?'

Mi weithiodd.

'Iawn... os 'di pawb yn cytuno,' meddai Glenys yn betrus.

'No wê!' protestiodd Doreen eto wrth i bawb arall gytuno. ''Di hi'm ffit! Sbïwch arni! 'Sa chi'n deud bod rwbath fela'n ffit i edrach ar ôl ych sbrog chi?'

Gwelwn fod pethau ar fin troi'n hyll, a medrai'r genod eraill weld hynny hefyd.

'Reit...' agorodd Susan y ffeil er mwyn ei chau hi – eto – i ddirwyn y cyfarfod i ben heb ffrae. Ond yn ofer.

'Tynna hynna nôl!' gwaeddodd Tina ar ei chwaer, hithau hefyd bellach wedi colli ei limpin. I ategu at ei geiriau, camodd yn nes at y bwrdd oedd rhyngddi a Doreen. 'Ma'r blwmin twins 'na sgin ti bron starfio rownd y rîl am bo chdi'n methu bo'n boddyrd i roi bwyd yn 'u bolia nhw! Byta fo i gyd dy hun, twyt?!'

A dyna hi. Mi gododd Doreen ar ei thraed yn llawn bwriadu rhoi dwrn yn wyneb ei chwaer, ond roedd 'na fwrdd rhyngthyn nhw. Roedd wynebau pawb yn y dafarn arnyn nhw bellach, yn disgwyl bitsh-ffeit, rhai dynion yn eu hannog, dan eu gwynt, i fynd i'r afael â gwalltia'i gilydd...

'Gotsan!' poerodd Doreen. 'Ma golwg well arnyn nhw na sy ar dy blwmin Sam di! Ti'n sôn am ddysgu Myfyr i siarad, 'sa well tasa chdi'n dysgu'r sbrych bach Sam 'na su' ma agor 'i geg heb regi gynta!'

'Wel, nest ti'm joban dda iawn o ddal d'afa'l ar 'i dad o, naddo?'

Tawelwch. Tina wedi methu cnoi'i thafod, a'r caswir yn gwawrio ar Doreen yr eiliad roedd y frawddeg yn gadael ceg ei chwaer. To'n i ddim mor sydyn: mi gymish i rai eiliadau i ddatrys be oedd Tina'n ei feddwl, ond roedd 'na rai yn y dafarn wedi deall eisoes yn ôl y tynnu gwynt a ddilynodd. Roedd Tom wedi gadael Doreen ers blynyddoedd, ond ddim cyn iddo fo fedru gadael swfenîr ar 'i ôl i chwaer ei wraig. A rŵan roedd y ciachu'n hitio'r ffan go iawn. Pedair blynedd o gadw ei cheg ar gau ynghylch tadogaeth Sam, ac roedd y jolpan wirion yn dewis Cyfarfod Blynyddol y Cylch Meithrin i wneud y gyfrinach yn wybodaeth gyhoeddus!

Llamodd Doreen dros y bwrdd mor osgeiddig â hipopot-amws wedi'i ddrygio, gan droi pob gwydr a'r rheiny'n tasgu ar lawr. Gafaelodd yng ngwallt Tina nes bod honno'n sgrechian a'r cyffro'n dwyn gwên orfoleddus i wyneb y dynion. Dechreuodd Bethan sgrechian er nad oedd yr un o ddyrnau Doreen nac ewinedd cyllyll Tina'n bygwth dim arni hi. Heliodd Susan y genod i gyd o'r neilltu fel bugail yn didol ei ddiadell, a glaniodd Doreen a Tina'n un sypyn sgratsiog, sgrechlyd dynnu-gwalltiog, rheglyd ar lawr. Neidiodd Lloyd Barman dros y bar a cheisio'u gwahanu ond chafodd o ddim llwyddiant. Gwaeddodd ar ddau o ddynion y tîm dartia, oedd yn sefyll wrth y bar yn syllu'n llawn rhyfeddod testosteronog ar y ddwy chwaer yn reslo, i'w helpu i'w gwahanu a deffrodd y ddau o'u llesmair yn ddigon i fedru gafael yn y ddwy chwaer a'u codi ar eu traed.

'Allan!' arthiodd Lloyd Barman, y Pen-Clagwydd.

'*Rwla* o ffor' hon!' poerodd Tina i gyfeiriad ei chwaer. Roedd gwaed ar ei boch, cwlffyn o'i gwallt wedi dod allan uwchben ei chlust ac ôl dwrn i'w weld yn barod dros ei llygad dde. Cerddodd Tina allan mor hy' ag y medrai a bochau ei thin yn bownsio.

'A chditha Doreen! Reit sydyn!' gorchmynnodd Lloyd. Roedd hithau'n gwaedu o sawl sgratsh wedi ymosodiad ewinedd ei chwaer.

Llamodd Bethan at ochr Doreen a gafael yn ei braich i'w harwain allan.

O dipyn i beth aileisteddodd y gweddill ohonon ni, heb wybod beth i'w ddeud. Tapiodd Susan y ffeil o'i blaen.

'Unrhyw fater arall?' gofynnodd yn hamddenol braf.

'Gwranda, Gwi... ti 'di meddwl be 'sa chdi'n licio neud drosd wylia'r ha?' mentrais yn betrus, ar ôl bod yn hofran yn anghyffyrddus yn ei lofft tra stwnai yntau â chordiau ansoniarus ei gitâr drydan (heb yr amp: ro'n i 'di troi'r *volume control* ar hwnnw i lawr pan ddoish i mewn).

Rhwng datgeliad syfrdanol Tina ynghylch tad Sam y noson honno, a'r busnas 'diffyg tad' ma gan Doreen ar noson tantrym Gwion ynghylch y cyfrifiadur, es adre o'r Clagwydd gan fwriadu cael sgwrs iawn mam-a-mab efo fo. Nid bod unrhyw debygrwydd rhwng sefyllfa Gwion a sefyllfa Sam, wrth gwrs.

Sbiodd Gwion yn dwp arna i.

'Ma' oesoedd tan gwylia'r ha,' meddai.

'Meddwl 'sa chdi'n codi ffôn ar dy dad... trefnu dwrnod neu ddau yn Prestatyn.'

'I be?' holodd yn lloaidd.

'Dwn i'm. Jyst meddwl,' codais fy ysgwyddau.

'Mm,' meddai Gwion a throi'n ôl at ei gordio.

Ystyriais bwyso mwy. Ond i be? Ro'n i wedi gneud be ro'n i'n deimlo oedd yn ddyletswydd arna i – dangos iddo fo 'i fod o'n rhydd i fynd at ei dad pryd bynnag oedd o isio, am beidio teimlo 'swn i'n gweld chwith. Be o'n i haws â gwasgu?

Ro'n i'n clwad hogla'r deg ar hugain yn geni Gwion, a phethau ymhell o fod yn iawn rhyngo i a'i dad yr adeg honno hyd yn oed. Gwion oedd y feddyginiaeth i fod – y ffisig fyddai'n dwyn iechyd i'n priodas ni. Roedd Seimon wedi claddu ei ben yn ei waith o'r cychwyn cynta, a phrin y torrodd o'r wynab i fachu ei anadl pan aned Gwion. Plisman ydi o... rwbath go uchel yn y ffôrs. To'n i ddim yn rhannu ei frwdfrydedd tuag at ei swydd na'i uchelgais i godi i uchelswyddi Heddlu Gogledd Cymru. Ddim ei fai o oedd hynny: tueddwn i dynnu'n groes, nes i'r tynnu'n groes fynd yn dynnu'n groes *er mwyn* tynnu'n groes. Ac aeth mater ail blentyn rhwng y cŵn a'r brain: os nad oedd presenoldeb Gwion wedi llwyddo i batsio'r tyllau, wnâi presenoldeb plentyn arall ddim ond rhaffio mwy ar glwt brau'n priodas ni.

Ar ôl blynyddoedd o geisio patsio, mi chwythodd ein priodas ei holaf blwc pan oedd Gwion yn wyth oed, a fedra i ddim tyngu nad oedd Sonia, yr ail wraig, yn y darlun yn rhywle mor fuan â hynny.

Rhaid bod Gwion wedi cael llond bol ar ei gynulleidfa o un a oedd yn dal i hofran yn ei lofft yn esgus rhyw how ddarllen cloriau ei gylchgronau gitâr.

'I be 'swn i'n mynd i Brestatyn i ga'l Louis ag Oliver yn mynd ar nyrfs fi?'

'Mynd ar 'yn nerfa i,' cywirais. 'Digon teg,' ychwanegais yn hwyliog ac anelu allan.

'Mam!' galwodd Gwion ar fy ôl. 'Dwi'n mynd i Donnington wsos nesa.'

'Be?' holais yn ddiddeall. Lle ddiawl oedd Donnington? 'Be uffar t'isio fan'no?'

'Y *Monsters of Rock Festival*,' meddai, fel tasa hynny'n egluro pob dim. 'Ma tad Jake yn mynd â fo a ma gynnyn nhw docynna sbâr –'

'Nag wyt ti ddim!' meddwn i ar ei draws.

'Pam ddim?' cwynodd.

'Am mai 'mond pymtheg oed w't ti.'

'Bydd tad Jake efo ni.'

'Dw'm yn nabod Jake heb sôn am 'i dad o.'

'Ma' *Slayer* yn chwara!' mynnodd drachefn.

''Mbwys gin i os 'di Iesu Grist, John Lennon a'r Brenin Arthur yn chwara, ti'm yn mynd!' meddwn i, yn uwch y tro hwn, er 'mod i'n hanner arswydo rhag denu'r Gwion tantrymllyd afresymol allan am dro.

'*Pam?*' cododd ei lais yn flin.

'Am mai 'mond pymtheg oed w't ti!' Roedd y ddadl yn bygwth troi'n diwn gron na fedrai 'run o'r ddau ohonon ni ddianc o'i hafflau. ''Swn i'n poeni'n hun yn dwll amdana chdi yn y fath le,' ychwanegais, gan swnio'n fwy gofidus na blin bellach.

Rhaid bod Gwion yn rhag-weld na rown i'r gorau i 'ngwrthwynebiad gan iddo droi'r botwm ar ei amp o 0 i 6 a dechrau strymio'n ddigon egnïol i ddeffro holl feirwon Nantclagwydd.

Wn i ddim ai'r sgraffiadau ar wyneb Doreen, neu'r lwmp o lygad ddu a wisgai Tina oedd waetha. Wnes i ddim dychmygu y byddai Tina'n aros i weithio yn y Cylch y bore wedyn ar ôl glanio yno efo Sam: ni ddychmygais am eiliad fod y cytundeb llafar a wnaed rhyngddi a Glenys y noson cynt yn dal i sefyll.

'Dwi 'di siarad hefo Glenys a Susan allan fanna rŵan,' eglurodd cyn i fi orfod holi. 'A ma'r ddwy'n *sorted*. Dwi'n cychwyn hefo Myfyr heddiw.'

Glenys a Susan ag ofn drwy dwll eu tinau rhag cymell ymosodiad gan ewinedd Tina Thits yn agosach ati, tybiais. Gwgai Doreen arna i o ben arall y festri lle'r oedd hi'n sodro'r tŷ-bach-twt yn ei le, yn fy herio i wrthod Tina. Ond sut gallwn i? Rhois hanner nod i Tina gan ddisgwyl i Doreen wthio'i chwaer allan drwy'r drws. Wnaeth hi ddim. Ella 'sa'n well tasa hi wedi gneud, gan mai'r bore Gwener hwnnw oedd y gwaetha i mi erioed ei gofio yn y Cylch. Anwybyddodd y ddwy ei gilydd yn llwyr drwy'r bore, gan gyfathrebu â'i gilydd drwy'r plant (ar wahân i Myfyr, wrth reswm).

'Gofyn i nacw os 'di isio panad,' meddai Doreen wrth Nebo pan aeth ati, yn ôl ei harfer, i wneud coffi ar ôl sodro tost ar y bwrdd o flaen y plant.

'Deud wrth nacw nagdw, ddim gynni hi,' meddai Tina wrth Nebo, cyn i Nebo druan fedru hanner dallt pa 'nacw' oedd gan y naill a'r llall dan sylw heb sôn am fedru ffurfio brawddeg.

'Deud wrth nacw fysa hi 'di goro neud o'i hun be bynnag, *tasa* hi isio un,' prepiodd Doreen yn ôl.

Penderfynais mai doethach oedd peidio dweud dim y bore hwnnw a'r gyflafan mor ffres yn eu meddyliau. Dewisais ohirio tan y bore Llun canlynol yn y gobaith gwirion y byddai'r penwythnos yn dwyn cymod, neu o leia, gyfaddawd, yn ei sgîl.

Do'n i ddim isio codi o 'ngwely erbyn bore dydd Llun. Gorweddais ynddo tan chwarter wedi wyth nes i Gwion roi ei ben rownd drws y llofft a holi o'n i'n sâl.

Cyrhaeddais y Cylch am chwarter i naw ar y dot. Roedd Tina yno'n barod, ynghyd â Sam, Brengain, Lowfi, Myfyr a Tree. Roedd hi wrthi'n llusgo'r byrddau i'w priod le. Synnais nad oedd Doreen yno: beth bynnag ydi ei gwendidau hi, doedd diffyg prydlondeb ddim yn un ohonyn nhw. Daeth naw o'r gloch, a hanner awr wedi cyn i mi fentro gofyn i Tina oedd hi'n gwybod rhywfaint o hanes ei chwaer a Kayleigh Siân a Shaniagh Wynne.

"Di bygro o ma, ma siŵr,' mwmialodd honno. 'Be wn i?'

Damia las! 'Sa hi 'di medru deud. Ro'n i wedi hanner ofni mai dyma fyddai pen draw'r miri rhwng y ddwy chwaer, ond fedrwn i ddim llai na synnu mai Doreen oedd yr un i gamu naill ochr.

Does gynnon ni ddim hawl cynnal Cylch heb ddwy i ofalu am y plant. Byddai'n rhaid gofyn i un o'r mamau lenwi'r bwlch a adawyd gan Doreen nes medru penodi cynorthwyydd yn ei lle...

Y bore canlynol – dim Doreen, a dim goleuni gan Tina lle medrai ei chwaer fod. Yna, tua hanner awr wedi naw, ymddangosodd Bethan yn y drws, yn edrych yn fwy gwyllt nag arfer, a gollyngodd Nebo a Kayleigh Siân a Shaniagh Wynne yn rhydd i'n plith. Es ati, cyn iddi fedru dianc, a holi hynt Doreen. Cochodd Bethan at ei chlustiau.

'Fi fydd yn dŵad â nhw yma rŵan,' meddai gan fethu â rheoli ei hanadl bron.

Ailadroddais fy nghwestiwn. 'Be 'di hanas Doreen 'ta?'

'Ma'n siŵr cei di glwad yn ddigon buan,' meddai Bethan yn llawn panic, cyn diflannu. Roedd golwg yr un mor ddryslyd ar wyneb Tina ag a oedd ar fy wyneb innau, dwi'n siŵr. Cododd ei hysgwyddau ac ailfwriodd ati i drio tynnu gair, llythyran neu ebwch o enau Myfyr uwchben y jig-sôs.

Ymhen dyddiau y ces i glywed bod Doreen a Bethan bellach yn cyd-fyw yn nhŷ Bethan. Roedd pethau wedi poethi braidd rhyngthyn nhw yr wythnos flaenorol wedi'r cic-owt o'r Clagwydd. Drwy gysuro Doreen, cafodd Bethan gysur o ryw fath ei hun. Ymwared rhag y plant ym mreichiau rhywun talach (fymryn), callach (fymryn) a llai anifeilaidd (fymryn) na'r giwed o anwariaid a'i gyrrai'n orffwyll yn ei chartre ei hun.

Yn gyfnewid am dyaid o saith o fasdads bach swnllyd, straellyd, anniolchgar, cafodd dyaid o naw o fasdads bach swnllyd, straellyd, anniolchgar a phâr o freichiau mawr sgraffiniog mewn siwmper dyllog byg i afael amdani'n dynn.

Yn betrus y cnociais ar ddrws tŷ Bethan gyda'r bwriad o siarad efo Doreen. Clywn sŵn plant yn arthio ar ei gilydd tu mewn, a theledu a CD yn cystadlu efo'i gilydd ar draws pob dim. Clywn Bethan yn sgrechian ar rywun neu rywrai tu mewn i 'roi'r gora iddi ac agor y blydi drws 'na', ond mae'n amlwg na chafodd ei geiriau fawr o argraff gan mai Bethan ei hun a'i hagorodd ymhen hir a hwyr.

'S'mae,' gwenais arni.

'Ar... ar ganol swpar,' atebodd. 'Neu 'swn i'n gofyn i chdi ddod i mewn.'

Swper i wyth – a Doreen a'i thylwyth, os oedd y sïon yn gywir. Dim rhyfedd bod y ddynes fach yn hofran rhwng y byd hwn a Honco Bostod. Roedd ei phartner wedi diflannu ddwy flynedd yn ôl, wedi cael llond bol ar y sŵn. Beryg mai dyna 'swn i wedi'i neud hefyd.

''Di clwad...' mentrais, 'fod Doreen... yn aros efo chdi.'

'Pawb ar 'u swpar...' meddai Bethan eto fel pe bai hi heb 'y nghlwad i.

''Sa bosib i fi ga'l gair efo hi?'

'Tships popty,' hanner chwerthodd Bethan. 'Ffreiars yn betha peryg, tydan?'

Herciodd Nebo at ei hymyl o grombil y tŷ a sgrechiadau plant hŷn i'w ganlyn. Yn ei geg, roedd potel babi yn llawn o rywbeth llaethog, coch. Cnoai arni nes medrwn weld bod y deth rwber yn dyllau budron drosti.

'Helô, pwt,' cyfarchais ef. Edrychodd arna i'n llawn syndod: 'ddim fa'ma ma hon i fod.' Yna gafaelodd yng nghoes ei fam am sicrwydd cyn iddi hi ei ysgwyd yn rhydd.

'Doreen...?' cynigiais eto.

''Di hi'm yma,' atebodd Bethan a gwthio Nebo i gyfeiriad y gegin.

Ar hynny, carlamodd Kayleigh Siân ar ras wyllt drwy'r pasej, a thri neu bedwar o sŵ Bethan wrth ei sodlau'n bygwth ei cholbio. Roedd eu sŵn yn annaearol.

'Caewch 'ych blydi cega!' sgrechiodd Bethan heb adael fawr o farc. Ond roedd hi wedi gweld 'mod i wedi copio Kayleigh Siân.

'Blydi bygars!' rhegodd Bethan.

'Ga i air hefo hi?' gofynnais eto mor neis ag y gallwn. 'Isio gwbod os 'di'n pasa dŵad yn 'i hôl.'

'Ofynna i iddi,' meddai Bethan gan droi i mewn i'r tŷ. Credais ei bod am fynd i alw ar Doreen, ond caeodd y drws efo'i sawdl, yn glep yn fy wyneb i.

Doedd gen i 'mo'r galon i gnocio eto.

Ffoniais Susan ar ôl cyrraedd adre. Roedd honno wedi bod i ffwrdd efo'i gwaith ers y dydd Gwener wedi'r Cyfarfod Blynyddol, felly dyma'r cyfle cynta ges i i'w goleuo ynghylch diflaniad fy nghynorthwywraig. Ac fel Cadeirydd y Cylch, ei lle hi oedd datrys y cawlach.

'Doreen sy 'di bod yn absennol,' dechreuais ar fy stori.

'Do? Welish i hi cyn i fi fynd ddydd Gwener,' meddai Susan yn ddidaro. 'Ddoth hi heibio wrth 'mod i'n pacio. Isio ca'l trefn ar ddogfenna'r trysorydd a newid yr enwa yn y banc. Diawledig o cîn, chwara teg. Ella bod 'na obaith i'r ddynas eto.'

Ceisiais atal y cnoi yn fy stumog.

'Naethoch chi ddim llwyddo i neud y cyfan bryd hynny…?' Dydd Gwener wsnos i dwetha, meddyliais…

'Do, cofia,' meddai Susan. 'Braf ca'l mada'l â'r llyfra. Ma hi wir isio gneud *go* o'r drysoryddiaeth ma, tydi?'

Penderfynias beidio â deud wrth Susan yn y fan a'r lle dros y ffôn bod ein cynorthwywraig hoff a thyner wedi gneud rynar â'r llyfra a'r cyfri banc a'r pres oedd ynddo fo, ac yn ôl pob sôn yn byw bellach hefo dynas hannar call â saith, wyth, naw o blant a ddigwyddai fod yn fam i Nebo-bwys.

'Ti'm yn gneud dim byd rŵan, nag w't?' holais. 'Ma 'na broblem fach… ddo i draw.'

'Dadbacio 'de…' meddai Susan gan obeithio y byddai hynny'n ddigon i fy atal. 'Be sy? Deud rŵan…'

'Dwi'n dod draw,' datganais a gwasgu'r botwm ar y ffôn i orffen yr alwad.

'Trwbwl?' holodd Gwion a oedd yn cerdded i mewn i'r stafell fyw hefo dwy dafell o dost a hufen iâ rhyngddyn nhw.

'Cylch,' atebais gan anadlu'n ddwfn.

Ia, ma siŵr,' meddai'n ddidaro gan suddo i'r soffa o flaen y bocs.

Treuliodd Susan a fi y rhan fwya o'r bore wedyn yn siarad hefo'r banc ac yn rhewi'r cyfri – joban nid ananodd gan fod enw Doreen i lawr ar eu ffurflenni bellach fel Trysorydd y Cylch.

Dangosodd gweithwraig y banc y siec o ddau gan punt roedd Doreen wedi ei sgwennu iddi hi ei hun ac wedi ffuglofnodi enwau'r ddwy aelod arall o'r pwyllgor, Susan a Tina, sydd â hawl i arwyddo sieciau, ar ei gwaelod. Doedd 'na'r un ffordd arall o edrych ar bethau. Doreen + £200 = lleidar.

Cystwyodd dynes y banc ni'n dwy fel cynrychiolwyr presennol y pwyllgor am fod mor annaearol o wirion â phenodi gweithwraig yn y Cylch yn drysorydd y pwyllgor, yn groes i bob rheol a deddf a synnwyr cyffredin ers y *magna carta*. Teimlwn fel baw isa'r domen.

'Mi fydd rhaid i chi hysbysu'r heddlu, wrth gwrs,' meddai mewn llais a waharddai unrhyw ddadlau.

''Sa'n braf medru peidio...' dechreuais.

'Wel, oes siŵr iawn!' Rhythai'r ddynes arna i nes i fi fethu â dod o hyd i lais i'w hateb. 'Lladrad ydi hyn! Ma un ohonach chi 'di rhedag i ffwr' efo dau gan punt o bres cyhoeddus!'

'Wel... dwn i'm am redag i ffwr',' mentrais, 'ma gin i syniad lle mae hi.'

'Gyrrwch yr heddlu yno 'ta... neu mi fydd yn rhaid i ni neud.'

Llwyddais i'w hatal rhag gneud dim ar hyn o bryd a gadael i ni drio setlo'r mater ar ein liwt ein hunain. Cytunodd wysg ei thintws sidêt.

'Mi lladda i hi,' meddai Susan drwy ei dannedd wrth i'r ddwy ohonan ni gerdded allan o'r banc yn teimlo'n feicrosgopig o fach.

'Mi fydd rhaid i ti sefyll yn y ciw, cyw,' atebais.

Penderfynodd y ddwy ohonon ni adael pethau tan wedi deg y noson honno i roi cyfle i'r plant lleia, o leia, fynd i'w gwlâu.

Doedden nhw ddim yn eu gwlâu wrth gwrs.

Nebo agorodd y drws. Fo a'i botel.

'Isio gair hefo Anti Doreen,' aeth Susan at bwrpas yr ymweliad yn syth, cyn troi ei thrwyn ar y llanast bom yn y pasej tu ôl i'r bych.

Diflannodd Nebo i mewn i'r tŷ. Edrychodd Susan a fi ar ein gilydd a gwneud penderfyniad heb ei leisio i'w ddilyn i mewn.

Roedd Doreen a Bethan yn eistedd ar y soffa'n gwylio'r bocs, llaw Doreen dros ysgwydd Bethan. Doedd dim tystiolaeth bod 'na'r un o'r plant yn eu gwlâu yn ôl y sŵn a ddôi o'r stafelloedd eraill.

Dychrynodd Bethan wrth ein gweld yn nrws y lolfa a neidiodd ar ei thraed yn euog. Os dychrynodd Doreen, wnaeth hi ddim dangos.

''Dan ni'm isio sîn,' meddai Susan yn hynod o awdurdodol. 'Jest ista lawr a siarad.'

'Steddwch 'ta.' meddai Bethan yn nerfus.

'Doswch o ma,' cywirodd Doreen hi a throi ei sylw'n ôl at y bocs.

Eisteddodd Susan a fi ar bobi gadair a chlywed teganau a phapurach yn crensian oddi tanom.

'Y ddau gan punt ma…' dechreuodd Susan.

'Dy job di…' dechreuais innau.

'Ddudish i ddigon,' meddai Doreen yn bendant. 'Os oedda chi'n rhoi job i'r hwran 'na, fysa 'na *hell to pay*.'

To'n i'm yn cofio iddi ddefnyddio'r union eiriau, ond es i ddim i ddadlau.

''Dan ni isio fo nôl,' meddai Susan wedyn. 'Pres y Cylch 'dio.'

'Gin i hawl iddo fo,' meddai Doreen. 'Galwch o'n *severance pay*.'

'Ddoi di'm yn ôl 'ta?' holais.

'Ma'r banc isio ni hysbysu'r heddlu,' meddai Susan cyn i Doreen gael cyfle i fy ateb.

'Hysbyswch nhw 'ta,' heriodd honno'n coci, gan bwysleisio'r 'hysbyswch' yn posh i ddynwared Susan.

''Dan ni'm isio,' dadleuais.

'Ond mi fydd rhaid i ni os na welwn ni liw'r pres 'na,' meddai Susan wedyn. Doedd hyn ddim yn mynd yn rhyw hynod o wych: Susan a fi'n dadlau â'n gilydd drwy siarad efo Doreen, fatha *good cop, nasty cop* heb fod wedi cytuno ar strategaeth cyn galw.

Aeth Bethan allan i sgrechian ar y plant i stopio sgrechian a Nebo wrth ei sodlau.

'Benthyg o nesh i,' meddai Doreen yn oeraidd, a theimlwn o leia 'i bod hi'n ildio digon i geisio rhoi eglurhad.

'Felly mi w't ti'n pasa 'i dalu fo nôl?' holodd Susan fel ci ag asgwrn.

Cododd Doreen ei hysgwyddau. 'Dyna ydi benthyg os sbïi di yn y geiriadur.'

'Pryd?' daliodd Susan ati.

'Tasa chdi'n dod nôl...' cynigiais, 'mi 'sa chdi'n medru gweithio i dalu fo ffwr'...' Er pob dim a oedd wedi digwydd, efo Doreen ro'n i wedi arfer gweithio, ac roedd meddwl am orfod llunio hysbyseb am rywun yn ei lle a chynnal cyfweliadau'n codi'r felan arna i.

'Ddim tra bo *honna* 'na!' haerodd Doreen.

'Ma Tina 'di ca'l y swydd. Fedran ni'm ca'l gwarad arni, Doreen. Fysa hynny'n troi'r drol go iawn.'

Gwyddwn wrth ei ddeud nad oedd 'na lawer mwy o droi

ar ôl yn y drol fel oedd hi. Daliai Bethan i sgrechian ar y plant yn y llofftydd, a gwelwn wawr o ddiflastod ar wyneb Doreen wrth iddi ei chlywed.

'Ma hi'n lwpyrs,' meddai o nunlle, gan gadarnhau fy amheuon. 'Hi a'r blydi anifeiliaid ma s'gynni.'

'Pam uffar ti'n aros ma 'ta?' holodd Susan, gan weld bwlch a mynd amdano.

'Hi 'de. Mi gymodd hi bod sws bach yn golygu lawar mwy nag o'dd o fod i feddwl. Snog bach diniwed, a funud nesa ma hi'n gneud i fi symud i fyw ati. Ma hi'n sgrechian yn 'i chwsg ffor ffycs sêc!'

Roedd Doreen yn meirioli, yn bwrw ei bol wedi wythnos a mwy o ddiflastod mwy llethol nag a brofodd yn ei bywyd erioed o'r blaen.

'Syml felly tydi,' meddai Susan yn ddigyfaddawd. 'Dewis gin ti. Rhwng gweithio efo dy chwaer 'ta byw hefo hon.'

'Practis band yn tŷ Sion dydd Sadwrn,' galwodd Gwion arna i o'r lolfa. Roedd ymarferion band wedi dechrau mynd yn nodwedd o benwythnosau Gwion ers iddo brynu'r gitâr drydan efo pres Dolig a phen-blwydd a gawsai gan ei dad. 'Ella 'rosa i 'na i ni ga'l 'marfar dydd Sul.'

'Dwi 'di bod yn meddwl,' cychwynnais yn betrus gan fynd drwadd ato fo o'r gegin. Roedd Gwion yn gorweddian ar y soffa.

'Watsia strênio,' meddai heb droi ei ben oddi wrth y sgrîn.

'Ha ha. Na, o ddifri... y busnas Donnington ma.'

'Be amdano fo?'

'Penwsnos yma mae o 'de?'

'Ia.'

''Swn *i*'n medru mynd â chdi.'

Dyna fo. Cynnig wedi ei roi. Fedrwn i 'mo'i dynnu fo'n ôl rŵan. Ro'n i wedi bod yn troi'r peth yn fy meddwl ers dyddiau, ac yn llawn ymwybodol o'r peryg o gau caead y botel o hormonau ffisi, sef a yw Gwion, yn rhy dynn.

Dwn i'm ai ebwch fach o chwerthin ddaeth o geg Gwion, neu reg o ddiflastod diamynedd. Fedrwn i'm deud gan mor sydyn a distaw y digwyddodd.

''Na fo, dwi 'di cynnig,' meddwn i, a 'malchder wedi'i glwyfo. 'Tydw i'm isio chdi golli allan ar betha, be bynnag ti'n feddwl ohona i. Ond mi *w't* ti'n rhy ifanc i fynd hefo rw foi w't ti prin yn 'i nabod a'i dad o ti ddim yn 'i nabod o gwbwl... felly sgin i'm dewis ond cynnig dŵad efo chdi.'

Trodd Gwion i sbio arna i.

'Ma'n iawn,' meddai'n ferthyraidd, 'dio'm cweit dy sîn di, Mam.'

'Oedda chdi ddigon bodlon i fynd hefo tad Jake,' dadleuais. Er mai artaith pur fyddai mynd at y Goths yn Donnington, roedd awgrym Gwion 'mod i'n rhy hen i fynd yn brifo.

Gwenodd Gwion arna i – yn nawddoglyd braidd, teimlwn.

'Ma'n iawn, Mam,' meddai'n ddidaro. 'Dwi'n dechra mynd off *Slayer* eniwe.'

Ac ar hynna bach, trodd y cwdyn bach ei ben yn ôl i sbio ar y teledu.

Roedd Doreen yn ôl yn y Cylch y bore Llun canlynol. Ymddangosodd yn y drws am ugain munud i naw a Kayleigh Siân a Shaniagh Wynne yn bobi law. Doedd dim golwg o Nebo.

Roedd Tina yno eisoes, yn gosod y tŷ-bach-twt yn ei le efo help Sam. Rhedodd yr efeilliaid ato ac arllwys cusanau drosto wedi wythnos o fod ar wahân. Sbiodd Tina a Doreen a finnau arnyn nhw'n ei fygu efo swsus heb ddeud gair am rai eiliadau. Dôi amser pan gâi'r tri wybod mai'r un tad oedd ganddyn nhw. Rhois weddi fach anffyddiwr y byddai gan y ddwy fam ddigon o synnwyr i ddeud hynny wrthyn nhw eu hunain yn lle gadael iddyn nhw glywed gan rywun arall.

Hanner disgwyliwn i'r ddwy lamu am yddfau ei gilydd wrth ddod wyneb yn wyneb, er y sicrwydd a roddasai'r ddwy y noson cynt na wnelen nhw ddim o hynny, a llawn ddisgwyliwn yr oerfel a fu rhyngddyn nhw y bore hwnnw wedi'r cyfarfod blynyddol.

Mentrais roi rhybudd bach tawel arall i'r perwyl hwnnw.

'Ylwch, chi'ch dwy,' meddwn yn fy llais mwyaf cymodlon. 'Be bynnag sy 'di digwydd, sna'm lle iddo fo i mewn yn fama, nag oes?'

'Iawn gin *i*,' meddai Tina'n llances.

''Sna'm isio bod yn *condescending*,' ceryddodd Doreen fi, a bodlonais ar fod yn gocyn hitio am y tro.

Cyrhaeddodd Myfyr ac aeth Tina ato i'w groesawu.

Hofranodd Glenys yn ei hunfan, gweithred a oedd yn hynod o anarferol iddi. Fel arfer, wrth ollwng Myfyr yn y Cylch, llwyddai i dorri rheolau sylfaenol ffiseg drwy ddiflannu cyn iddi gyrraedd. Es draw ati, yn synhwyro rhyw anesmwythyd ar ei rhan.

'Dw'm yn hapus,' dechreuodd Glenys. Pw sy, meddyliais. 'Y jig-sôs...' dechreuodd Glenys eto. 'Dwi a William 'di bod yn meddwl ella'i fod o'n ca'l gormod ohonyn nhw.'

Deallais ar amrantiad fod gan Tina hithau fel ei chwaer glustiau radar.

'Dwi ddim yn gneud 'yn job yn iawn, 'na be ti'n drio

ddeud?' Camodd tuag at Glenys ac ysbryd gwrthdaro'n llenwi ei llais.

'Wel…' dechreuodd Glenys eto, ei gwrychyn yn codi, ac ysbryd gwrthdaro'n dechrau rhoi min ar ei llais hithau. 'Tydi Myfyr ddim *yn* dwp, ac ella 'sa'n syniad i chdi ddallt hynny neu neud lle i rywun sy'n dallt 'i stwff yn well na chdi.'

Cyn i Tina gael cyfle i fygwth rhoi stwmp iddi yn y fan a'r lle, camodd Doreen rhwng y ddwy.

'Ti'n trio deud bod chwaer fi'n *incompetent*?' holodd yn fygythiol.

'Nacdw,' meddai Glenys. Gwyddwn fod hyn yn gryn dreth arni: nid creadur a chwiliai am wrthdaro oedd hi o ran ei natur. ''Mond deud ella'i fod o angan 'i stretsio.'

'Yndi!' atebodd Tina. 'Ar rac!'

Gwelodd Glenys goch.

'Ti'm yn siarad fela am 'y mhlentyn i, y bitsh!'

'Pwy ti'n alw'n bitsh, y gotsan?' poerodd Doreen ati. Roedd lliwgarwch eu cega'n rhyfeddod, ond ches i fawr o gyfle i ryfeddu gan fod Doreen bellach wedi codi ei dwrn…

'Bitsh y gotsan!' meddai llais bach hapus o gyfeiriad y stand lyfrau. Trodd y pedair ohonon ni ein pennau mewn syndod i sbio ar Myfyr yn bodio trwy lyfr. 'Bitsh y gotsan,' ailadroddodd yn llawen wrtho'i hun.

'Myfyr!' ebychodd Glenys gan roi 'i llaw dros ei cheg. Roedd dagrau rhyddhad yn ei llygaid.

Gostyngodd Doreen ei dwrn. Tynnodd Tina wynt o syndod ac anghofiwyd y ffrae.

Mi fysa byr-Fyfyr bach wedi medru cychwyn efo dau air mwy gweddus, dw'm yn deud. Mi 'swn i'n tybied ella bod Einstein wedi cychwyn efo rwbath 'blaw 'bitsh' a 'cotsan'. Ond dyna fo. Am y tro roedd 'bitsh' a 'cotsan' yn gneud y tro'n iawn i'r pedair ohonon ni.

Wedi'r bore hwnnw, ni fu unrhyw ffraeo pellach, ffraeo go iawn, rhwng y ddwy chwaer – yn y Cylch o leia. Ni chafwyd ychwaith unrhyw ball ar leferydd Myfyr. Nac ar ei regfeydd.

Mynd drwy bocedi jîns Gwion i'w golchi ro'n i pan ddoish i o hyd i'r tocyn.

Monsters of Rock.

Blydi Donnington.

Roedd y bastyn bach 'di bod 'no! A finnau dan yr argraff mai aros yn dre efo Sion, ei ffrind gorau ers dechrau ysgol fawr, a wnaethai y nos Sadwrn flaenorol.

Erbyn iddo gamu dros riniog y drws o'r ysgol, ro'n i'n hyrddio rhegfeydd a cherydd i'w gyfeiriad nes roedd o'n sbinio.

'A finna'n meddwl bo chdi hefo *Sion*!' sgrechiais wrth gyrraedd brig y creshendo. Ro'n i'n lloerig, bron yn methu dweud y geiriau'n gyfan.

'Mi o'n i,' meddai yntau'n ddidaro, gan dynnu ei got. 'Oedd Mam Sion yn gada'l iddo fo fynd, doedd. Sion a Jake a tad Jake a fi. Roeddan ni nôl cyn un y bora.'

Fel tasa hynny'n cyfiawnhau pob dim!

'Ro'n i'n recno,' meddai eto'n bwyllog, 'os na 'sa chdi'm callach, fysa chdi'm yn poeni. Brifo neb 'lly.' Yn union fel pe bai o'n cyflwyno'r ddadl fwyaf rhesymegol gyflwynwyd erioed.

Aeth ati i arllwys diod o sgwosh iddo'i hun. Ceisiais reoli 'nhafod wrth feddwl be i arthio nesa. Anadlais yn ddwfn. Roedd o yma efo fi. Wedi goroesi Donnington, a 'run o 'nhraed i wedi gorfod mynd yn agos at y twll lle. Ond fedrwn i 'mo'i adael o allan o'r rhwyd ar hynny bach.

'Llo gwirion,' wfftiais, 'yn gada'l y blwmin tocyn yn bocad

dy jîns!' Gwelwn yr oruchafiaeth foesol yn llithro'n gyflym o 'ngafael...

'Ia'n de,' gwenodd, cyn diflannu i'w lofft at ei gitâr.

4: Trip yr Ysgol Feithrin

Dros botelaid o win neu dair a llond popty o sosejus coctel y ces i ochr Doreen i'r berthynas seren wib a fu rhyngddi hi a Bethan.

Ro'n i wedi galw cyfarfod yn fy nhŷ i drafod y Ffair Wanwyn oedd i'w chynnal brin wythnos yn ddiweddarach. Wnes i ddim trafferthu galw pwyllgor llawn a'i gynnal yn y festri gan mor anodd ydi dewis noson sy'n siwtio pawb, neu o leia, dyna oedd fy rheswm swyddogol: ro'n i am gadw Heidi a Melangell, a Doreen a Tina mor bell oddi wrth ei gilydd â phosib rhag temtio ffawd. Pwyllgor dethol o swyddogion yn unig, felly: fi a Doreen – staff; Susan – Cadeirydd a Thrysorydd (adferedig); a Melangell – brêns (yn ôl yr hunanarfarniad beth bynnag).

Agorais botel o win wrth deimlo bod syniadau ar gyfer y digwyddiad mawr blynyddol yn dechrau mynd yn hesb. Gwrthododd Melangell – roedd ganddi sesiwn yn y llys ben bore wedyn, a byddai hangofyr yn sicr o lesteirio'i harabedd arferol. Gwrthododd Susan hefyd wedyn – er mwyn rhoi'r argraff bod y ddarlith ar Seicoleg Addysg oedd ganddi hithau drannoeth lawn cyn bwysiced ag unrhyw achos ceiniog a dima roedd Melangell yn ei ymladd yn y llys.

Fuon ni ddim yn hir yn rhoi trefn ar y cyfan: stondin gacennau, stondin bric-a-brac a thombola, panad a sgons. Cynigiodd Susan ein bod yn cael stondin blanhigion i gyd-fynd â thema'r gwanwyn, a cheisiwyd meddwl am arddwyr posib y medren ni ofyn iddyn nhw am doriadau neu botiau neu rywbeth.

Cymerodd tactegaeth marchnata'r stondin dombola beth

wmbreth o'n hamser – Susan yn dadlau mai ugain ceiniog y tro ac eilrifau'n unig ddylai'r drefn fod, a Melangell yn anghytuno gan na fyddai'r *profit margin* yn ddigon: rhaid fyddai codi pum deg ceiniog y tro a gwobr i bob lluosrif o bump. Ro'n i ar fin deud wrthyn nhw am stwffio'r blwmin tombola pan gytunwyd ar dri deg ceiniog y tro a phob lluosrif o dri i ennill: digon cymhleth i ddrysu pawb, meddyliais, heb leisio gair.

Doedd gan Doreen ddim affliw o ddiddordeb yn wyrcings y tombola, ond deffrodd drwyddi pan ddechreuwyd rhestru'r mamau fyddai'n cael eu rhoi yng ngofal y stondinau. Bachodd Melangell y stondin gacennau cyn i neb fedru tynnu anadl.

"Na fo!' barnodd Doreen. 'Mi fydd prisia'r cacenna drw'r to leni eto!'

Pwdodd Melangell. Ceisiais gadw'r ddysgl yn wastad drwy ddeud y gallen ni wastad drio am bris uchel, a gostwng y prisiau tuag at y diwedd fel ein bod ni'n cael gwared ar y cacennau i gyd. Caeodd Doreen ei cheg.

Bachodd Susan y stondin blanhigion, gan mai hi gafodd y syniad. Cytunodd i alw heibio i'r tai hynny yn y pentref oedd â mwy na photyn neu ddau go dila yn yr ardd yn y gobaith o gasglu digon o blanhigion i gynnal stondin. Diolchais nad fi gafodd ei lymbro gan y fath orchwyl. Cytunwyd ar roi Heidi i sefyll tu ôl i'r stondin bric-a-brac a rhybuddiodd Melangell ni i'w siarsio hi rhag rhoi pethau i ffwrdd am ddim gan na wnâi hynny ddim lles o gwbwl i goffrau'r Cylch.

'Pwy les neith llwyth o *bin bags* llawn o rwtsh heb eu gwerthu yn cwpwrdd y Cylch, ta?' heriodd Doreen hi.

'Fedrwn ni fynd â fo i'r siop Oxfam yn dre os na werthith o,' dadleuodd Melangell.

'*Lot* o les i'r coffra!' sneipiodd Doreen.

'Be am y tombola? Be 'san ni'n gofyn i Tina ofalu am honno 'ta?' gofynnais.

'Isio *gneud* pres w't ti, ddim 'i golli fo am bo honno'n rhy thic i ddallt y rheola,' meddai Doreen am ei chwaer.

'Rown ni Heidi fanno 'ta?' cynigiais, a chlywed Melangell yn anadlu anadl ddofn o ddiffyg amynedd. 'Neu Bethan...?'

'Bethan!' taranodd Doreen. 'Fedar honno 'im cyfri faint o blant sgyni heb sôn am weithio rwbath fela allan!'

'Iawn,' ebychais. 'A' *i* ar y tombola, geith Bethan fynd i'r gegin. Siŵr fedar hi fanijo gneud te.'

''Swn i'm yn betio arno fo,' meddai Doreen yn swta.

'Fydda i'm yn medru aros yn hir,' meddai Melangell wedyn. 'Ma Hari Eurwyn, hogyn 'yn chwaer sy'n y Bala, yn dŵad i aros aton ni drosd y penwsnos, a tydio'm yn un i aros yn hir yn nunlla.'

'Rheswm arall i chdi beidio codi'n hurt bost ar y cacenna,' prepiodd Doreen.

Cytunodd Susan i argraffu posteri i'w gosod yn y pentra, a rhoddwyd clo ar y cyfarfod. Roedd Melangell ar frys isio cyrraedd adre i fynd dros ei dadleuon ar gyfer y llys y bore wedyn. Druan â Roger. A Susan yn deud yn syth wedyn bod ganddi waith mynd dros y ddarlith Seicoleg Addysg hollbwysig oedd ganddi *hithau* i'w thraddodi yn bora. Druan â Richard.

''Twll 'u tina nhw,' meddai Doreen wrth i mi gau'r drws tu ôl i'r ddwy. Doedd dim arlliw o olwg symud ar Doreen, felly mi gynigiais agor potelaid arall o win. Ro'n i newydd orffen y cyfieithiad diawledig, dau gan tudalen i'r Coleg, ac yn teimlo fel tamaid o sesh i ddathlu, ac roedd Doreen gystal cwmni â'r un. Roedd 'na fymryn bach o awydd clywed y 'gos' amdani hi a Bethan arna i hefyd, 'swn i'n bod yn onest.

Ches i 'mo fy siomi. Mentrais ofyn iddi pam y͘r owtbyrst pan gynigiais enw Bethan i fynd ar y tombola.

'Dwi 'di *byw* hefo'i! Gin i gystal hawl â neb i ama'i syms hi.'

Yna, arllwysodd Doreen holl ddiflastod y cyfnod byr y bu'n byw dan yr un to â Bethan ger fy mron. Bethan oedd yn cael y bai ganddi am bob dim: Bethan oedd wedi trio'i chusanu hi y noson honno y bu'r ffrwgwd yn y Clagwydd, a Doreen yn rhy chwil wedi'r ffeit efo Tina i allu ymwrthod. Bethan oedd wedi mynnu bod Doreen yn dod ati hi i fyw, gan fod isio cwmni arni, a rŵan eu bod nhw'n gariadon…

'Blydi cariadon o ddiawl!' ebychodd Doreen. ''Mond yn 'i meddwl hi! Dwi mor libral â neb ond os 'di honna'n meddwl bod un shag yn constitiwtio cariadon, ma gynni hi fwy o sgriws ar goll na ma neb yn feddwl!' Roedd clywed Doreen yn deud ei bod hi mor libral â neb yn ddigon o sioc i 'nharo i'n fud. 'A rŵan ma pawb yn meddwl 'mod i'n *lesbian*!' cyhoeddodd Doreen yn ddigon uchel i Gwion glywed yn ei lofft fyny grisiau.

''Sna'm byd yn bod ar… ' dechreuais.

'*Tydw* i ddim! Hi fachodd fi, 'de! Cymyd *advantage* ar ddynas yn 'i gwendid!' Toedd y syniad o Doreen fatha dynes wan ddim yn taro deuddeg yn fy meddwl, ond es i ddim i ddadla. 'A'i syniad hi oedd y benthyg pres gin y Cylch,' meddai Doreen. 'Ddudodd hi na 'sa neb ohonach chi'n dod i wbod.'

'Ia, wel, ma hynna drosodd,' dechreuais. 'W't ti bron â gorffan 'i weithio fo ffwr'…'

'Lwpars llwyr!' torrodd Doreen ar 'y nhraws unwaith eto. 'Gredish i 'sa hi'n *gwmni* o leia, 'swn i'n symud mewn ati… achos, arglwy', sgin *ddynion* bygar ôl i gynnig. 'Sa chdi'n meddwl 'sa dynas yn haws, bysat? Ond ma hi'n honco bost… sgrechian ar plant 'cw fatha rwbath 'im yn gall… drysu'u henwa nhw hannar yr amsar. Dw'm yn meddwl bod hi'n gwbod y gwaniath rhwng Kayleigh a Shaniagh yr holl amsar fuon ni 'no.'

Wythnos.

'A 'di'r hunlla ddim 'di gorffan chwaith,' cyhoeddodd Doreen.

'O…?' gofynnais.

'Ma hi'n stôlcio fi.'

'Argol!' Be arall ddudwn i?

'Ffonio ganol nos. Crio dwl lawr lein. A pan dwi'n rhoi ffôn lawr arni, ma hi'n ffonio wedyn. Dwi'n goro tynnu'r ffôn allan o'r wal.' Roedd Doreen bellach yn eistedd ar flaen y soffa, yn falch o'r cyfle i arllwys stori'r ach i 'nghlustiau cadwedig. 'A ddoe, oedd hi'n ista ar stepan drws pan ddoish i adra o'r Cylch, yn crio fatha babi. Ofynnish i lle oedd Nebo, a nath hi'm byd ond codi'i sgwydda.'

'O…?' meddwn i, braidd yn anghyffyrddus bellach. Doedd Bethan ddim wedi rhoi lle i neb feddwl nad oedd hi'n gofalu am ei phlant cyn hyn, er nad o'n i wedi gweld Nebo ers i Doreen ddychwelyd i'r Cylch. Gwyddai pawb fod Bethan yn sgati a braidd yn ddidoreth, ond pwy na fyddai, hefo saith o blant i'w cadw?

''Di hi'm yn gall,' meddai Doreen a thanio sigarét arall. 'Peth gora nesh i oedd dŵad o 'no.'

A'r peth gwaetha nest ti oedd mynd yno'n y lle cynta, meddwn i wrtha fi fy hun, heb feiddio'i leisio.

'Sti be?' dechreuodd Doreen eto ar ôl tynnu'n hir ar ei ffag. 'Fentra i bod hi'n gwitsiad amdana i adra rŵan.'

'Pwy sy'n gwarchod i chdi?' holais.

'Menna,' meddai Doreen. Fedrwn i ddim peidio ag ebychu. Hogan hyna Bethan 'di Menna.

'Ma isio clymu dy ben di,' meddwn i. 'I be t'isio gofyn i *Menna*! Siŵr Dduw bydd Bethan yna!'

'Trwbwl ydi,' anadlodd Doreen yn ddwfn a suddo i'r soffa. 'Tasa hi ddim off 'i phen, ella sa *gin* i rwbath i ddeuth hi… os ti'n gwbod be dwi'n feddwl. Ond fel ma hi, 'di'm byd ond trwbwl. A fedra i neud *heb* drwbwl ers i Tom fynd.'

''Mond gobeithio bydd hi'n braf i'r Ffair Wanwyn, 'de,' newidiais y pwnc. Pe byddai Doreen yn dechrau sôn am Tom a Sam a Tina a'r holl ach arall hwnnw, duw a ŵyr lle byddai ei ben draw.

'Paid newid y sybject,' brathodd Doreen.

Estynnais sigarét o'i phaced a'i thanio.

Hanner awr cyn agor y Ffair Wanwyn, roedd y neuadd gymuned yn edrych yn debycach i'r Tŷ Gwyn ar noson lecsiwn yr arlywyddiaeth nag i neuadd bentra yng ngogledd Cymru. Roedd Tina, Doreen, Glenys, Susan a Melangell ill pump yn sownd wrth eu mobeils ar amryfal berwylion o dyngedfennol bwys. Gwyddwn o'r gorau mai osgoi gorfod gneud unrhyw waith paratoi a gosod stondinau roedden nhw ac ewadd, toeddan nhw *yn* edrach yn bwysig!

Cariais y chweched bwrdd allan drwy ddrws y neuadd: gwenai'r haul arnom, a diolchais fod modd mynd â stondinau tu allan a chadw'r neuadd ar gyfer y paneidiau a'r sgons. Digon o le i estyn ein hadenydd.

Sbiais eto ar y papur pwysig yn fy llaw. Arno, ro'n i wedi gneud cynllun i ddangos lle i osod y stondinau er mwyn osgoi lleoli gelynion yn rhy agos at ei gilydd. Câi Melangell a'i stondin gacennau fynd wrth ymyl y drws i'r neuadd, efo Heidi ar y bric-a-brac ym mhen arall y cowt mor bell oddi wrthi â phosib; câi Susan a'i stondin gynnyrch gardd ei gosod wrth ymyl y bric-a-brac, hithau hefyd yn ddigon pell oddi wrth Melangell, er bod yna lefel o *entente cordiale* yn dal i fodoli rhwng y ddwy, diolch byth, ond i be awn i demtio ffawd? Câi Doreen ei chlymu wrth y giât (yn ffigurol felly er gwaetha'r demtasiwn fel arall), i dderbyn y pres mynediad (reit bosib fod 'na chwinc bach yn 'y nghynllun i ar y pwynt yma, ond roedd hi'n rhy hwyr i'w newid bellach), a Bethan mor bell â phosib oddi wrthi ac allan o'r golwg yn y gegin. Câi Glenys fynd ati i gadw llygad gan mai llestri'r capel fyddai'n cael eu defnyddio. A'r tombola felltigedig, a finnau hefo fo, ar fwrdd yn y canol.

Glaniodd Tina ar ôl llwyddo i ddatgysylltu'r ffôn o'i phen a dechrau cwyno pan yrrais hi i helpu Heidi ar y stondin bric-a-brac.

'Dw'm yn dallt yr hulpan yn siarad!' protestiodd.

'Chewch chi'm cyfla i siarad,' meddwn i wrthi'n bendant, wrth weld Heidi a Mungo'n anelu tuag aton ni. 'Byddwch chi'n rhy brysur yn gwerthu.' Sodrodd Heidi hanner dwsin o gacennau bach siocled yn 'y nwylo.

'Rhywbeth oedd yn y rhewgell... wedi eu dadrewi'n gyflawn,' eglurodd Heidi am y cacennau. 'Fîgan,' eglurodd. 'Dim cynnyrch anifail.' Rhag ofn nad o'n i'n dallt be oedd figandod.

Roedd rhyw olwg 'be dwi'n neud ma?' ar Mungo, a medrwn innau fod wedi holi'r un cwestiwn. Daliai ddau blanhigyn go dila'r olwg.

'Rhywbeth o ardd perlysiau Mungo,' eglurodd Heidi wedyn. Diolchais i'r ddau a phwyntio trwyn Mungo a'i blanhigion at stondin Susan.

Roedd Melangell eisoes wedi dechrau rhoi trefn ar ei stondin ac yn prysur brisio'r torthau bara brith a'r fictoria sandwijis efo afiaith. Rhedodd Lowfi Mefefid rhwng ei choesau gan neud iddi fethu canolbwyntio ac mi sgwennodd £8 ar sbynj fflat fatha crempogan. Yn dynn wrth sodlau Lowfi, rhedai Hari Eurwyn bochgoch yn chwerthin o'i hochr hi ac yn sownd ar dennyn tu ôl i hwnnw, horwth o gi defaid tew efo un llygad frown ac un llygad las.

'Ewch o ma!' hefrodd Melangell ar y tri gan ymladd yr ysfa i regi. Ni fu fawr o hwyliau ar Melangell er pan ddarganfu nad Hari'n unig fyddai'n dŵad o'r Bala i aros efo nhw dros y penwythnos, ond bwndel chwain o gi defaid hefyd.

'Pefo! Pefo!' gwaeddodd Lowfi Mefefid. Hongiai Hari wrth dennyn y ci.

Aeth Pero i wynto'r cacennau, a llwyddodd i lyncu chwe chacen siocled Heidi mewn un gegiad cyn i Melangell godi 'i phen o'i phrisio. Diolchais nad oedd hi wedi sylwi ar y ci'n llowcio'r creadigaethau siocledog, neu mi fyddai crwyn Hari a Pero a Lowfi yn addurno pared y neuadd.

Bachodd Lowfi y tennyn gan Hari a hanner hedfanodd ar ôl y ci wrth i hwnnw lamu yn ei flaen tuag at y gloddest nesa.

'Gad i Hari afa'l yn'o fo!' gwaeddodd Melangell ar ôl Lowfi wrth iddyn nhw ddiflannu eto i mewn i'r neuadd. Meddyliais am y llanast posib fyddai modd i'r ci ei greu tu mewn, efo byrddaid o gwpanau te a phlateidiau o sgons, ond penderfynais beidio â gofidio am y gyflafan cyn iddi ddigwydd. Buan iawn y clywn i Bethan yn sgrechian pe digwyddai...

'Blydi ci!' clywais. Bethan yn sgrechian. Roedd y gyflafan wedi digwydd. Diflannodd Pero a Lowfi a Hari unwaith eto allan drwy ddrws y neuadd ac i gyfeiriad y cae chwarae, a Bethan yn ymddangos – yn ynfyd – yn y drws. Es ati i frwsio'r tri chwpan oedd wedi torri ar lawr o'r neilltu. Mi fysa wedi medru bod yn llawar gwaeth. Tawelodd Bethan ymhen rhai munudau, gan 'y ngadael i'n rhydd i sefyll yn 'y mhriod le tu ôl i'r blwmin stondin dombola.

Agorwyd y giât, ac aeth yr hanner awr nesa heibio mewn bwrlwm o gwpaneidiau te a sgons a lleisiau a lliw, a gwerthu a haglo heb i neb o famau'r Cylch fedru torri dau air hefo'i gilydd.

Erbyn amser tynnu'r raffl roedd pawb wedi ymlâdd. Cyhoeddais enwau'r enillwyr o'r llwyfan, a rhoi dwy wobr raffl yn ôl yn fy embaras, cyn rhoi'r gorau iddi'r drydedd waith a bachu potel o win coch i'w chadw. Cwynai Doreen nad oedd hi byth yn ennill raffl ac ataliais fy nhafod rhag deud wrthi bod rhaid *prynu* ticedi raffl cyn medru *ennill* gwobr raffl. Cwynai Tina yr un modd – ac roedd hi *wedi* prynu tri slip yn enw Sam a '*run* wedi bod yn llwyddiannus.

'Blydi Sam!' ebychodd Doreen dan ei gwynt. ''Sa chdi'n meddwl bod yr haul yn codi allan o'i dwll tin o!'

Fentrais i ddim deud wrthi bod Doreen hithau ar un adeg wedi meddwl bod yr haul yn codi allan o dwll tin 'i dad o.

'Lowri!' clywais Melangell yn harthio tu allan. Do'n i heb weld arlliw o Lowfi na Hari na Pero drwy gydol y Ffair. Rhaid bod y gyflafan yn y neuadd wedi eu gyrru ar ffo rhag ein tafodau blin. 'Lle ma hi?' Daeth Melangell i mewn i'r neuadd. 'Mi ladda i'r blydi hogyn 'na!'

Ces fy hun yn meddwl a fuasai ei geiriau'n agored i'w dehongli mewn llys barn fel bwriad i gyflawni llofruddiaeth, ond roedd Melangell ar gefn ei cheffyl.

'Mi ladda i fo, ac mi ladda i'r ci! 'Swn i'n gwbod 'i fod o'n dŵad â'r bwndal chwain 'na hefo fo, fysa fo ddim 'di ca'l dŵad 'cw! Witsia di i fi weld 'yn chwaer! Mi ladda i hi!'

Es efo Melangell i chwilio am y ddau blentyn a'r bwndel chwain a chael hyd iddyn nhw'n eistedd o flaen y Clagwydd gyda Pero'n dal ar ei dennyn, diolch i'r mawredd. Roedd Lloyd Barman wedi gosod dysglaid o ddŵr o flaen y ci.

Yn y ddysgl, roedd 'na ddau ddarn pum deg ceiniog a sawl darn o arian mân arall. Cafodd Melangell ddallt fod rhai pentrefwyr wedi cymryd trueni dros y ddau fegiwr bach a'u ci sgryfflyd ac wedi taflu darnau o arian mân i'r fowlen. Nid oedd Hari na Lowfi wedi prysuro i gywiro'r camargraff. Llusgodd Melangell Lowfi yn un llaw a Hari a Pero yn y llaw arall, a'u sodro yn y BMW rhag ennyn mwy o gywilydd.

'Dwi'n mynd!' cyhoeddodd, gan 'y ngadael i a'r lleill i gadw'r môr cacennau a orbrisiwyd mewn bocsys i'w cyflwyno i'r ysgol a'u rhoi i'r plant amser cinio ddydd Llun.

Roedd Doreen wrthi'n snwyro am fargen rownd y stondinau wrth i bawb gadw'r eitemau oedd yn weddill. Llwyddodd i fachu llond bag o gemau oddi ar y bwrdd bric-a-brac am ddim cyn i Heidi sylwi, ac roedd hi bellach wrth y stondin cynnyrch gardd lle'r oedd Susan yn dal i fynnu tâl am y planhigion y bu'n gofyn mor ddygn rownd y pentre amdanyn nhw. Mynnodd fod Doreen yn rhoi hanner can ceiniog iddi am blanhigyn coesog gwyrdd na wyddai neb be oedd o. Grwgnachodd Doreen cyn estyn y pres iddi.

'Neis i'r Cylch, ti'm yn meddwl?' meddai wrtha i wrth 'y ngweld i'n nesu. 'Presant bach... am 'y nghymryd i nôl.'

'Sna'm isio...' dechreuais.

'Fydd Kayleigh Siân a Shaniagh Wynne 'di ladd o os a' i ag o adra.'

'Diolch,' meddwn i'n rasol.

Roedd Heidi'n cychwyn oddi yno, a Mungo wrth ei sodlau lle'r oedd o wedi treulio'r pnawn ar dennyn anweledig. Diolch i brysurdeb y ffair a 'nawn trefnu byrddau i, prin ei fod o wedi cael cyfle i sbio'n hir ar Melangell nag unrhyw ddynes arall. Rhedodd Tree tuag atyn nhw o'r cae chwarae ac anelodd y drindod am y tŷ gwellt.

Chwarae teg, mi helpodd Tina a Doreen fi i glirio gweddill y llanast a chadw'r cyfan nas gwerthwyd mewn bocsys i'w storio am flwyddyn arall yng nghwpwrdd y Cylch. Roedd y cadoediad rhwng y ddwy chwaer yn parhau i ddal yn reit braf ar y cyfan – yr un cyfarthiadau difynadd â chyn y rhyfel mawr dros dadogaeth Sam, ond dim ffraeo fel y cyfryw.

Yna, ymddangosodd Bethan, a'i hwyneb yn dangos ôl crio mawr. Wyddwn i ddim lle'r oedd hi wedi bod am yr hanner awr ddiwetha, ond fuodd hi fawr o dro'n ein goleuo.

'Dwi 'di bod yn y tŷ bach yn crio!' cyhoeddodd wrth Doreen. 'Sut ti'n medru rhoi fi drwo fo, y?'

'O, Iesu Grist o'r North!' ebychodd Doreen. 'Dos adra, Beth. Sgin i'm byd i ddeutha chdi.'

Yna dechreuodd Bethan nadu crio eto. Atgoffodd Doreen hi fod ganddi blant ar hyd y pentre ym mhob man, ac on'd oedd hi'n syniad iddi ddechrau mynd i chwilio am Nebo?

'Sgin ti'm syniad lle mae o fora gwyn tan nos!'

Nadodd Bethan yn uwch. Ceisiais gau ceg Doreen drwy ddeud bod yn well iddyn nhw fynd i siarad i rywle damaid yn llai cyhoeddus, ond doedd honno'm yn meindio pwy gâi glywed. Ar hyn, ymddangosodd BMW Melangell ar gowt y neuadd, gan sgrialu i stop. Roedd Hari a Lowfi'n eistedd yn y cefn a golwg wedi dychryn ar eu hwynebau. Martsiodd Melangell rownd i ochr y pasinjyr ac agor y drws. Disgynnodd sypyn hanner-diymadferth y bwndel chwain allan...

'Ma rhywun 'di wenwyno fo!' cyhoeddodd Melangell. Rhythodd pawb arni. Am be aflwydd oedd hi'n sôn? Ceisiodd Melangell godi Pero ar ei draed, ond mynnai hwnnw lithro'n ei ôl nes gorwedd yn ddisymud â'i lygaid yn rowlio'n ei ben.

'Ylwch! Fel'ma mae o 'di bod!' cyhoeddodd Melangell. 'Sut dwi fod i fynd ag o adra at 'yn chwaer *fel'ma*?'

'Be gafodd o i fyta?' mentrais ofyn. 'Be ti 'di roi iddo fo?'

'Fi? Fi 'di roi iddo fo?' gwaeddai Melangell. 'Cyfan mae o 'di ga'l gynna i ydi Winalot a Pedigree Chum! 'Mond y gora!'

Cofiais am y cacennau a lowciwyd gan y ci... ond fentrais i ddim deud gair.

'Be sy isio dŵad ag o *fama*?' holodd Doreen. 'Dos â fo at y blwmin fet!'

Cododd Melangell y ci defaid yn ôl i mewn i'r car. Ebychodd reg wrth gychwyn yr injan ac anelu'r trwyn i gyfeiriad y dref lle'r oedd hi'n gobeithio bod syrjyri'r fet yn dal ar agor.

Cnoais fy nhafod. Be oedd yn y cacennau roedd Pero wedi eu llowcio…? Roedd o'n gwestiwn rhethregol braidd gan y gwyddwn yr ateb o'r gorau. Cystuddiais fy hun am beidio deud wrth Melangell: mi fyddai'r fet yn siŵr o'i ogleuo a'i goleuo. Doedd hi ddim yn anodd rhoi dau a dau at ei gilydd… a dŵad i'r canlyniad mai blydi Mungo oedd wrth wraidd hyn eto.

Penderfynais adael y clirio i'r genod eraill a dilyn Melangell i'r dre – fedrwn i ddim gadael iddi wynebu cyhuddiad o *possession* a hithau'n gyfreithwraig. Medrai golli ei swydd, a finnau'n gwybod drwy'r amser. Gyrrais fel cath i gythraul a pharcio fy Ford Fiesta drws nesa i BMW Melangell o flaen lle'r fet. Roedd Hari a Lowfi'n dal yn y car, yn edrych dipyn yn llai bywiog nag y'u gwelais nhw'n gynt yn y pnawn.

Rhedais i mewn i'r syrjyri gan obeithio bod 'na giw o bobl yn aros am sylw'r fet, ond doedd 'na ddim, wrth gwrs. Does 'na byth yn yr ychydig adegau pan dach chi'n gweddïo am giw. Roedd Melangell wrthi'n egluro wrth y fet sut roedd y ci'n neidio o gwmpas yn wallgof, fywiog, holliach, gwta awr ynghynt, a'i fod yn amlwg wedi cael rhywbeth gan rywun yn Ffair Wanwyn Cylch Meithrin Nantclagwydd.

'Ella mai 'di blino mae o,' torrais ar eu traws yn wantan.

'Mared! Be ti'n neud ma?' trodd Melangell ataf.

'Teimlo 'mbach o gyfrifoldeb… gin mai yn y Ffair Wanwyn ddigwyddodd o…'

Dechreuodd y milfeddyg holi'n perfeddion ynghylch be fedrai Pero fod wedi ei gael i fwyta yn ystod y pnawn. Gorweddai'r ci ar y bwrdd triniaethau â'i lygaid yn rowlio'n ei ben. Tyngwn fod 'na wên lydan ar ei wyneb. Cododd y fet ei bawen a llithrodd yn llipa o'i afael. Ceisiodd godi'r ci a'i annog i sefyll ar ei draed, ond disgynnodd Pero'n llipa wastad yn ei ôl, efo rhyw ebychiad bach heb fod yn rhy boenus ei sŵn.

'Melangell...? Ga i air...?' Amneidiais arni i 'y nilyn i allan.

Yn stafell aros y fet, dywedais wrthi be o'n i wedi'i weld, bod Pero wedi llowcio hannar dwsin o gacennau bach siocled, rhoddedig gan Mungo Moon, oddi ar y stondin gacennau. Ei stondin gacennau hi. Aeth wyneb Melangell yn wyn. Does 'na'm llawar yn bod ar allu ymenyddol Melangell na'i chraffter meddwl wrth ddŵad i gasgliadau. Casgliadau cywir yn yr achos hwn.

'Canabis!' ebychodd. 'Mungo ffycin Moon!'

'Ia,' meddwn i. "Sna'm peryg medri di ddwyn achos yn 'i erbyn o am dîlio...?'

'Dîlio i *gi*?' gwichiodd Melangell. Cytunais nad oedd hi'n debyg bod cynsail i'r fath erlyniad. 'Be 'dan ni'n mynd i ddeud wrth *hwn*?!'

Dychwelodd y ddwy ohonan ni i stafell y milfeddyg. Roedd o'n dal wrthi'n astudio symudiadau Pero, neu ddiffyg symudiadau Pero, a'i law'n rhwbio'i ên, heb erioed o'r blaen weld ci, nac unrhyw anifail arall yn wir, yn y fath gyflwr, mae'n amlwg.

'Cadwn ni fo mewn. Nawn ni brofion gwaed. Ag os na ddaw 'na ddim o hynny, yrrwn ni fo am brofion niwrolegol i Lerpwl.'

'Na!' gwaeddodd Melangell. Roedd hi bron yn sgrechian. We-e-e, meddyliais, paid â dangos dy fod di'n panicio, hogan! 'Ylwch,' ychwanegodd, 'a' i ag o adra... gweld be ddaw... fedra i'm godda meddwl amdano fo'n goro wynebu hynna i gyd... a gas gynno fo bigiada... a sbytai... a petha...'

'Dach chi'n siŵr?' holodd y fet.

'Mi gostith ffortiwn i neud yr holl brofion 'na,' cynigiais, gan feddwl bod dadl ariannol yn swnio'n fwy credadwy na phoeni am ffobia'r anifail at nodwyddau.

'Wel… chi ŵyr,' meddai'r milfeddyg yn amheus. 'Ond ma gin i ofn na fedra 'i weld o'n gwella heb rywfath o ymyrraeth glinigol.'

Gafaelodd Melangell yn y ci.

'Welan ni sut fydd o dydd Llun,' meddai gan ddiweddu'r sgwrs.

Pan gyrhaeddais i adra roedd Gwion yn y drws yn 'y nghroesawu i, gweithred braidd yn anarferol ar ei ran. Roedd o'n amneidio'n rhyfedd o'i ôl, fel pe bai'n ceisio cael gwared ar gric yn ei wddw.

'Cric yn dy wddw…?' holais, cyn gweld mai ceisio fy rhybuddio i oedd o, chwara teg, fod gynnon ni ymwelwyr.

Yn y lolfa, eisteddai Doreen a Kayleigh Siân a Shaniagh Wynne, un bob ochr iddi, ar y soffa'n gwylio'r bocs. Yn gwylio 'nheledu i.

'Doreen!' cyferchais hi'n ysgafn. 'Ti'm 'di ca'l digon ar 'y nghwmni i am un dwrnod…?'

Doedd dim hwyliau tynnu coes ar Doreen: does 'na byth 'tai'n dŵad i hynny.

'Y blydi ddynas 'na!' cyfarthodd.

Syllai pedwar llygad teirblwydd a hanner arna i'n ddiddallt.

'Gwion…?' dechreuais. Hofranai Gwion ar gyrion y stafell wrth y drws, ac anadlodd yn ddwfn pan ynganais ei enw. Roedd ei gynlluniau i ddianc am allan yn chwilfriw. 'Ei di â Kayleigh a Shaniagh fyny grisia i chwilio am dy hen Lego di? Mae o yn y llofft sbâr.' Edrychais ar y ddwy fach ddiflas, flinedig ar y soffa. 'Ma Gwion yn giamstar am neud tŷ bach allan o Lego.'

'Pymthag punt,' sibrydodd Gwion drwy ei ddannedd wrth basio heibio i mi am ddrws y pasej a Shaniagh a Kayleigh yn codi i'w ddilyn yn anfoddog wrth i Doreen roi bobi hwth iddyn nhw i'w gyfeiriad. Busnas drud ydi sybcontractio pan dach chi'n arweinyddes feithrin.

Eisteddais gyferbyn â Doreen.

'Dwi'n cymyd mai Bethan 'di'r blydi ddynas,' meddwn i.

'*Chocolate watch* i chdi,' medda Doreen. 'Ma hi yn y tŷ 'cw. Oedd hi ar stepan drws pan gyrhaeddish i nôl ar ôl cadw'r petha'n festri, ac yn 'cau'n lân â symud.'

'Ella bod hi 'di mynd 'ŵan. Yrra i Gwion i weld.' Câi o redag am 'i bymtheg punt.

'Ma hi'n dal yna. Ffonish i Glenys. Fedar hi'i gweld hi drw ffenast llofft ffrynt.'

'O.'

Wyddwn i ddim be arall i ddeud. Mi fysa rhywun mwy dyngarol na fi wedi cynnig i Doreen a'i hefeilliaid aros dros nos, neu o leia 'di cynnig panad. Ond fedrwn i ddim yn 'y myw â chychwyn ar y llwybr hwnnw: o nabod Doreen, doedd dim dal lle'r oedd ei ben draw o.

'Pwy sy'n gofalu am 'i phlant hi 'ta?' gofynnais yn llywaeth.

'Be dwi'n wbod? Yr hyna debyg.'

'Faint 'di hoed hi?'

'Deuddag… dwn i'm! Pa wania'th? Ddim 'i *phlant* hi 'di'r broblem!'

Fedrwn i ddim llai na phoeni am Nebo. Roedd gen i rywfath o gyfrifoldeb tuag ato.

'Be ti am neud?' holais. 'Fedar hi'm aros wrth dy ddrws di drw nos.'

'T'isio bet?' ebychodd Doreen. ''Di hi'm yn gall, fedar neud *rwbath*.'

''Sa'n well i ni ffonio'r heddlu 'ta…' Pasio'r deilema i ddwylo ychydig yn fwy cyfrifol…

"Im isio blydi moch yn snwyro!' cyfarthodd Doreen.

Anadlais yn ddwfn. Be haru hi'n dŵad i fama, o bobman?

'T'isio fi ffonio Tina?' cynigiais. Ma teulu'n tynnu at deulu ar adeg o gyfyngder...

'Pam uffar 'swn i isio ffonio honno?'

'Wel, ym...' dechreuais, cyn sychu.

Clywn Gwion yn y llofft yn diddanu'r ddwy hogan fach drwy wneud lleisiau gwirion. Tasa fo'n gwbod 'mod i'n clwad, fysa fo wedi cau ei ben yn syth. Mi gâi o'r pymthag punt...

Daeth cnoc ar y drws, a chodais – yn ddiolchgar am rywfaint o ymwared – i'w ateb. Disgynnodd fy nghalon drachefn wrth weld mai Nebo bach oedd yno.

'Mam 'im adra,' medda fo wrth i mi ei arwain drwadd.

'Lle ma Menna?' holodd Doreen, wedi clywed.

"Im adra,' atebodd Nebo.

'Gwyn?' holodd Doreen eto.

"Im adra,' atebodd Nebo.

'Dafydd?'

"Im adra.'

'Megan?'

'Adra.'

Cododd fy nghalon.

'Faint 'di oed Megan?' gofynnais i Doreen gan geisio peidio swnio'n rhy amlwg o obeithiol.

'Pump.'

'O.'

'Lle ma Menna a Gwyn a Dafydd 'ta?' gofynnodd Doreen. Ni allwn lai na rhyfeddu at ei gallu i gofio enwau brodyr a chwiorydd Nebo.

'Chwara allan,' atebodd Nebo.

'Pw sy adra?' holodd Doreen wedyn. Roedd 'na ran ohona i'n reit falch ei bod hi wedi dechrau meddwl am rywun heblaw hi ei hun.

'Megan a Gwilym a Mair,' meddai Nebo.

''Sa 'run ohonan nhw drosd saith,' meddai Doreen gan sbio arna i.

Pendronais am eiliad neu ddwy cyn mynd i ddrws y pasej.

'Gwion!' gelwais. 'Ffafr plîs...'

Llwyddais ymhen hir a hwyr i berswadio Doreen i fynd i siarad efo Bethan. Fel arall, mi fysa'n rhaid ffonio'r heddlu... Ro'n i'n llawn fwriadu gneud hynny beth bynnag, yn dibynnu ar faint yn ei phethau roedd Bethan.

Daeth Doreen yn ei hôl tua saith, ar ôl bod wrthi am awr a hanner yn trio dal pen rheswm â'i stolcyr ar ei stepen ddrws ffrynt. Erbyn hynny roedd Gwion wedi rowndio chwe phlentyn arall Bethan ac wedi eu hel i'n tŷ ni, a hefo dwy fach Doreen a Nebo, roedd gen i Gylch Meithrin bach yn fy lolfa'n sbio ar y bocs.

Roedd Bethan wedi gwrthod yn lân â symud. Dechreuais geisio cofio lle'r o'n i wedi rhoi'r ddau gwdyn cysgu oedd gen i'n rhywle, a phendroni faint o blant fedrwn i eu gosod i gysgu ar y soffa ac ar lawr y lolfa.

Yn y diwedd, Gwion gafodd gysgu ar y soffa. Rhois yr hogia – pedwar ohonyn nhw – yng ngwely Gwion, a'r genod – pump ohonyn nhw – yn 'y ngwely (dwbl, diolch byth) i. Newidiais ddillad y gwely yn y llofft sbâr i Doreen, a phendroni o'n i ar ba lawr 'swn i'n taenu fy sach gysgu, pan laniodd Bethan. Roedd hi wedi un ar ddeg o'r gloch, a'r hogiau'n cysgu – ac eithrio fy hogyn i. Doedd dim arwydd cwsg ar y genod: gallwn eu clywed yn gweiddi chwerthin yn y llofft.

'Lle ma'r plant?' gofynnodd Bethan yn wyllt, gan wthio i mewn i'r tŷ heibio i mi fel pe bawn i wedi eu cipio oddi arni. (*Ro'n* i wedi eu cipio nhw erbyn meddwl...)

'Hogia'n cysgu...' atebais gan ei dilyn i'r lolfa.

'Be uffar ti'n neud yn dŵad â nhw i *fama*?' gwichiodd, fel pe bawn *i* yn dechrau ei cholli hi!

Trodd Gwion ei ben oddi wrth y bocs i sbio ar Bethan cyn troi'n ôl. Rhyngtha fi a 'musnas. Roedd o wedi gneud ei wac.

Eisteddodd Bethan ar y soffa wrth ei draed. Mentrais awgrymu wrthi mai doethach fysa gadael i'r hogia gysgu, a châi hi fynd â'r genod adra hefo hi...

'Dw'm yn mynd i nunlla heb Doreen. Dwi'n gwbod 'i bod hi fama rwla,' medda Bethan. Ebychais weddi sydyn am ymwared cyn anelu am y grisiau i fynd i godi Doreen, gan adael Gwion i gadw llygad ar yr estyniad diweddara i'n teulu.

'Dw'm yn dŵad lawr grisia!' chwyrnodd honno a throi ei hwyneb at y wal i fynd yn ôl i gysgu.

Roedd Bethan yn fy wynebu ar y grisiau wrth i mi ddod i lawr.

'Toilet,' meddai. Penderfynais adael iddi basio, ac arhosais ar y grisiau i wneud yn siŵr mai i fan'no roedd hi'n mynd cyn dychwelyd i'r lolfa: buan iawn y cawn glwad Doreen yn hefru pe bai Bethan wedi mentro ati.

Suddais i'r soffa.

'Sori, Gwi,' meddwn i wrtho fo'n ddiflas.

Trodd i wenu ei wên fach annwyl, smala, arna i.

'Dow, am be?' medda fo cyn troi nôl at y bocs.

'Gei di dy bymthag punt fory,' meddwn gan bwyso 'mhen

ar gefn y soffa a chau fy llygaid. 'Ti 'di haeddu fo.'

'Yndw,' atebodd yntau.

Neidiais yn effro. Roedd Gwion yn dal i wylio'r bocs, ond roedd y rhaglen wedi newid.

'Ers faint fuish i'n cysgu?' holais mewn dychryn.

'Awran…?' atebodd Gwion.

'Oes 'na sŵn 'di dŵad o'r llofft?' Ceisiwn glustfeinio. Roedd y genod bach wedi distewi. Ond be am Bethan…?

''Im byd,' meddai Gwion.

Mentrais i fyny. Rhois fy mhen rownd drws fy stafell, a sbio am eiliad ar efeilliaid Doreen a thair merch Bethan yn cysgu blith-draphlith dros y gwely. Dim arwydd o Bethan.

Doedd hi ddim yn stafell Gwion na'r stafell molchi chwaith. Mentrais roi fy mhen rownd drws y llofft sbâr, gan hanner disgwyl cyflafan waedlyd.

Cysgai Bethan yn wynebu'r drws a golwg heddychlon ar ei hwyneb. Tu ôl iddi, fatha llwy fwrdd am lwy de Bethan, chwyrnai Doreen yn braf, a'i braich yn annwyl am Bethan.

'Reit!' cyhoeddais ar ben landin am bum munud i ddeg fore trannoeth. 'Adra! Dwi isio chi gyd o ma mewn chwartar awr union!'

Roedd y naw plentyn wedi bod yn rhedag reiat drwy'r tŷ ers teirawr a toedd 'na'm arwydd codi ar Doreen na Bethan. Cnociais ddrws y llofft sbâr yn ffyrnig i neud yn siŵr eu bod nhw ill dwy wedi clywed.

Ymhen *tri*-chwarter awr, roedd y tŷ'n ôl yn eiddo i Gwion a minnau unwaith eto. Roedd Doreen a Bethan wedi cerdded drwy'r drws law yn llaw, a'r naw plentyn yn osgordd anniben tu ôl iddyn nhw.

Eisteddais wrth fwrdd y gegin gyferbyn â Gwion.

'Be ti am neud 'ŵan 'ta?' gofynnodd.

'Clirio,' atebais. 'A wedyn ma gin i alwad ffôn bwysig i'w gneud.'

Ofynnodd Gwion ddim i mi fanylu, jest rhag ofn y câi o wbod.

Erbyn dydd Llun, roedd Pero fel creadur gwyllt o'r coed unwaith eto, ac yn byta bob dim rôi Melangell o'i flaen. Doedd dim diwedd ar y bwyta yn ôl Melangell. Roedd Pero wedi cael y *munchies*.

Heidi oedd y gynta i gynnig y gangen olewydden. Ro'n i wedi deud wrthi ar y ffôn be ddigwyddodd – rhag ofn bod ganddi fwy o gacennau siocled yn llechu rwla. To'n i'm isio i Tree gael cynnig yr un wledd ag a lowciodd Pero mor ddisymwth. Mungo oedd yn cael y bai gan Heidi. Fo oedd wedi coginio'r cacennau bach siocled rai misoedd ynghynt ac wedi eu storio o'r golwg yng nghefn y rhewgell.

Aeth Heidi draw at Melangell i ymddiheuro, ac i geisio rhywfaint o sicrwydd na fyddai Melangell yn mynd â'r mater ymhellach. Ni fu'n rhaid iddi boeni'n ormodol: sut byddai Melangell wedi gallu dwyn y mater i sylw'r heddlu a hi ei hun wedi bod yn cysgu hefo'r darpar-ddiffynydd, heb sôn am fod wedi ei gael o'n rhydd o gyhuddiad blaenorol o *possession*. Yn ei chalon, roedd Heidi'n gwybod yn iawn na allai Melangell wneud dim byd a fedrai niweidio Mungo na'i deulu, ond roedd hi eisiau cadarnhad.

Cafodd Mungo ei ryddid i fynd a dod o'r tŷ gwellt yn ôl ei ddymuniad unwaith eto. Wedi'r cyfan, barnai Heidi nad oedd

Melangell yn mynd i ddŵad o fewn can milltir i'r llwdwn byth eto, felly waeth iddo fod â'i draed yn rhydd ddim.

Ar y bore Llun, ro'n i wedi mynd i mewn i'r festri'n gynt na'r arfer i geisio cael trefn ar y bageidiau bin du o stwff oedd yn weddill o'r Ffair Wanwyn a gwneud lle iddyn nhw ym mhellafion y cwpwrdd. Roedd Doreen eisoes wedi gwneud lle i'w phlanhigyn ar silff y ffenest, yng ngolwg pawb. Un olwg arno, ac ro'n i'n gwybod be oedd o. Glaniodd Doreen ac anelu'n syth tuag ato.

'Ro'n i'n meddwl 'sa'n neis i'r Cylch ga'l rwbath i sbio arno fo,' meddai ac anelu am y sinc i redeg llond jwg o ddŵr i'w ddyfrio.

Byseddodd y dail efo gofal.

'Ti'n gwbod be ydi on' dw't?' gofynnais iddi.

'Dow, nag dwi… be?' holodd hithau gan gamu'n ôl i sbio'n edmygus ar ei rhodd werthfawr. A bu'n rhaid i mi gachu allan. Fedrwn i ddim rhoi pin yn ei balŵn hi.

'Dwn i'm… rw fath o *geranium* ma siŵr 'de.'

'Ella ca'n ni flodyn cyn 'rha,' medda hi. Ac ella ddim, meddyliais i.

''Sna jans fedar y Cylch brynu *miracle-gro* iddo fo'n fwyd?' holodd Doreen wedyn. Bernais na ddylai peth felly gostio'n rhy ddrud ac ro'n ni wedi codi cant a hannar o bunnoedd ddydd Sadwrn drwy ryw wyrth. Bernais hefyd mai haws fyddai cau ceg ac na fyddai neb ddim callach fod 'na blanhigyn canabis yn tyfu mewn potyn ar silff ffenest y festri.

Roedd Nebo wedi ymddangos heb i ni sylwi ar neb yn ei adael: y tro cynta iddo fod yn y Cylch ers wythnosau, a'r tro cynta erioed iddo fod yn gynnar. Aeth i chwarae i'r gornel geir ar ôl i ni ei gyfarch yn joli a thynnu ei gôt. Ac yntau heb fod o fewn clyw, penderfynais fentro i'r dwfn efo Doreen.

'Su ma Bethan?' Mor ddidaro ag y medrwn.

'Dal i hongian,' atebodd Doreen, yn ddichwaeth braidd, teimlwn, o ystyried mai anwadal oedd gafael y cyfryw Fethan ar gallrwydd yn ôl y diffiniad clinigol safonol. ''Dan ni 'di diseidio sticio at 'yn tai'n hunun,' meddai wedyn. Doreen yn deud, Bethan yn gorfod derbyn yn 'gosach ati dybiwn i.

'Ond mi dach chi'n dal i…?' cychwynnais.

'Shagio?' sbiodd Doreen arna i'n herfeiddiol.

'Gweld ych gilydd o'n i am ddeud,' atebais yn biwis.

'Yndan. Be bynnag t'isio'i alw fo.'

'Sori,' mwmiais, 'ddim yn trio busnesu.'

'Iawn i chdi ga'l gwbod,' atebodd Doreen. 'Diolch i chdi'n bod ni nôl hefo'n gilydd 'de.'

Dwn i'm a o'n i'n hapus i dderbyn y fath gydnabyddiaeth. Ers ffonio'r gwasanaethau cymdeithasol y diwrnod cynt, ro'n i wedi bod yn teimlo'n anghyffyrddus braidd yn fy nghwmni fy hun.

'Ma 'na gownselor yn galw hefo hi heddiw. Rywun 'di ffonio'r sosial syrfisus,' meddai Doreen yn nes ymlaen yn y bore pan aeth Tina â chwpwl o'r plant i'r tŷ bach. Roedd hi'n sbio braidd yn gam arna i, neu falla mai fi oedd yn meddwl.

'Ella neith les… o safbwynt y plant a petha…' meddwn i heb fradychu mai fi oedd y bradwr.

'Ella,' ategodd Doreen.

Es at Myfyr i'w helpu efo un o'r jig-sôs newydd-i'r-Cylch a fachwyd oddi ar y stondin bric-a-brac ddydd Sadwrn.

''Sna'm isio chdi boeni, sdi,' meddai Doreen wedyn.

'Am be?' holais. Cymerodd Myfyr ddarn o jig-sô o fy llaw wrth 'y ngweld i'n ei osod yn y lle anghywir.

'To'n i'n *hun* ddim yn gwbod 'mod i'n lesbian sdi, tan i fi gwarfod Bethan.'

'O, 'na chdi,' meddwn i...

A chwerthodd hithau'n ddirmygus cyn ychwanegu: 'Ag eniwe, 'sna'm tshans yn y *byd* 'swn i wedi dy ffansio *di*.'

A dyna fy rhoi i yn fy lle, thenciw.

'Lethbian,' ailadroddodd Myfyr wrth sodro'r darn jig-sô yn ei le.

5: Mwnc a Mochyn a March

'Damia fo!' gwaeddais wrth luchio'r *Termiadur* at wal y stydi heb ei agor. Ro'n i'n gwbod yn iawn be oedd y Gymraeg am *constringent*, ond fedrwn i gofio? Fedrwn i, ceillia! Ro'n i mewn hwyliau rhy styfnig i fynd i iselhau fy hun, cyfadde methiant a chyrchu Bruce am oleuni ar fater ddylai fod yn glir fel golau dydd glân gloyw i mi. Hyn a hyn o gofnodion pwyllgorau strategaeth fewnol y Cyngor Sir all un dyn (yn ei ystyr ganoloesol) ei wynebu mewn un oes.

'Sgynnyn nhw'm blydi cyfieithwyr 'u hunun fedar ddelio hefo'r cachu ma?' gwaeddais wedyn heb ddisgwyl rhyw lawer o ymateb gan wal y stydi.

'Anti Mared,' clywais lais o gyfeiriad y drws wrth blygu i godi'r *Termiadur* o barthau'r rheiddiadur ffwcd dan y ffenest, lle'r oedd Bruce yn llechu ers i mi roi fflych iddo am fethu rhoi *chisel plough* i mi ar gyfer rhyw ddogfen ffermio y pnawn cynt, a bu bron i mi gywiro Gwion a deud wrtho fo y câi o 'ngalw i'n 'Mam' os oedd o isio cyn i mi gofio bod llais Gwion eisoes wedi torri, a'i gysgod o gymaint ddwywaith â'r cysgod a hofranai yn ffrâm y drws.

'Nebo,' meddwn wrth sythu a cheisio dyfalu yn fy ngwaradwydd sawl rheg roedd o wedi'u clywed.

'Dwi am ddŵad â Kit-Kat a Skips efo fi.'

''Na fo, da iawn chdi,' meddwn gan ei hwrjo i gyfeiriad y gegin. Roedd Nebo wedi dod yn ymwelydd cyson yn ddiweddar, a doedd rhyw fân-ddefodau bach fel canu cloch neu gnocio drws ddim i'w gweld yn bwysig iddo.

Cymerodd gryn bum munud iddo restru cynnwys y bocs bwyd bach roedd o – yn ei freuddwydion – wedi ei gynllunio ar gyfer Trip Blynyddol y Cylch Meithrin drannoeth i Sŵ Fynydd Bae Colwyn. Erbyn iddo orffen – a finnau'n synnu at ei arabedd, ac yn canmol y Cylch a fi fy hun am y cynnydd yn ei lefaredd – ro'n i wedi hen roi'r cyfieithiad a'r Cyngor Sir o fy meddwl. Es i ben draw'r cwpwrdd pob-dim i chwilio am focsys plastig o wahanol feintiau er mwyn dechrau gweithio ar fy mocs bwyd i fy hun ac un iddo yntau rhag ofn i Bethan anghofio gneud un, a gwthiais fy mhen i bellafion y ffrij i weld be fedrwn i gynnwys ynddyn nhw.

'Hwn ma eto?' meddai Gwion wrth gerdded i mewn i'r gegin a'i fag ysgol yn hongian yn dila oddi ar ei ysgwydd.

Codais, gan afael mewn dau bot iogyrt oedd â dyddiad gorffen yfory arnyn nhw, a gneud wyneb arno.

Ers i Nebo ddechrau ymweld yn ddyddiol â'n tŷ ni, dwi wedi gweld yr hogyn bach yn Gwion eto – hogyn bach ro'n i'n meddwl oedd wedi codi pac a gadael ers blwyddyn neu ddwy. *Sibling rivalry* mewn unig blentyn... roedd y syniad yn apelio rhywfaint, ac ella mai dyna pam ro'n i mor barod i agor y drws i Nebo – nid bod angen agor y drws gan fod y plentyn yn cerdded i mewn yn ddiwahoddiad yn amlach na pheidio beth bynnag.

Ciliodd Gwion i'w stafell i bwdu am fod ei fam fel pe bai'n barotach i ddiddanu sgwifflyn bach tair-a-rwbath oed na'i hannwyl arddegol fab, a chyfeiriais fy sylw yn ôl at Broblem y Bocs Bwyd.

'Iachach i ti na Skips,' meddwn gan gydio mewn dau afal go grebachlyd yr olwg o'r fowlen ffrwythau na haeddai'r fath anrhydedd o'i galw'n fowlen ffrwythau gan mai dim ond un oren, wythnosau oed, oedd yn weddill ynddi wedi i mi fachu'r afalau ohoni.

Lapiais bedair cacen Jaffa yr un i ni mewn ffoil ac estynnais y dorth.

'Ma'n frown,' mwmiodd Nebo. 'Gwyn dwi'n licio.'

Mygais gŵyn. Nid dyma'r amser na'r lle i fod yn hiliol tuag at dorth o fara.

'Ty'd. Awn ni i chwara Lego. 'Nawn ni'r brechdana wedyn,' meddwn gan ei dywys i'r lolfa.

Pan ddechreuodd Nebo fynd i'r arfer o alw gyda mi, ro'n i'n codi'r ffôn ar Bethan i roi gwybod iddi ei fod o efo fi yn lle'i bod hi'n poeni lle'r oedd y bych. Mi fyddai'n gwrando arna i ac yn diolch am y wybodaeth bob tro, ond wrth i'r galwadau fynd yn drefn ddyddiol, teimlwn eu bod yn fwy o niwsans iddi nag o werth: toedd ganddi chwech arall i boeni lle'r oedden nhw? Ac wrth i'r ymweliadau ddod yn feunyddiol, dechreuais anghofio ffonio Bethan. Gwyddai'n iawn lle'r oedd o, a gwnawn i'n siŵr ei fod o'n cyrraedd adre cyn yr hyn y daliwn i oedd yn amser gwely iddo bob gyda'r nos.

A bod yn onest, roedd hi'n braf medru cael esgus i roi'r gorau i'r cyfieithu a throi at weithgaredd llawer mwy buddiol efo Lego neu jig-sôs, a sgwrs gall efo'r teirblwydd yn hytrach na'r llurguniaith ro'n i'n byw a bod ynddi weddill y pnawnia. A chwarae teg roedd o i'w weld yn ddigon bodlon ar gwmni ei fam tra oedd y plant hŷn yn yr ysgol: doedd o byth yn glanio cyn hanner awr wedi tri.

Roedd hi'n chwech o'r gloch erbyn i mi orffen cydadeiladu'r gwesty Lego tri llawr tair seren y bûm i'n llafurio drosto efo Nebo. Roedd y plentyn wedi ymgolli yn nrama'r prosiect a myrdd o ddramâu pellach arhosiad y bobol bach Lego yn y gwesty. Ceisiais ei ddarbwyllo nad oedd yr ymwelwyr yn cario gynnau, ond mi fynnodd Nebo eu bod a throdd y ddrama sebon ddiniwed yn ffilm arswyd waedlyd cyn y diwedd, er gwaetha pob ymdrech i'w gwareiddio.

'Sna jans am rwbath i fyta?' Roedd Gwion wedi ymddangos yn nrws y lolfa, a'r olwg ar ei wedd mor sychlyd â thôn ei lais. Codais ar fy eistedd.

'Ty'd di i chwara efo fo 'ta tra dwi'n gneud rwbath.'

Anelodd Gwion allan o'r stafell gan ebychu rheg dan ei wynt: nô wê Chosê, deallais. Ceisiais awgrymu'n gynnil wrth Nebo ella'i bod hi'n amser mynd adre, ond doedd o'n amlwg ddim yn barod i fynd.

'Bocs bwyd,' meddai, heb roi lle i unrhyw ddadl.

'O, ia,' meddwn innau'n wantan gan anelu am y gegin. 'Ty'd 'ta, wedyn mi fydd rhaid i Anti Mared neud te i Gwion, bydd? Mi fydd Gwion yn flin os na cheith o de.' Hyn yng ngŵydd Gwion. Gwnaeth hwnnw wyneb tin cyn bachu tair tafell o fara o'r plastig a'u llowcio fel creadur heb weld bwyd ers wythnos.

Sodrais y caead ar y ddau focs bwyd gyda pheth ymdrech. Rhois un i Nebo, a gwenodd arna i fel pe bawn i wedi rhoi clepyn o aur cyfaint â'r bocs plastig yn ei ddwylo. Cerddodd o 'mlaen i'n hynod o falch ohono'i hun ar hyd y pafin tuag at dŷ Bethan. Agorais y drws ac ni fu'n rhaid gwrando am arwydd o fywyd gan fod y sŵn yn annaearol cyn i mi gyrraedd y tŷ hyd yn oed. Codais law ar Nebo a'i wylio'n cau'r drws ar ei ôl, cyn anelu'n ôl adre.

'Be *sy* matar hefo chdi?' Fedrwn i ddim mygu fy niffyg amynedd efo ymddygiad plentynnaidd Gwion. 'Actio fatha hogyn bach teirblwydd oed!'

'Dylia chdi fod yn falch,' medda fo'n goc i gyd. 'Hogyn bach teirblwydd w't ti isio 'de!'

'Os mai fela t'isio bod, gei di neud dy de dy hun,' meddwn i wrtho'n flin.

Mwmiodd ei fod o eisoes wedi byta sirial, wedi ca'l llond bol ar aros. Mentrais innau awgrymu ella nad oedd sirial yn debyg o ymestyn gormod ar ei ddoniau cogyddol o, ac mi frathodd yntau nad oedd ganddo fawr o ddewis, nag oedd, 'gin bod y prat bach 'na 'di dwyn y bara i gyd!' Mi bwdodd wedyn, yn ei ddull arddegol dihafal ei hun. Caeodd ddrws ei stafell yn glep nes bod y tŷ'n diasbedain a phob congl fach ohono'n dallt ei fod o wedi gneud ei bwynt. Ac i ategu'r pwd, mi drodd y sŵn i fyny ar ei *hi-fi* nes bod pobol drws nesa, siŵr gen i, yn meddwl bod Metallica wedi glanio yn eu gardd gefn.

Twriais ym mhellafion y cwpwrdd bwyd nes dadorchuddio *Pot Noodle* cyri cyw iâr. Berwais ddŵr a'i arllwys drosto, bachu'r post oddi ar lawr tu ôl i'r drws a mynd drwodd i'r lolfa gan gau'r drws ar Metallica a Gwion.

Rhwng y cyfieithiad a'r gwesty Lego, to'n i ddim wedi cael amser i wneud dim mwy na bwrw cipolwg dros y ddwy amlen a ddaethai drwy'r drws amser cinio: un bil ffôn ac un bymff yn ôl eu golwg. Sgrwnshiais y post sgrwtsh a'i luchio i'r fasged wrth y teledu. Bu bron i mi gael hartan wrth weld y bil ffôn. Dau gant a hanner o bunnoedd! Codais ar fy nhraed fel pe bai gwn wedi ei anelu at fy nhalcen, gan droi'r *Pot Noodle*-heb-ei-fforcio dros y soffa.

'Be?' sgrechiais. Ceisiais adfer y *Pot Noodle*, a llwyddo i wneud mwy o lanast o'r soffa yn y broses. Anghofiais y soffa wrth gofio fod 'na restr o alwadau ar yr ail dudalen...

Galwada ugain munud a hanner awr o hyd! A'r un rhif ffôn bob tro. Rhif ffôn yn Prestatyn.

'Gwi-i-on!' sgrechiais wedyn. Rhaid 'mod i'n swnio fel dynes *in distress* achos mi roddodd ei bwd heibio a rhuthro drwodd ata i. Mi ddifarodd yn syth wrth weld be oedd yn fy llaw i, y cythraul bach.

'O,' meddai, gan sylweddoli ar amrantiad y dylai o fod wedi rhag-weld hyn.

'Ia, blydi "o"!' meddwn i. 'Sut *fedrat* ti?!'

'Ma o'n dad i fi, tydi?' medda fo, fel tasa hynny'n

cyfiawnhau'r fath gost, y fath frad. 'Dw'm 'di weld o ers misoedd... meddwl 'swn i'n codi ffôn.'

'Codi ffôn! Codi ffôn! 'Sa chdi'n medru prynu BT hefo faint ti 'di wario ar "godi ffôn"!'

'Chdi ddudodd 'swn i'n ca'l 'i ffonio fo 'swn i isio...'

'Be oedda chdi isio efo fo?' arthiais arno.

''Mond siarad... trafod...' mwmiodd.

'Trafod be?' Ro'n i fel y Stazi, yn 'cau'n lân â gadael fynd. Yn methu'n lân â *dallt*.

'Petha...'

'Pa betha?'

''Mbyd. Jyst petha. Bob dim. Dim byd.' Ei huodledd arddegol arferol.

'Pam na 'sa chdi 'di *gofyn*?!' Fedrwn i ddim yn fy myw â chymryd cam yn ôl.

'Gymish i na 'sa chdi isio gwbod.'

'Tw reit, dw'm isio gwbod! Sgin ti'm busnas 'i ffonio fo! Ddim heb ddeu'tha fi! Be oedd isio mynd tu ôl i 'nghefn i? Ac ar 'yn ffôn *i*! *Fi* sy'n talu'r bil! Ma' hawl gin i wbod!' Rhoddodd y sylweddoliad mai fi oedd berchen y ffôn ac yn talu'r biliau atgyfnerthiad i fy argyhoeddiad mai fi oedd yn iawn. Mater o arian oedd hyn, nid mater o deimlo 'mod i'n cael 'y mradychu.

''Na i ddeu'tha chdi tro nesa, 'ta,' medda fo fel tasa hynny'n ateb i bob dim.

'*Fydd* 'na'm tro nesa!' saethais ato.

'Ti'n 'nada'l fi siarad efo Dad...?' heriodd.

'Nagdw! 'Nada'l chdi ffonio fo ar 'yn ffôn *i* dwi,' atebais, gan wbod ar yr un pryd fod 'na dyllau yn fy rhesymeg. Doedd gan Gwion ddim mobeil. Gwell ganddo wario'i bres poced prin ar gylchgronau cyfrifiadurol. Anadlais yn ddwfn – do'n i ddim isio ffraeo, 'sa llawer gwell gen i tasa'r hen Gwion call, hŷn-na'i-oed yn dŵad yn ôl ata i – ond y cyfan a welwn yn ei lygaid oedd dirmyg tuag ata i.

'Yli... 'swn i'n bod yn onest,' dechreuais, a thyngwn iddo dynnu gwynt beirniadol wrth i mi leisio'r geiriau, ond gadewais i'r peth fod. 'Isio chdi beidio cuddiad petha oddi wrtha i dwi.'

'Fysa chdi 'di gada'l i fi ffonio fo 'ta...' meddai Gwion.

'Byswn, siŵr,' atebais.

Ac aeth Gwion yn ôl i'w lofft a golwg amheus ar ei wyneb a'm corddai, gan 'y ngadael i'n llyfu 'nghlwyfau ar 'y mhen fy hun yn y lolfa. Mi bendronais yn hir a ddyliwn i fynd ato fo. Ceisio ailgodi pontydd. Ond fedrwn i ddim. Saith o alwadau ffôn dros ddau fis a hanner. Adiais y munudau efo'i gilydd... mymryn dan ddwy awr a hanner o alwadau ffôn, o sgyrsiau efo'i dad. Dwy awr a hanner o siarad am bethau na wyddwn i beth oedden nhw.

Es drwadd ato cyn troi am y gwely, gan fwriadu rhoi sws nos da iddo, ac addunedu'n bendant yn 'y mhen na soniwn air yn rhagor am y galwadau. Ond trodd ei ben oddi wrtha i pan es i i mewn i'w stafell. Roedd o'n darllen, a chododd o mo'i olwg o'i gylchgrawn. Atebodd o ddim pan ddywedais i 'nos da'.

Fore trannoeth, ro'n i'n cosi 'mhen – yn llythrennol felly – pan ddeffrish i. Roedd golau dydd yn rhoi llewyrch gwell ar bethau, a chystwyais fy hun am ei cholli hi'r noson cynt. Ond roedd y blydi cosi yn 'y ngwallt yn boen tin a deud y lleia.

Doedd dim isio doctor i ddeud wrtha i 'mod i, unwaith eto, wedi dal llau. Pan wnes i hynny'r tro cynta, wedi dim ond deufis yn y Cylch, roedd hi'n draed moch yn tŷ ni. Arswyd wrth weld y lleuen ddeinosoraidd ei hargraff yn cripian dros y grib yn fy llaw, a phanics gwyllt wedyn wrth yrru i'r dre cyn naw y bore i gnocio ar ddrws *Boots* ac erfyn am botel o gemegau i ddifa'r blincin pethau cyn mynd ar gyfyl yr un dyn byw. Erbyn hyn, a finna 'di prynu hanner dwsin o boteli cemegol, dwi wedi hen arfer, ac wedi rhoi gif-yp llwyr ar y cemegau: yn un peth, fedra i'm godda'r llanast ma'r stwff yn gneud ar 'y mhen i (gwaeth cosi na chosi llau), ac yn ail, tydi'r blincin stwff ddim yn gweithio. 'Sna'm byd fedrith ca'l gwarad ar lau heblaw pinsh go hegar rhwng ewin y bys a'r bawd.

'Ti'n cosi?' meddwn i wrth Gwion wrth iddo ddod allan o'r stafell 'molchi, a gobeithio ar yr un pryd na wnâi o mo'n anwybyddu i ar ôl ffrae'r bil ffôn.

'Nagdw,' medda fo. 'Ro i grib drwo fo.'

''Na i os liciat ti...?' meddwn i'n gymodlon.

'Fedra i roi crib drw 'ngwallt yn hun, Mam,' meddai'n ddiamynedd, gan ddangos ar amrantiad nad oedd y ffrae'n angof wedi'r cyfan. 'Dwi'n mynd allan heno,' meddai wedyn, gan arllwys sirial i fowlen.

'Lle?' gofynnais.

'Tŷ Miriam. Ma hi'n ca'l criw ohona ni draw.' Deud, nid gofyn.

'Fydd 'i rhieni hi adra?' gofynnais. 'Fydd 'na gwrw?'

'Ella. Ella ddim. Dw'm yn gwbod. Ma'i 'di gwa'dd ni draw, 'na'r cwbwl.'

Ailfeddyliodd am y sirial a gwagu cynnwys y fowlen yn ôl i'r bocs, cyn gafael yn ei fag a mynd allan. Canmolais fy hun am beidio â'i rwystro, cyn rhedeg at y drws...

'Adra cyn deuddeg 'ta!' gwaeddais ar ei ôl. Throdd o ddim i edrych arna i nac arafu ei gamre wrth iddo ddiflannu i gyfeiriad arhosfan y bws.

Trois fy sylw yn ôl at y ffrindiau bach oedd wedi nythu yn fy ngwallt. Cribais be fedrwn arnyn nhw, gan ladd cryn hanner dwsin rhwng fy mysedd. Trip cylch meithrin i Sŵ Bae Colwyn a finnau'n cario mwy o bryfed ar fy mhen nag a oedd ganddyn nhw i'w dangos yn y dam lle, dwi'n siŵr.

'Be 'dan ni'n mynd i weld yn y Sŵ?' gofynnais i Sam a eisteddai wrth ymyl Tina yn y sedd tu ôl i mi.

'JCB?' holodd yntau'n frwd. Rheol Un: peidiwch â gofyn cwestiynau penagored.

'Wel... ella gwelwn i Jac Codi Baw, dwn i'm sti,' meddwn i.

'Dwi isio gweld JCB!' cwynodd Sam. 'Dwi isio gweld JCB!'

Saethodd Tina edrychiad pur anghynnes i 'nghyfeiriad: yli be ti 'di ddechra 'ŵan!

Anwybyddais gwyno Sam a throis at weddill teithwyr y bws. 'Pawb yn iawn?'

Roedd Lowfi Mefefid wedi cysgu ar ysgwydd Melangell ymhell cyn i ni gyrraedd a chroen tin honno ar ei thalcen o'r herwydd – ac am fod Heidi a Tree wedi penderfynu ymbresenoli ar y trip.

Bu Kayleigh Siân yn winjo ar hyd y daith o'i chychwyn, isio gwbod oeddan ni 'di cyrraedd, a Brengain yn deud wrthi am beidio bod mor wirion, achos bod rhaid i ni basio'r troad i Landudno gynta.

Edrychai'n debyg fod pob ysgol gynradd yng ngogledd Cymru wedi dewis Sŵ Fynydd Bae Colwyn fel cyrchfan i'w gwyliau blynyddol. Roedd y lle dan ei sang, a sŵn plant – ac ambell athrawes – yn gweiddi a sgrechian bron yn fyddarol. Mi aethon ni'n griw gyda'n gilydd i weld y ceirw a'r geifr, tan i Tina ddechrau cwyno bod ei thraed hi'n brifo. Do'n i'm yn synnu, gan iddi'n amlwg benderfynu fod Sŵ Fynydd yn lle cydnaws â phâr o sgidiau *stiletto* pinc. Anelodd yn ôl i gyfeiriad y swings a Sam yn dal i swnian wrth ei sodlau bregus am gael gweld Jac Codi Baw. Aeth Heidi ei ffordd ei hun hefyd rhag gorfod dioddef cwmni Melangell: cerddodd i gyfeiriad y morloi, a Tree wrth ei sodlau, gan fwrw ei llach wrth y fechan ar y syniad creulon o gaethiwo anifeiliaid mewn sŵ. Erbyn i ni gyrraedd cewyll y mwncïod, roedd Melangell yn ei helfen. Tybiwn fod gweld cymaint o greaduriaid dienaid y tu ôl i fariau'n cymell rhyw deimlad cyfarwydd ynddi. Sbiodd tshimpansî i 'nghyfeiriad a gallwn dyngu mai wyneb Gwion oedd ganddo. Rhyw olwg styfnig, arddegol, 'gadwch-lonydd-i-fi'.

'Roger,' meddai Melangell wrth sbio ar yr un mwnci.

'Richard,' meddai Susan, bron yn yr un gwynt.

Roedd Lowfi Mefefid yn dal yn gysglyd ar ôl y daith a fawr o awydd gweld unrhyw anifail. Ceisiais ei chymell i ddod i weld y crocodeil yn adeilad yr ymlusgiaid, a throis i chwilio am Doreen a'i dwy a Nebo i ddod i wneud yr un peth ond doedd 'na'm arwydd ohonyn nhw ynghanol y dyrfa o blant dieithr.

'Aligetyr ydi o,' cywirodd Brengain fi'n ddigon snotllyd.

'Aligetyr 'ta, rwbath tebyg 'dan nhw,' atebais braidd yn biwis 'mod i'n cael 'y nghywiro gan hogan fach na chyrhaeddai fawr uwch na 'mhenaglinia i.

'Naci tad,' meddai Brengain wedyn wrth iddi hi a Lowfi a Melangell a Susan a fi fynd i mewn drwy'r drws at yr ymlusgiaid a finnau'n ceisio ymladd y demtasiwn i'w bwydo i'r cyfryw anifail, boed aligetyr neu grocodeil. 'Ma aligetyrs yn llai, a tydan nhw'm yn byta pobol, nag 'dan Mam?'

Bwriodd Susan ati wedyn i egluro'r gwahaniaeth i athrawes dwp ei merch fach. Am gryn ugain munud, cawson ni ddarlith gan Susan a Brengain, ei seid-cic, ar greaduriaid yr Ymlusgfa, ynghyd â'r pryfetach yn y Bryfetfa gerllaw. Daliais fy hun yn crafu 'ngwallt wrth sbio ar ryw forgrug coch tra phrysur yr olwg a chamu'n ôl oddi wrth y lleill rhag i 'mhryfaid i benderfynu 'sa'n syniad mynd am dro.

'Wneith *Tarantula* ddim brathu ar chwara bach,' meddai Susan gan wneud cyswllt llygaid â'r cyfryw anifail y tu ôl i haen warchodol o wydr, ''mond os gwylltiwch chi nhw.'

'Fatha os dach chi'n deud bod hi'n bryd iddyn nhw ga'l shêf,' meddwn innau, i drio ysgafnhau rhywfaint ar y ddarlith.

'Pryd ti'n gwbod os 'dan nhw 'di gwylltio 'ta?' croesholodd Melangell Susan, yn y gobaith na wyddai honno.

'Pan ma nhw'n dy frathu di am wn i,' atebodd honno'n ddigon swta.

Roedd Lowfi isio mynd allan, fatha arweinyddes ei Chylch Meithrin. Ro'n i wedi cuddio dau ddylyfiad gên yn reit llwyddiannus, ond roedd y trydydd yn bygwth bod yn homar o un. Synhwyrodd Susan fy niflastod o'r diwedd.

'Dowch! 'Dan ni'm 'di gweld y morloi!' cyhoeddodd.

'Chwartar wedi un ar ddeg,' meddwn i gan sbio ar fy watsh a chrafu 'mhen 'run pryd. ''Di'm yn amsar cinio dwch?'

Wrth gerdded drwy'r tyrfaoedd tuag at y morloi, mi ddechreuon ni glywed rhyw bytiau bach o sgwrs rhai athrawon eraill oedd yn ein pasio, rhyw sïon am gomosiwn mewn rhan arall o'r Sŵ roedden nhw newydd fod ynddi. 'Y fam bron â mynd off 'i phen...' clywais un. 'Jadan wirion yn gada'l iddi fynd ar goll...' meddai rhywun wedyn. Cysurwn fy hun mai 'mond tri Doreen a Sam a Tree a Myfyr oedd 'na'n weddill o'n criw ni i *fynd* ar goll. O'r cannoedd o blant a'u hathrawon oedd yn y lle ma, roedd hi'n annhebygol iawn mai plentyn o Nantclagwydd fyddai'r truan oedd ar goll.

O, mor gysurus ydi anwybodaeth! Pan gyrhaeddon ni lyn y morloi, roedd tyrfa wedi ymgasglu ac eraill yn rhuthro heibio ni i wahanol gyfeiriadau yn holi pawb a âi heibio oedden nhw 'di gweld hogan bach dair oed, gwallt brown, yn gwisgo trowsus brown a chrys-T y *World Wide Fund for Nature*.

Tree!

Yr ochr draw i Doreen a Glenys, gallwn weld Heidi'n crio dagrau'n lli ac yn llafar-alaru bymtheg y dwsin mewn iaith na ddeallai neb fawr arni.

'Munud! *That's all it took*! *My Tree! My Tree!* Be os...? *Someone she doesn't know... she's so trusting*! Dyn diarth! *What if..?* O! beth dwi'n mynd i neud?!' Gwelodd 'mod i'n brysio i'w chyfeiriad. 'Mared! *Have you seen her*?! Tree... ar goll! *I've lost my Tree!*'

Pasiodd rhyw athrawes dew a chodi 'i llygaid i'r entrychion.

'Be uffar ma hi'n rwdlan am 'i choedan, yn Duw?' clywais hi'n gofyn i'w chyd-athrawes.

Ceisiais ddarbwyllo Heidi na fydden ni ddau funud yn dod o hyd i Tree – toedd y lle'n llawn o bobol fedrai ddod o hyd iddi? Ond roedd Heidi wedi hen ymroi i'r ffaith fod yn rhaid bod rhywun dieithr wedi cipio Tree – i be 'sa neb isio gneud hynny, duw a ŵyr.

'*She'd never go on her own otherwise*! *Oh! I wish Mungo would have come on this horrid, horrid little trip!*' Sylwodd ar Melangell yn sefyll tu ôl i fi. '*It's all her fault!*' Pwyntiodd i wyneb Melangell. '*If she hadn't been meddling with my husband, Mungo would have come today, and Tree wouldn't be lost!*'

Am unwaith, penderfynodd Melangell mai cadw ei cheg ar gau oedd orau. Ni fedrwn lai na chydymdeimlo efo hi: go brin y gellid beio Melangell. Ond doedd 'na'm amser i gloriannu cyfiawnder; roedd rhaid chwilio am Tree. Gyrrais Doreen i gyfeiriad y mwncwn a'i siarsio – braidd yn awdurdodol – i ddal gafael yn llaw Kayleigh a Shaniagh, a Glenys a Myfyr at y geifr a'r mulod, Melangell a Lowfi gysglyd i'r siop a'r lle bysys. Anelodd Susan a Brengain at y parc chwarae. Câi help yn fan'no – rhywfaint o help stiletog – gan Tina. Anelais innau, gyda llaw fach Nebo'n dynn yn fy un innau, yn ôl i gyfeiriad yr Ymlusgfa.

Erbyn hyn, roedd pob ysgol arall yn y lle wedi clywed am ddiflaniad Tree hefyd, a'r athrawon yn cadw llygad am hogan bach dair oed a oedd ar goll.

Llusgais Nebo drwy'r Ymlusgfa'n frysiog: roedd o isio aros i weld y Peithon a'r Anaconda, ac addewais y down ag o nôl y munud y caen ni hyd i Tree. Dois allan yn fy ôl a gweld Melangell o bell yn codi ei hysgwyddau arna i – dim arwydd o Tree.

Anelais i gyfeiriad y bwnis a'r anifeiliaid fflwffiog cyn gwthio drwy haid o blant cynradd a oedd yn prysur gynhyrfu'r twrcwn, a neb i'w weld yn cadw trefn ar eu reiat. Es ben ben â dwylath o athro uffernol o bishinog ei wedd y tu allan i adeilad y moch cwta.

'Tree!' gelwais gan geisio mynd heibio iddo fo.

'Wps,' medda fo a gwenu nes oedd 'y nghoesau i'n bygwth rhoi oddi tanaf. 'Tri be?'

'Chwilio am hogan bach dair oed...' dechreuais yn fyr fy anadl. 'Tree.'

'Tri...' dechreuodd yntau wedyn, yn ddryslyd braidd. 'Tri be? Tair oed... 'ta tair hogan...?'

'Na... na... wel, ia! Tair oed, ia... a Tree 'di henw hi...' meddwn i. Doedd 'na'm angen i mi egluro i hwn, ond ceisiwn barhau'r sgwrs gyn hired ag y medrwn gan dwyllo fy hun ar yr un pryd bod cynnal sgwrs â'r hynodfarch ag a ydoedd yn golygu 'mod i rywfaint 'gosach at ddod o hyd i Tree.

'Wel...' meddai'r pishin, 'dwn i'm am *hogan* fach... ond ma 'na *hogyn* i mewn yn fan'na, hefo'r cwningod... 'di bod yno ers meitin. O'n i'n meddwl tybad pwy oedd bia fo...'

Bu'n rhaid gadael y lwmp o orjysrwydd. Diolchais iddo'n sydyn a rhedeg i mewn i'r lle cwningod efo Nebo'n hedfan tu ôl i mi. Dyna lle'r oedd Tree'n eistedd yn hapus braf ynghanol y bwnis, wrth ei bodd. Yn yr holl firi, doedd neb wedi meddwl edrych am *hogyn* bach tair oed. Camais dros y wal fach a gafael yn Tree yn 'y mreichiau gan siarsio Nebo i beidio â symud cam o lle'r oedd o.

'Cwningens,' meddai Tree. 'Dwi'n licio cwningens.'

'Tree, dwi'n cymyd.' Daeth llais o'r tu ôl i mi wrth i mi gamu allan o gartre'r cwningod. Roedd y Bendigeidbeth yn dal yn ein plith!

'Ia,' meddwn i, a rhyddhad yn fy llais. Ces ysfa i gosi 'mhen a chamais yn ôl oddi wrtho. 'Dyma hi. Tree.'

'Enw... diddorol,' medda fo'n betrus.

'Ddim fi pia hi,' meddwn i heb betruso o gwbwl.

'Enw dwl 'ta,' medda fo wedyn.

Sefais am eiliad iddo ddeud rwbath arall. Ond wnaeth o ddim ond gwenu. Gwenais innau nôl.

'Ym... pa ysgol dach chi?' holais i geisio ymestyn fy amser yn ei gwmni, heb ystyried gwewyr Heidi am un eiliad.

'Llanfelin,' medda fo. 'Hannar cant o fwncwn yn 'y ngofal... hanner gobeithio 'sa'r lle ma'n 'u cymyd nhw gin i.' Gwenu. Gwenu nôl. Saib.

A chofio am Heidi.

Diolchais iddo, a'i heglu hi drwy'r dyrfa i gyfeiriad y morloi. Doedd 'na'm golwg o Heidi. Gwthiais drwy fôr o blant, Tree mewn un fraich a Nebo'n dal y llaw arall, nes cyrraedd y siop. Yno, gwelais Melangell ac wrth fynd i siarad â hi, gwelais Heidi'n dod allan o adeilad y crwbanod, yn wylo dagrau'n lli, a Susan yn ceisio'i chysuro. Gwaeddais arnyn nhw nes i

Heidi'n gweld, a rhedeg ata i. Bachodd Tree o 'mreichiau a dechrau udo crio'n uwch.

Trois i chwilio'r dyrfa yn y gobaith y cawn i gipolwg ar athro Llanfelin unwaith eto rŵan fod pob dim yn iawn, ond roedd Cyfraith Sod ar waith, a'r Perffeithrwydd wedi diflannu'n ôl i Nefoedd y Duwiau ymhell o 'nghyrraedd i.

'Cinio!' cyhoeddodd Melangell, ac roedd pawb wedi ymlâdd gormod i ddadlau. Nid bod neb isio dadlau – roedd y plant wedi bod yn swnian am gael agor eu bocsys bwyd ers i ni gyrraedd am chwarter i ddeg, a'r mamau wedi hen flino deud wrthyn nhw fod 'na hydoedd tan amser cinio.

Wrth weld y plant eraill yn tyrchu i'w bocsys, atgoffodd Nebo fi 'mod i wedi anghofio rhoi diod yn ein dau focs. Gofynnais i Doreen gadw llygad arno tra 'mod i'n picio i'r siop i brynu potel o bop i Nebo.

Roedd hi'n braf cael munud i mi fy hun. Ffag 'sa'n dda, meddyliais, a gwasgu 'mhoced i wneud yn siŵr 'mod i 'di cofio dod â phecyn. Roedd holl firi diflaniad Tree wedi codi awydd nicotîn. Câi Nebo aros am bum munud am ei bop. Llithrais y tu ôl i adeilad y siop gan obeithio na chawn i 'ngweld gan neb ro'n i'n nabod.

Tynnais yn awchus ar y ffag ac anadlu'r mwg yn ddwfn cyn ei ollwng drwy fy ffroenau. Cosais fy ngwallt – mi fyddai'n rhaid ildio a thaclo'r rhein efo potelaid o gemicals, gwaetha'r modd. Caeais fy llygaid yn erbyn yr haul, a dechrau meddwl am Gwion. Bechod na 'sa modd 'i sortio *fo* hefo potelaid o gemicals...

Pam oedd rhaid i fi fod 'di ymateb mor chwyrn efo fo'r noson cynt? Doedd 'na'm ots 'i fod o 'di bod yn ffonio'i dad. Fi oedd ucha 'nghloch pan freuodd y cysylltiad rhwng y ddau: ro'n i isio i Gwion gael tad – nid *unrhyw* dad chwaith, ond 'i dad o'i hun. Y cyfrinachedd oedd yn brifo. A finnau 'di meddwl 'mod i'n dallt Gwion, ac yntau'n 'y nallt inna. Roedd 'na ddagrau'n bygwth yng nghorneli fy llygaid – a fedrwn i'n 'y myw â phenderfynu own i am grio, ynteu tanbeidrwydd yr haul oedd yn gyfrifol am eu rhoi nhw 'na.

'Munud oddi wrth y tacla,' meddai rhwbath wrth fy ymyl gan wneud i mi agor fy llygaid yn sydyn a chael fy nallu yn y broses wrth i'r haul losgi'n llygaid.

Fo oedd yno. Ro'n i'n nabod llais angel pan glywn i un. Trois yn fy lletchwithdod i stympio'r ffag, gan deimlo'n rêl ffŵl yn smocio tu ôl i sièd fel'ma.

'O... ha ha... ym... hen arfar mochynnaidd...' meddwn yn garbwl a lluchio stwmp hir.

Tynnodd yntau baced o sigaréts allan o boced ôl ei drowsus ac estyn un i mi. Gwrthodais gan chwerthin yn wirion a deud bod un yn ddigon, ar yr un pryd â difaru gwastraffu tri-chwarter ffag.

'Golwg boenus arna chdi fan'na rŵan,' dechreuodd. 'Golwg 'di ca'l llond bol.'

'O...' Be ddiawl ddudwn i? ''Im byd... problema plant, 'na cwbwl.'

'Faint o blant sgin ti?'

'Wyth,' meddwn i, a fy meddwl wedi troi'n sydyn at frigâd y bocsys bwyd.

'Ti'm yn edrach yn ddigon hen,' medda fo â pheth syndod.

'O! Naci! Un sgin i,' ceisiais egluro. 'Ond ma un yn ddigon. Plant ac ecsus.'

'A!' medda fo fel tasa fo'n dallt bob dim ar unwaith. Yn fy mreuddwydion, mi fysa fo 'di deud 'mod i'm yn edrach yn ddigon hen i gael un.

'Gwion,' meddwn i.

'Be, yr ecs?' holodd yntau.

'Y mab,' meddwn i. 'Mae o'n bymtheg.' Gw on, deud bo fi'm yn edrach yn ddigon hen...

'Fydd o'n iawn sti,' medda fo. Tasa dieithryn arall wedi meiddio rhoi'r fath sicrwydd di-sail, wedi'i gyrraedd heb ddim gwybodaeth o gwbwl, 'swn i 'di gofyn iddo sut uffar oedd o'n medru deud y bysa Gwion yn iawn. Ond *hwn* oedd hwn... Perffeithrwydd y Cwb Cwningod. Eros mewn cnawd. A gan mai *fo* oedd yn deud y bysa pob dim yn iawn, to'n i ddim am ddadlau.

'Iestyn,' medda fo wedyn.

'Mared,' meddwn inna. 'A diolch am... am ddŵad o hyd i Tree.'

'Croeso, tad,' medda fo. Doedd ganddo ddim modrwy ar ei fys. 'Pa ysgol w't ti 'ta?' medda fo wedyn a finnau'n diolch yn dawel bach iddo am barhau â'r sgwrs.

'Ddim ysgol... Cylch Meithrin Nantclagwydd,' atebais. 'Sgin i 'mo'r brêns i fod yn athrawes.'

Pam uffar ddudish i hynna? Roedd o bownd o feddwl rŵan 'mod i'n idiyt!

'Nantclagwydd... fuish i rioed yno,' medda fo wedyn.

'Fawr o gollad,' meddwn i, a deud wrtha fi fy hun hefyd y bysa hi'n *ddiawl* o golled tasa fo byth *yn* dŵad yno...

Trodd i sbio'n reit bethma arna i, a gwên fach gynnil ar ei wefusau...

''Swn i'm yn deud hynny,' medda fo. 'Gynnyn nhw blant meithrin lwcus ar y naw 'na ddudwn i.'

Prin o'n i'n medru cael fy ngwynt. Dwi'm 'di arfar efo compliments a gwyddwn 'mod i 'di cochi at 'y nghorun.

'Ella do i draw 'cw am dro rw ddwrnod,' medda fo wedyn o weld fod ei eiriau'n cael effaith. Rhoddodd ei law'n ysgafn ar fy mraich, a chofiais ar unwaith am y llau. Camais oddi wrtho.

'Sori, ydw i'n bod yn rhy…' medda fo, wedi'i fwrw oddi ar ei echel braidd. 'To'n i'm yn… '

'Na, na,' meddwn, a theimlo rêl llo.

Ar hynny, ymddangosodd hogan tua'r deg ar hugain ma heibio i gongl y siop.

''Ma chdi,' meddai'n swta wrth Iestyn, ma plant blwyddyn chwech yn rhedag yn wyllt tra bo ti'n stwna'n fama…' Saethodd olwg ddirmygus i 'nghyfeiriad. Roedd hon â'i bachau yn fy Mherffeithrwydd, medrwn ddarllen hynny ar ei gwedd.

Diflannodd yr hychbeth rownd congl y siop. Dyna fo… mae gan freuddwydion hen arfer ciachu o droi'n sur. Trois innau i fynd hefyd.

'Dydi hogia'm yn aros yn bymtheg oed am byth, sti,' meddai Iestyn wedyn, a finnau'r tro hwn yn ymladd yr ysfa i ddeud wrtho fo am stwffio ei ffon ddwybig i'w hen geg. 'Dwi'n gwbod achos fuish inna'n un 'stalwm.'

Gwenais arno wrth fynd – gwenu fatha mwnci.

Es i brynu potel o ffis coch i Nebo ar gwmwl o wlân cotwm, a hofran yn ôl at y mamau.

'Smocio,' sniffiodd Doreen yn surbwch. ''Sa'n neis ca'l tshans am ffag.'

Bang, lawr â fi ar y ddaear ffwl pelt.

Mi fwytodd pawb arall ei fwyd fel pethau ar eu cythlwng, a finna'n rhyw chwarae hefo brechdan, a fy meddwl yn Llanfelin. Doedd 'na fawr o awydd mynd i weld rhagor o anifeiliaid ar y plant wedi helynt colli Tree, felly mi benderfynon ni aros wrth y lle chwarae a gadael i'r plant fynd ar y llithrenni a'r siglenni tra eisteddai'r mamau yn yr haul yn eu gwylio, gan ddioddef sgrechiadau ffraeo a disgyn ysbeidiol. Yna, daeth hi'n amser dychwelyd at y bysys.

Ceisiais sbio dros bennau'r môr o blant a oedd yn dal i heidio drwy'r Sŵ am ben tywyll, dulygeitiog Iestyn, ond ofer fu pob ymdrech. Go brin y gwelwn i fo eto: ar ben pob dim arall, roedd o wedi cael copsan, toedd – medrai dynes ddall weld bod 'na rywbeth yn mynd mlaen rhyngddo fo a'r athrawes arall 'na yn ôl y ffordd y llygadodd hi fi. Ond mae gobaith yn emosiwn cryf...

Prin y clywais i sŵn y plant ar y ffordd yn ôl i Nantclagwydd. Ond wrth ffarwelio â'r mamau y tu allan i'r bws, cofiais am Gwion, a suddodd fy nghalon ar ôl bod yn dawnsio ar drapîs yr holl daith yn ôl.

Dau ddyn yn chwarae hafoc â 'nheimladau i, damia nhw!

Roedd hi'n ddau o'r gloch y bore a Gwion yn dal heb ddod adra. Ers dwy awr, ro'n i wedi bod yn fflitian o gwmpas fel giâr heb ben yn trio meddwl be i neud. Roedd hogla'r cemegau yn fy ngwallt a'r stribedi seimllyd ohono a lithrai i lawr dros fy nhalcen yn 'y ngwneud i'n fwy blin byth. Gwyddwn 'mod i mewn peryg o ennyn pwdu di-ben-draw yn yr hogyn pe bawn i'n meiddio ffonio rhif Miriam. Ro'n i eisoes wedi dod o hyd iddo yn y llyfr ffôn, ar ôl crafu pen (yn ffigurol y tro hwn), wrth drio cofio beth oedd enw tad a mam Miriam, ond fedrwn i ddim yn fy myw â magu plwc i godi'r ffôn.

Pan gyrhaeddais i adre wedi'r trip, roedd 'na neges ar y ffôn gan Gwion – a'i lais yn bradychu'r ffaith 'mod i'n dal yn y dogows efo fo – yn deud ei fod o 'di mynd i dŷ Miriam yn syth o'r ysgol ac y byddai o adre, efo tacsi, cyn hannar nos. Ar y pryd, diolchais nad oedd y ffrae rhyngddo a fi wedi codi mur o beidio siarad â'n gilydd. Ond rŵan, a hithau newydd droi dau, roedd unrhyw barch tuag ato wedi hen fynd i'w aped: pan gyrhaeddai'r cythral bach, mi fyswn i'n ei ddarn ladd o hefo 'nwylo.

Rhaid fyddai ffonio – rhag ennyn y fath gyflafan.

'Helô?' Llais cysglyd Miriam. Cysglyd, 'ta meddw...

'Dwi'n gwbod 'i bod hi'n hwyr,' meddwn i wrthi'n ddigon sychlyd, 'ond ydi Gwion 'na?'

'Nagdi,' atebodd Miriam, a'i thafod yn dew braidd. 'Dw'm 'di weld o ers oria.' Clychau'n canu, panics... 'A'th o ma hefo Sion a Gareth tua un ar ddeg.'

Erbyn chwarter i dri, doedd gen i ddim gwell syniad nag a oedd am ddau o'r gloch lle ddiawl roedd Gwion. Roedd Sion wedi gadael tŷ Gareth ers meitin, a'i fam yn flin hefo fi am ffonio ar awr mor annaearol ac am ofyn iddi – yn fy llais mwyaf ymddiheurgar – fynd i ddeffro'i mab i'r perwyl o holi ei berfedd. Ro'n i newydd roi'r ffôn i lawr pan gofiais nad o'n i wedi holi Sion be oedd rhif ffôn Gareth. Anadlais yn ddwfn, a ffonio eto. Ei fam atebodd y ffôn yr eilwaith hefyd, a medrwn deimlo'r min ar ei llais wrth iddi alw ar Sion, a oedd bellach hanner ffordd i fyny'r grisiau, i ddod yn ei ôl i siarad efo fi.

Doedd gan Sion ddim syniad be oedd rhif ffôn Gareth. Doedd gen i ddim syniad pwy *oedd* Gareth. Doedd Gwion ddim wedi sôn am yr un Gareth yn yr ysgol efo fo. Gofynnais i Sion lle'r oedd Gareth yn byw, a medrwn glywed ei fam yn ebychu tu ôl iddo wrth iddo geisio disgrifio'r stryd yn dre, nad oedd o'n cofio be oedd ei henw hi. Fedrwn i ddim gneud pen na chynffon o'i gyfarwyddiadau ac mae'n rhaid bod mam Sion wedi bachu'r ffôn oddi wrth ei mab achos ei llais hi glywais i'n deud wrtha i am stopio haslo pobol ganol nos, cyn i'r alwad gael ei therfynu'n ddisymwth.

Erbyn hanner awr 'di tri, ro'n i'n cachu plancia, ac yn llabyddio fy hun yn fy meddwl – mam waeth nis ceir. Pymtheg oed! Ac yn dioddef holl boen llencyndod a gwewyr metamorffeiddio'n ddyn. Doedd o prin allan o'i glytiau'n emosiynol... a dyma fi, drwy ffraeo efo fo am ryw fil ffôn pitw bach, wedi ei yrru o allan i'r byd mawr yn noeth lymun ac roedd rhywbeth, yn rhywle, wedi ei lyncu... wedi... wedi...

Ystyriais yrru i'r dre i chwilio amdano. Ond wyddwn i ddim lle i ddechrau edrych a chofiais ar yr un pryd nad oedd fawr o betrol ar ôl yn y car i fynd i grwydro hyd y strydoedd am dri o'r gloch y bore. Doedd gen i ddim dewis ond aros. Cicio sodlau o gwmpas y tŷ nes y dôi o adra. Erbyn hyn, do'n i'm yn siŵr ai ei dagu neu ruthro i'w gofleidio gan ddiolch i'r duwiau ei fod e'n saff a wnawn i pan – pe! – ymddangosai.

Llwyddais i aros tan chwech cyn ffonio Seimon.

'Helô...?' meddai mewn llais bloesg a diolchais yn ddistaw bach nad Sonia atebodd.

Roedd 'na ddarn bach ohona i'n gobeithio mai at Seimon roedd Gwion wedi mynd, er na fedrwn feddwl sut roedd o wedi medru talu am dacsi i Brestatyn berfeddion nos, ond buan y chwalwyd y gobaith hwnnw. Ceisiodd Seimon fy narbwyllo i aros dwy awr fach, neu dair... mi fyddai Gwion yn siŵr o gyrraedd adre. Mentrais ei geryddu am fod mor ddi-hid, ac ildiodd yntau, gan ddeud ei fod o ar ei ffordd.

Am chwarter wedi saith daeth cnoc ar y drws. Seimon... Yna, saethodd ofn drwof wrth ddychmygu'r plisman difrifolwedd fyddai'n sefyll yno i'm hysbysu am y drychineb a hawliasai fywyd Gwion... ond pan agorais y drws, gostyngodd fy ngolwg ar Nebo, a bocs bach plastig yn ei law.

Gafaelais ynddo'n dynn a chrio i mewn i'w fol wrth ei gario i mewn. Datgelai ei wyneb syndod pur at fy ymddygiad rhyfedd, a dechreuais innau chwerthin drwy fy nagrau wrth weld yr olwg ddryslyd arno.

Rhaid 'mod i'n ymddwyn yn odiach nag a wnâi Bethan yn ystod ei haml byliau a chyda hynny yn fy meddwl, gwnes ymdrech i gallio.

Gosodais o i eistedd wrth y bwrdd. Heb ofyn oedd o isio,

mi sodrais fowlen o'i flaen a'i llenwi efo cornfflêcs a llefrith a dechreuodd yntau lowcio'n awchus.

'Ydi dy fam yn gwbod lle w't ti, 'mach i?'

Nodiodd Nebo. Roedd ei geg yn rhy llawn i fedru fy ateb. Dechreuais wneud paned i mi fy hun, gan ddiolch am gwmni'r bychan.

Es i ateb y drws pan glywais gnoc arno'r eilwaith, a diolch o weld Seimon yno. Daeth i mewn heb ddeud gair, gan sgwario mymryn. Cafodd ail wrth weld Nebo a'r fowlen wrth ei geg yn drachtio gweddill y llefrith.

'Oes 'na rwbath ti 'di anghofio deutha fi?' gofynnodd gan syllu ar Nebo.

Diawl gwirion. Eglurais iddo mai Nebo, mab Bethan-lot-o-blant oedd o a'i fod o 'di galw i ddychwelyd y bocs bwyd roedd o wedi'i fenthyg i fynd ar y trip y diwrnod cynt.

'O, ia... ddudodd Gwion rwbath am rw "Nebo".'

''Sa'm yn well i ni boeni lle mae o?' holais yn sychlyd. Roedd hi bron yn hanner awr wedi saith a Gwion i fod adre ers saith awr a hanner.

'Mae o'n bymtheg oed,' meddai Seimon.

'Ia, dim ond pymtheg,' meddwn i. 'Ti'n blisman ac mi ddylia chdi wbod be i neud. Fedri di'm ffonio rownd... holi os 'di plismyn dre 'di clwad rwbath?'

''Sna'm isio mynd drosd ben llestri,' meddai Seimon. 'Mae o 'di aros hefo ffrindia, 'na'r oll. Fydd o adra toc.'

O, am ffydd y rhai sy ddim yn goro poeni!

'Ella 'sa well ti fynd adra, Nebo,' meddwn i, i fi gael gweiddi ar y dyn anystywallt ma o 'mlaen i oedd yn wreiddyn i'r holl ddrwg.

'Ti'm am adael iddo fo gerddad 'i hun?' holodd Seimon gan wneud i mi deimlo fel baw isa'r domen. Saethais edrychiad ffiaidd tuag ato a gafael yn llaw Nebo i fynd ag o. Estynnais am y ffôn a'i sodro ar y wyrctop lle'r oedd Seimon wrthi'n gneud paned iddo'i hun.

'Ella 'sa chditha'n neud ymdrech i boeni 'run faint am dy blentyn di dy hun, ia?' drwy ddannedd caeedig.

Doedd 'na ddim ateb yn nhŷ Bethan. Rhegais dan fy ngwynt. Curais yn galetach – rhaid bod y plant yno os nad oedd y fam. Dim ateb. Daeth wyneb Jôns Pregethwr i ffenest drws nesa, a phwyllais. Fedrwn i ddim gadael Nebo efo neb ond Bethan yr adeg yma o'r bore, ac roedd tŷ Doreen ym mhen draw'r pentre, a dim awydd mynd draw i fanno i neud twrw.

Wrth i fi ddod nôl i mewn efo Nebo, roedd Seimon wrthi'n diolch i rywun ar y ffôn. Gwasgodd y botwm i orffen yr alwad.

'Sbyty,' medda fo, gan godi ar ei draed.

Es i'n oer drwof.

'Be?'

'Sbyty,' meddai Seimon eto. 'Mae o'n fan'no. Rw ffrind 'di mynd ag o i mewn ganol nos... yn feddw gaib, fwy neu lai'n anymwybodol. 'Esu, pryd neith plant ddysgu 'da?'

Gafaelais yn ei fraich, bron â mynd o 'ngho...

'Ydi o'n iawn?!'

'Yndi. Toedd o'm angen pwmpio'i stumog, mi chwydodd 'i hun... a rŵan ma nhw jest yn cadw llygad... ar fin ffonio oeddan nhw... 'di methu ca'l dim synnwyr gynno fo tan rŵan.'

Anadlais yn ddwfn.

'Ti 'di newid steil dy wallt...?' holodd Seimon gan sbio'n gwestiyngar ar y nyth o saim cudynnog ar fy mhen, a chofiais nad oeddwn i wedi ei olchi wedi'r sebon llau. Toedd 'na'm amser rŵan.

'Llau,' meddwn i.

'O,' medda fo gan droi ei drwyn, a sbio ar Nebo.

'Neb yn atab drws,' meddwn i. 'Mi fydd rhaid iddo fo ddŵad hefo ni.'

Mi sgwennais nodyn brysiog i'w roi i mewn drwy ddrws Bethan wrth basio, a gneud yn siŵr bod Nebo wedi ei gau i mewn yn ei wregys yn y sedd ôl. Wedi eistedd wrth ymyl Seimon yn y car, gallwn dyngu 'mod i'n ogleuo gwynt diod, ond soniais i ddim gair.

'Mi fydd isio mynd ar ôl pwy bynnag werthodd yr alcohol iddyn nhw,' medda fo, yn bwysig i gyd.

'Gad o,' meddwn i. 'Gwion sy'n bwysig. Ti off diwti. I be ei di i greu mwy o lanast o betha?'

'Ma'n dorcyfraith. Fedra i'm jest "gada'l o". Dyna 'di'n job i.' Dyma fel oedd Seimon pan o'n i'n briod ag o. Dyma fel mae Seimon wedi bod erioed. Cyfrifoldeb y swydd yn drech nag unrhyw gyfrifoldeb arall.

'Fedri di ddychmygu faint o draffarth geith Gwion os ei di ar ôl y peth?' Ceisiwn gadw fy llais yn ddistaw rhag i Nebo ddychryn yn y cefn, ond roedd hi'n andros o anodd.

'Yli, Mared...' medda Seimon yn nawddoglyd (ma'n gallu gneud 'nawddoglyd' yn wych) 'w't ti ddim mewn difri yn disgw'l i fi droi llygad dall at hyn, w't ti? Gada'l i bwy bynnag werthodd yr alcohol 'na iddyn nhw neud yr un peth eto...? Gwerthu i rei iau tro nesa ella...'

'Yli *di*, Seimon. 'I ga'l o adra 'di'r peth pwysig. A gin *bo* chdi'n sôn am droi llygad dall... w't ti'n siŵr bo chdi'm drosd y limit?'

Rhoddodd hynny stop ar ei ysfa i ddod â'i siwt plismon i mewn i hyn.

Cafwyd saib am hydoedd wedyn, ac ystyriais holi Nebo oedd o'n iawn, ond wnes i ddim. Seimon dorrodd y saib drwy ddeud,

'Mae o 'di bo'n ffonio…'

'Dwi'n gwbod,' meddwn i. Dyna holl achos y daith ma i'r sbyty at wely ein mab.

'Dwi wrth 'y modd yn clwad ganddo fo,' meddai Seimon wedyn.

'W't ti?' methais â rhwystro fy hun rhag gofyn. 'Ti 'di rhoi pob argraff i'r hogyn drosd y blynydda bo chdi'm isio'm byd i neud hefo fo.'

''Di hynna'm yn wir!' cododd ei lais. 'Ma petha 'di llithro, do, ond oedd Gwion – a chditha – yn gwbod yn iawn 'sa fo'n ca'l dŵad acw unrw bryd oedd o isio.'

'Ydi o? Ti'm 'di dangos unrw awydd 'i ga'l o acw, paid â rhaffu nhw.'

Doedd yr un o'r ddau ohonon ni'n malio dim am Nebo rhagor. Rywle yng nghefn fy meddwl, wrth weiddi ar Seimon, cysurwn fy hun mai 'gweiddi' oedd iaith y cartre i Nebo, a fyddai clywed ni'n dau'n gweiddi ar ein gilydd yn y car ddim yn amharu'n ormodol arno.

'Trio deud w't ti 'de, Mared, 'na 'mai i 'di hyn. Deud o 'ta! Deud o'n iawn! Dwi 'di amddifadu Gwion, a rŵan mae o'n taro nôl. Fi sy 'di roid o'n sbyty 'cw.'

'Os 'di'r cap yn ffitio…' meddwn i'n llances.

'Yli ma'r gnawas… efo chdi mae o 'di byw. Ti'm yn meddwl ella bod *peth* o'r bai arna chdi?.'

Dwi'n beio'n hun yn dragywydd, tasa fo ond yn gwbod, ond to'n i'm yn mynd i ddeud hynny chwaith.

'Bydd ddistaw!' ysgyrnygais arno fo. 'Ddim o flaen yr hogyn!'

Doedd Seimon yn amlwg ddim yn cofio am Nebo yn y sedd gefn. Sbiodd arno yn y drych, a gofynnodd iddo a'i lais yn grug oedd o'n iawn.

'Yndw,' medda Nebo mewn llais bach bach ofnus. Saib annifyr. Yna: 'Isio pî-pî.'

Roedd Gwion yn cysgu'n drwm.

Roedd y doctor wedi deud mai cwsg alcoholaidd oedd o – a fyddai 'na fawr o siâp arno fo am ddwrnod neu ddau, ond na fyddai unrhyw ddrwg mwy parhaol, dim ond hangofyr, hyd y gallai weld. Eglurodd hefyd mai Gareth, sy'n fyfyriwr ac yn byw mewn fflat yn dre, ddaeth â Gwion i mewn. Mi ddychrynodd wrth fethu deffro Gwion o'i drwmgwsg meddw. Roedd o wedi ystyried galw ambiwlans, ond wnaeth o ddim: mi dalodd am dacsi a dŵad â fo yn syth i'r sbyty. Roedd Gareth, a'r doctor ac un o'r nyrsys, wedi bod am oriau'n trio cael Gwion i ddeud wrthyn nhw lle'r oedd o'n byw a be oedd ei rif ffôn. Mi lwyddwyd yn y diwedd, ond roedd Seimon wedi ffonio, a dyma ni'n drindod rownd ei wely, a fo'n rhochian cysgu yn Ysbyty Gwynedd. Sbïai Nebo arno'n ddryslyd – i be oedd Gwion isio dŵad i Sbyty Gwynedd i gysgu a gwely ganddo adre?

'Dos di,' meddwn i wrth Seimon. 'Fedra i fanijo rŵan 'mod i'n gwbod 'i fod o'n iawn.'

Anadlodd yn ddwfn ac ysgwyd ei ben.

'Mynd a'i ada'l o eto,' medda fo'n ddramatig. Yna mi ychwanegodd: 'Wsos dwytha o'n *i* ar wastad 'y nghefn yn sbyty.'

Roedd hyn yn newyddion i mi.

'O?'

'Ia. Poenus ar y cythral oedd o 'fyd.'

'Be oedd? Oedda chdi'n sâl?' Consŷrn.

'O'n, ar farw am dridia,' medda fo.

Arglwydd! Pam na ches i a Gwion wbod?

'Be *oedd*, Seimon?'

'Adra wedyn ynde... methu cer'ad... '

A'r Sonia wirion 'na heb godi ffôn i ddeud!

'Fasectomi, 'chan,' medda fo'n ddwys, a finna bron â'i hitio fo.

'Tria eni babi, cwd!' oedd y cyfan fedrwn i ddeud wrth y llo.

Felly. Dyna pam roedd o'n cerdded yn od pan ddoth o i'r tŷ. Dim mwy o Seimons bach. Roedd hi bron â bod wedi bod yn werth yr holl ofid i glywed hynna. A'r ffŵl gwirion yn pysgota am gydymdeimlad.

Es i hefo Nebo i nôl panad, ac wrth ddod nôl mi ddaliais i Seimon yn mwytho talcen Gwion ac yn siarad ag o'n ddistaw bach. Yn dadol, meddyliais. Tynnodd ei law yn ôl a thewi pan welodd 'mod i'n fy ôl, a chymerodd y gwpan blastig a estynnais iddo. Gwenais arno i ddangos 'mod i 'di sylwi ar yr eiliad o dynerwch.

'A' i ar ôl iddo fo ddeffro...' medda Seimon. Yna mi newidiodd ei feddwl a deud ella y byddai'n well iddo fo aros tan drannoeth, a rhoi amser i Gwion ac yntau fod yng nghwmni ei gilydd, gan fod yr hogyn yn amlwg yn gweld ei golli. Iawn meddwn i, aros di am ba hyd bynnag. Roedd gen i lofft sbâr. Rhyngtho fo a'i fusnes.

'Wsti...' medda Seimon wedyn. 'Dangos 'mod i'n gneud ymdrech...'

'Ia,' meddwn i. 'Dangos nad ydi ei fam o a'i dad o yn casáu 'i gilydd gymint â mae o'n feddwl.'

Cytunwyd felly i Seimon aros acw tan drannoeth. Roedd o'n diw am ddiwrnod neu ddau o *leave* a dim ond galwad neu ddwy, gan gynnwys un go straenllyd i Sonia, ac roedd pob dim wedi'i drefnu. Pan ddaeth yn ôl, wedi bod allan yn ffonio ar ei fobeil, roedd o'n amlwg wedi ymlacio tipyn, yn barotach i bethau gymryd eu tro. Eisteddodd wrth wely Gwion gan aros iddo ddod ato'i hun.

Ro'n i'n pendroni beth i'w wneud â Nebo – a ddyliwn fynd ag o adra a dod yn fy ôl yma, gan fod Seimon yma rŵan erbyn y byddai Gwion yn deffro. Ond byddai'n rhaid cael benthyg car Seimon yn un peth, ac yn y bôn ro'n innau isio bod yma i Gwion hefyd, isio gneud yn siŵr bod pethau'n iawn rhyngtho fo a fi wedi'r ffrae, isio iddo fo a fi fod yn ffrindiau eto. Ar yr un pryd, to'n i'm wir isio iddo fo ddeffro a gweld Nebo wrth erchwyn ei wely.

Ar fynd ro'n i felly pan gerddodd Bethan i mewn. A Doreen wrth ei sawdl. A phump neu chwech, wn i'm faint, o blant wrth ei sawdl hithau.

'Blydi hel! Dyma fo!' sgrechiodd Bethan a chipio Nebo yn ei breichiau cyn troi ata i. 'Be sy 'di digwydd iddo fo?'

'Alcohol,' meddwn i, a methu deall 'run pryd. 'Yfad gormod... pam?'

'Ti 'di rhoid *alcohol* iddo fo?!' sgrechiodd Bethan, a finnau'n dallt ar amrantiad mai am Nebo roedd hi'n sôn, nid Gwion. Ro'n i wedi gadael nodyn brysiog blêr yn sôn am Nebo, a'n bod ni am fynd ag o efo ni i'r sbyty gin fod Bethan ddim 'di ateb y drws... ac roedd yr het wirion wedi cymryd yn ei phen bod rhywbeth wedi digwydd i *Nebo*!

'Driish i ga'l gafa'l arna chdi,' meddwn i wrthi'n wantan wedi i'r camddealltwriaeth ddŵad yn ddealltwriaeth.

Daeth ebwch o gyfeiriad y gwely.

'Hwn ma 'to?' medda Gwion yn boenus gan sbio ar Nebo. Caeodd ei lygaid drachefn, a'u hagor wedyn yn syth, wedi copio deg wyneb arall yn syllu nôl arno wrth droed ei wely.

'Gymi di barasetamol arall?' gofynnais i Gwion a oedd ar ei hyd ar y soffa'n dal i wingo bob tro y mentrai Seimon neu finnau yngan gair. Ro'n i'n sychu 'ngwallt ar ôl cael cyfle, o'r diwedd, i olchi'r siampŵ llau allan ohono.

'Na-a-a...' ochneidiodd Gwion.

'Diod o ddŵr 'ta?' mentrodd Seimon yn bertrus. 'Neith les i'r cur pen.'

'Stopiwch ffysian,' ebychodd Gwion yn drafferthus.

'Poeni amdana chdi,' meddwn i.

''Di'm yn bryd i chdi fynd adra?' gofynnodd Gwion wedyn i Seimon, a phob gair yn costio'n ddrud i gyflwr ei ben.

'Dwi am aros heno,' meddai Seimon yn ddidaro. Fel pe bai o'n gneud hynny ryw ben bob wythnos.

'I be?' gofynnodd Gwion. 'Dwi 'di deud sori. A 'na i byth *byth* 'im byd tebyg i hynna eto. Ar 'y marw. A mi *ydw* i'n marw.'

'Fedra i aros noson, siawns... i ni ga'l siarad... cyfla i ni...' medda Seimon, heb wbod yn iawn be i ddeud chwaith.

Stryffagliodd Gwion i godi ar ei eistedd, gan geisio peidio symud ei ben wrth wneud.

'I *be*?' gofynnodd eto. 'Ylwch, 'sna'm isio chi chwara tŷ bach, cogio bach bo chi'n ffrindia, cer'ad ar ddrain fel taswn i'n mynd i fflio allan drw drws a neud yr un peth eto heno os na newch chi actio dadi a mami neisi neisi!'

To'n i'm 'di meddwl 'yn bod ni mor hawdd 'yn darllen â hynna chwaith.

'Dw'm yn dwp,' medda Gwion wedyn.

Digon twp i yfad deuddag potel o *Bacardi Breezer*, meddyliais, ac atal fy nhafod.

'Dwi'n gwbod nad ydach chi'ch dau'n gyrru 'mlaen. Fedar dyn dall a thwll yn 'i ben weld hynny. Dw'm yn *disgw'l* i chi fedru gyrru 'mlaen.' Sbïodd arna i. 'A 'di'r ffaith 'mod i'n ffonio

Dad weithia ddim yn golygu 'mod i isio symud ato fo i fyw. Dwi'n berffaith hapus lle ydw i, diolch yn fawr.'

'Ond ma isio deud wrth dy fam am y galwada, toes. Iddi ga'l gwbod lle ma hi'n sefyll hefo'r bilia.' Seimon y plismon pentra.

'Bryna i fobeil i chdi,' meddwn i. 'A fyny i chdi wedyn pa mor amal fyddi di am ffonio.'

'Bryna *i* fobeil iddo fo,' medda Seimon.

'Ga i ddau fobeil 'lly,' medda Gwion yn gallach na'r ddau ohonon ni. 'Peidiwch dechra ffraeo am hynny.'

'A dwi isio chdi gofio gei di ddŵad i 'ngweld i, neu drefnu i fi ddŵad i dy weld di unrw bryd t'isio,' medda Seimon wedyn.

'Dwi'n gwbod,' medda Gwion. 'Gweld ffonio'n haws dwi, 'na'r cwbwl.'

'Ga inna air hefo Nebo,' cynigiais, er mwyn i fi ga'l dangos iddo fo'i fod o werth y byd yn dalpia i finna hefyd. 'Deud wrtho fo am beidio galw mor amal...'

''Sna'm isio!' medda Gwion yn flin. 'Mi geith ddŵad yma'n Duw. Dwi'n bymtheg oed... ddim todlyr ydw i!'

A dyna hynna.

'Wel...' meddai Seimon, yn amlwg yn paratoi i adael, ac yn hynod o falch bod Gwion wedi rhoi caniatâd emosiynol iddo fo fynd, 'ella 'sa well i mi 'i throi hi...'

Cododd Seimon, a phlygu wedyn i roi cusan ar foch Gwion. Trodd ata inna wedyn i wneud yr un fath, ond sythodd yn ei ôl drachefn.

'Hogla'r peth 'na'n dal yn dy wallt di,' medda fo gan droi ei drwyn.

Neud rhyw fymryn o swper i Gwion a fi yn y gegin o'n i – ddim bod Gwion o fewn dyddia i fod isio clwad hogla bwyd heb sôn am 'i fyta fo – ac yn ceisio ymladd y demtasiwn o droi'r radio mlaen yn uchel i gyfrannu at ei gur pen, pan ganodd y ffôn.

'Helô...?' To'n i'm yn nabod y llais.

'Helô,' meddwn i'n betrus...

'Iestyn,' meddai'r llais, ac aeth 'y nghoesau'n rhyfedd i gyd. 'Meddwl ella 'sa chdi'n licio dŵad allan am bryd bach rwbryd?'

6: Tröedigaeth Ann

Mi fuodd o'n glyfar, chwarae teg. Er, tasa fo'n sbrych di-sylw 'swn i ddim mor barod i ganmol, beryg. Wedi dallt gen i yn Sŵ Bae Colwyn 'mod i'n arweinyddes feithrin yn Nantclagwydd, mi ffoniodd Iestyn bencadlys y Mudiad Ysgolion Meithrin a holi yn fanno – ar ôl cogio bach ei fod o'n rhiant isio dod â'i blentyn i'r Cylch – beth oedd rhif ffôn arweinyddes feithrin Nantclagwydd. Toedd o'm yn rocet seiyns, dwi'n gwbod, ond mi adawodd ddigon o argraff arna i nes i mi gytuno'n fyr fy anadl i fynd efo fo am bryd bach o fwyd y noson ganlynol.

Deud wrth Gwion 'mod i'n mynd allan efo Jan nes i, er iddo amau, siŵr gen i, fod y gofal dros y colur a'r ffŷs dros beth i'w wisgo'n fwy na'r arferwn ei ddangos ar gyfer noson yng nghwmni Jan. Wrth chwilota drwy bellafion anghysbell fy wardrob am sgert lwyd i fynd efo'r siwmper ddu, neu siaced goch i fynd efo'r jîns glas, pa un bynnag a ddôi i'r fei yn gynta, ro'n i'n difaru fy enaid na 'swn i 'di rhoi rhyw esgus taclus dros beidio â'i gyfarfod ac anghofio amdano fo. Dwi bob amser wedi credu bod bywyd sy'n ocê yn well o'i gadw'n ocê, cadw be sy gen i, yn lle bwrw fy mara ar wyneb y dyfroedd a pheryglu colli'r bara a'r ocê mewn rhyw obaith gwirion am well.

Ond mi ddois i o hyd i'r siaced goch yn ddigon handi i mi feddwl ella, *ella* na ddôi unrhyw ddrwg o *un* pryd bwyd: gallwn restru'r esgusodion wedyn, a chymryd y byddai o isio troi'r un pryd bwyd yn ddau, dri... Er mai fi sy'n deud, dydw i ddim yn edrych yn rhy ofnadwy yn y siaced goch a denims.

Maen nhw'n cuddio myrdd o bechodau corfforol, a bydd hyd yn oed Gwion yn deud 'mod i'n edrych yn iau ynddyn nhw, a ma hynny'n goblyn o gompliment.

'Efo Jan ti'n mynd allan, ti'n deud?' holodd Gwion am yr eildro, a thinc amheuaeth yn ei lais wrth sbio ar y minlliw trwchus newydd o *Boots* ro'n i wedi'i daenu'n haenau ar fy ngwefusau. Roedd y cythraul bach yn amau o'r cychwyn un.

'Ia,' meddwn i eto mor ddidaro ag y medrwn. Câi'r gwir aros am ychydig.

Roedd Iestyn yn y Castle yn barod pan gerddais i mewn, yn sefyll wrth y bar. To'n i ddim wedi gofyn iddo i lle'n union ro'n ni'n mynd. Ar y ffôn, mi awgrymodd gyfarfod yn y Castle – mi fyddai o wedi bwcio bwrdd yn rhywle erbyn y noson wedyn.

'Waw,' oedd ei eiriau cynta. Diolchais 'mod i wedi gwisgo'r siaced goch a'r minlliw trwchus... 'a finna'n meddwl mai petha go ffrympi oedd athrawon ysgolion meithrin i fod.'

'Isio chwalu'r stereoteip, toes,' meddwn i yn goc i gyd.

'Dwi 'di bwcio bwrdd,' medda fo wedyn. 'Yn Snowdonia Manor am wyth.'

Damia las! Be haru fo? Snowdonia Manor gythral 'di'r lle mwya posh a drud ac an-siaced-goch-a-denims yn yr ardal ma!

''Sa well i fi fynd adra i newid,' meddwn i, a dim ond hanner tynnu coes ro'n i.

'Ti'n edrach yn grêt,' medda fo, a finna'n toddi tu mewn. Yna mi ddechreuodd chwarae efo'i drwyn a phwyntio at ei wyneb mewn rhyw ffordd ryfedd. 'Dy lipstic di...' dechreuodd. 'Ma 'na beth ar dy drwyn di.'

Mi sychais y dam lot i ffwrdd ar bapur tŷ bach y Castle a

sbio yn y drych i weld pa mor ddiawledig o anaddas ro'n i wedi gwisgo at bwrpas pryd o fwyd yn y Snowdonia Manor. I'r diawl â nhw, mi fyddai'n rhaid i mi wneud y tro. Yn fy sefyllfa i, dros y deugain a thros bwysau, ro'n i wedi hen arfer dysgu 'gneud y tro'. Ac mi *oedd* o wedi deud 'waw'…

Anghofiais fy ofnau wrth eistedd gyferbyn â Iestyn wrth y bwrdd canhwyllog yn y Manor. Ro'n i wedi bod yno unwaith o'r blaen, nôl yn niwloedd hanes, efo Seimon, yn trio patsio rhyw gyfnod mwy caregog na'i gilydd yn ein priodas. Buan iawn y ciliodd yr atgofion ych-a-fi am y noson straenllyd honno wrth i fi wrando ar Iestyn yn mynd drwy ei bethau. Teimlwn 'mod i'n nabod y rhan fwya o blant ei ddosbarth erbyn y pwdin, gan 'i fod o wedi deud stori ddifyr am bron bob un o'r giwed liwgar. Soniodd o'r un gair am ei fywyd y tu allan i'r ysgol er hynny, a nesh inna ddim gofyn: to'n i'm isio dymchwel y cert cyn i'r ceffyl ddechra cerddad.

Trodd y sgwrs ata i. Soniais am ddigwyddiadau'r noson cynt efo Gwion, a mynegai ei wyneb ddiddordeb a chonsŷrn. Es mor bell â deud wrtho fo am Seimon, gan bwysleisio'n gynnil mai neithiwr oedd y tro cynta i fi daro llygaid arno ers dwy flynedd gyfan. Rhaid oedd rhoi'r arwyddion cywir, ac er mai fi sy'n deud, mi wnes i hynny'n orchestol. Sylw bach dilornus am fy nghyn-ŵr fan hyn, beirniadaeth fach gynnil yn fan draw, digon i arwyddo nad oedd gen i ddiddordeb mewn ailgynnau tân ar hen aelwyd (pwysleisiais y ffaith fod gan Seimon deulu newydd bellach) ond dim gormod nes rhoi'r argraff 'mod i'n wrth-ddynion hefyd. Teimlwn y dylai fy siaced fod yn wyrdd llachar yn hytrach na choch llachar i ddeud 'troed lawr' wrtho fo yn hytrach na 'stop'.

Dros y pwdin y mentrais i ddeud wrth Iestyn mai dyma oedd y tro cynta i mi fynd allan efo dyn ers gadael Seimon (hepgorais y fflings un-noson nad oedden nhw werth eu galw'n hynny hyd yn oed, a toedd 'na'm mwy na rhyw dair a hanner o'r rheiny wedi bod be bynnag). Tewais am eiliad iddo fo gynnig gwybodaeth ynghylch fy safle i yn rhestr ei *liaisons* o, ond ddywedodd o ddim byd. Mentrais...

'Yr athrawes arall 'na echdoe...?' dechreuais, a chael dim yn ôl ond golwg gwestiyngar ar ei wyneb. 'Honno ddaeth o hyd i ni... ym...'

'Brenda?' medda fo. Yna – 'Be amdani?' Cnoais dwll yn 'y nhafod yn llawer rhy hwyr.

'Wel... gweld chi'n... oes 'na...? Ym, dwn i'm... ' mwmiais gan erfyn yn fy meddwl ar i un o'r gweinyddesau pin-mewn-papur ddod draw at ein bwrdd yr union eiliad honno i ofyn – eto – oedd pob dim yn iawn. Ddaeth 'na'r un weinyddes.

"Sna'm byd rhwng Brenda a fi,' gwenodd Iestyn. 'Mi 'sa hi'n *licio* tasa 'na ella...' ychwanegodd wedyn. Ond does 'na ddim. Go dda.

'Oes 'na... rywun arall...?' mentrais ofyn. Go brin bod pishin deugain a faint bynnag fatha hwn wedi byw bywyd mynach.

'Mi fuo 'na,' medda fo, a difarais i mi agor fy ngheg, achos roedd be bynnag oedd wedi bod rhyngtho fo a phwy bynnag yn amlwg yn peri loes. Roedd yr awyrgylch wedi newid. Ro'n i wedi camu'n rhy bell at y dibyn.

'Gwen,' medda fo. "Y ngwraig i.'

Cachu-rhech-a-phwps-llo-bach-ar-blât! Ro'n i wedi stompio i mewn i hon yn fy stilettos meina ac wedi tyllu'r llawr oddi tana i nes syrthio drwyddo!

Ond mi ruthrodd Iestyn i ychwanegu bod pethau wedi mynd i'r wal rhyngddo a'i wraig ers blwyddyn a mwy – yn benna am eu bod nhw 'di methu cael plant, medda fo – er nad oedd yr ysgariad wedi dod drwadd eto.

Diolch byth, mi ddaeth y coffi wedyn fel na fu'n rhaid oedi dros yr ych-a-fi. Aeth y ddau ohonon ni nôl i adrodd am droeon trwstan y plant dan ein gofal. Cadw at dir saff plant pobol eraill.

Wrth i mi fynd i mewn i 'nghar, gofynnodd Iestyn i mi pryd câi o 'ngweld i nesa, a cheisiais ffrwyno fy awydd drwy roi'r argraff 'mod i'n ceisio gweld lle medrai o ffitio i mewn i amserlen fy mywyd eithriadol o brysur. Cytunwyd ar y nos Wener ganlynol – a gwnes nodyn yn 'y meddwl y gallwn geisio annog Gwion i fynd am dro i Brestatyn y penwythnos hwnnw. Diolchodd Iestyn am y noson drwy roi sws bach ar fy moch yn gwrtais reit, ac es innau i mewn i'r car yn teimlo'n feddw braf, er na chawswn fwy na dau wydraid o win i'w yfed drwy'r nos.

Cant allan o gant a seren aur yn y llyfr dêts – nad oedd 'mond Iestyn yn'o fo.

Bu'r troeon eraill i mi fynd allan efo Iestyn ddim mor ddiniwed o'r hanner. Llwyddais i annog Gwion draw i barthau Prestatyn y penwythnos dilynol a dau neu dri phenwythnos arall. Teimlwn yn rêl dichellgar wrth wneud nes yn y diwedd bu'n rhaid i mi gyfadde wrtho fo 'mod i'n gweld 'Rhywun'. Deallodd pam o'n i mor awyddus iddo fo ailddechrau cydio yn ei berthynas efo'i dad a'i lysfrodyr, ac i raddau roedd hynny'n rhyddhad iddo. Roedd teimlo bod ei fam yn ei hwrjo draw at ei dad am resymau altrwistig llwyr yn peri peth gofid iddo: wyddai o ddim a ddylai o gyfadde iddo fwynhau ei hun ai peidio pan ddôi yn ei ôl adre rhag peri loes. O ddeall am fodolaeth Iestyn, câi ddod yn ei ôl a deud iddo fwynhau ei hun go iawn. Diolchais fod pethau'n well rhyngddo a Seimon, a'i fod i weld yn dechrau derbyn teulu arall ei dad. Gadawai hynny rwydd hynt i mi ddechrau mwynhau fy hun hebddo fo.

Nid oedd hyn oll yn gyfystyr â'i fod o wedi derbyn cariad

newydd ei fam er hynny. Doedd o ddim yn gwbod dim mwy na mai Iestyn oedd ei enw fo. Doedd o ddim wedi holi, a chynigiais innau ddim manylion iddo fo. Ro'n i â 'mhen yn y gwynt beth bynnag. Fuo 'na ddim ymweliad arall â Snowdonia Manor: dechreuais wahodd Iestyn draw i'r tŷ yn absenoldeb Gwion, ac roedd pryd bach o gaws ar dost neu fasnaid o lobscows yn y gwely ar ôl bwrw'n hegni yn fan'no gystal bob tamaid â phryd pedwar cwrs mewn unrhyw westy cachu snobs.

Bu'n dri mis bendigedig – ar y penwythnosau o leia. Roedd yr wythnosau'n hir dros wyliau'r haf a finnau'n ceisio denu Gwion i neud hyn-a'r-llall yn groes i'w ewyllys glaslencynnaidd er mwyn lladd amser tan y nosau Gwener pan fyddwn yn mynd ag o draw i Brestatyn neu'n aros i Seimon ddod i'w gasglu.

Bellach, roedd bywyd wedi dod nôl i normal, y Cylch wedi ailgychwyn a Gwion yn ôl yn yr ysgol. Roedd 'na ran fach ohona i'n ofni i Gwion ddeud nad oedd o am barhau'r ymweliadau penwythnosol â Phrestatyn – gormod o waith cartre neu ei fod wedi blino ar y sefyllfa – ond wnaeth o ddim. Fentrais i ddim ei holi oedd o'n dal i hoffi'r trefniant rhag cael ateb negyddol, a chysurwn fy hun mai fo fyddai'r cynta i ddeud pe bai o am gwtogi ar y teithiau at deulu ei dad.

Ei nôl o Brestatyn ro'n i ar y nos Wener y trefnwyd Parti Ann Summers gan bwyllgor y Cylch i godi arian i'r coffrau. Roedd hi'n wythnos codi tatws a Gwion wedi penderfynu treulio tair noson ganol yr wythnos efo'i dad yn lle'r penwythnos. Roedd Seimon wedi cytuno i gymryd tridiau o wyliau, a finnau wedi llongyfarch Gwion ar lwyddo i'w gael i wneud hynny gan na wnaeth erioed gymryd mwy na hanner diwrnod o wyliau pan o'n i'n briod ag o. Ro'n i wedi rhybuddio Susan na allwn gyrraedd yn ôl erbyn hanner awr wedi saith, a thybiwn nad oedd drwg yn hynny. Yn y Clagwydd roedd y parti i'w gynnal, yn y stafell gefn allan o olwg y dynion. Syniad Tina Thits oedd Ann Summers: roedd hi wedi bod mewn sawl parti, ac yn gwybod yn iawn sut i gysylltu â'r ferch a ddeuai i gynnal y noson. Hi gafodd y gwaith felly o drefnu'r noson (dros y ffôn – fentrai neb ofyn iddi sgwennu llythyr).

Wrth yrru am adra gyda Gwion yn y car, ystyriais beidio â mynd i'r parti o gwbwl. Doedd 'mo fy angen i yno; mi fyddai'r genod yn mwynhau eu hunain lawn cymaint heb i mi roi fy nhrwyn rownd y drws – mwy ella.

"San ni'n medru stopio rwla i ga'l rwbath i fyta…?' cynigiais i Gwion.

Ro'n i isio siarad efo fo am Iestyn. Roedd hi'n hen bryd. Ers tri mis doedd yr hogyn ddim wedi gofyn nac wedi cael gwbod fawr ddim am gariad newydd ei fam. Deallai mai ar benwythnosau ro'n i'n ei weld ac ro'n i wedi dechrau mynd i gymryd pethau'n ganiataol, bod Gwion yn hapus â'r trefniant. To'n i rioed wedi *gofyn* iddo fo oedd o'n hapus, a gwyddwn ei bod hi'n hen bryd i mi wneud hynny.

"Di ca'l swper,' medda fo.

Da iawn, Sonia. Trefnus fel arfer.

'Meddwl 'sa ni'n ca'l cyfle i siarad,' mentrais wedyn gan basio lorri fawr nad oedd ganddi fusnes bod ar yr A55 gan mor ara y teithiai.

'Am be?' mwmiodd Gwion.

'Wel… am Iestyn debyg,' meddwn i.

'O,' medda Gwion, yn amlwg ddim isio ystyried siarad am Iestyn.

'Be ti'n feddwl o'r… sefyllfa,' mentrais. 'Dwi'n cymyd 'i bod hi'n iawn gin ti 'mod i'n gweld rywun… wsti…'

'Mm,' medda Gwion, a finnau'n methu dehongli ai 'mm' negyddol 'ta 'mm' cadarnhaol oedd ganddo.

'Achos pe *bysa* gin ti wrthwynebiad, 'swn i'n…' 'Swn i'n be, dwn i'm.

'Mm,' medda Gwion wedyn.

'Ti'n gwbod 'swn i'n rhoi stop ar betha,' meddwn i heb lawn olygu be o'n i'n ddeud.

'Os ti'n deud,' medda fo wedyn. Tri gair! Nid llo 'mo fy Ngwion i!

'Jyst meddwl,' meddwn i. 'Ond ma'n beth iach i fi weld pobol erill, tydi?' ychwanegais yn ddewr. 'I fi *ac* i chdi.'

'Mm,' medda fo.

'Ti'm yn meddwl 'ta?' holais drachefn.

'Pff,' medda fo, yn dechra colli 'mynadd.

''Swn i'n licio bo chdi'n licio petha fel ma'n nhw… achos os nad w't ti…' gadewais i'r frawddeg hongian.

'Y,' ebychodd Gwion gan 'y ngadael yn y niwl.

'Iawn, ella 'sa ni'n sbio arni ffor' arall 'ta,' mentrais. 'Isio gwbod ydw i… gwbod go *iawn*, be ti'n deimlo ynglŷn â gweld dy dad bob penwthnos. Achos dw'm isio chdi feddwl bo chdi'n ca'l cic-owt o'r tŷ 'cw.'

'Y,' medda Gwion eto. Ai monosylabigrwydd arddegol *arferol* oedd hyn 'ta monosylabigrwydd gwrthwynebiad i'r drefn fel ag yr oedd hi? Fy nhasg i oedd ceisio darganfod.

'Ma croeso i chdi aros adra unrw benwthnos w't ti isio… 'sna'm gorfodaeth arna chdi fynd i Brestatyn, ti'n gwbod hynny.'

'Ndw,' medda Gwion. Reit dda, roedd o'n dallt hynny bach.

'Ti'n licio mynd 'ta?' holais.

'Ndw,' ebychodd Gwion. Rhyfedd bod 'na oed pan mae'n amlwg yn straen i yngan gair.

'Yli,' meddwn i, yn dechrau colli 'mynadd efo fo. ''Swn i'n

licio tasa chdi'n deud be ti'n feddwl...'

'Be t'isio?' holodd yntau'n flin. 'I fi roi 'mendith i chdi br'odi fo? Sut fedra i? Dwi rioed 'di cwarfod y boi!'

'Hollol. 'Ŵan 'ta...'

Gwnes yn siŵr fod Gwion yn iawn adra cyn bwrw allan am y Clagwydd. Ro'n i ar y dỳd o roi gif-yp ar y parti Ann Summers, ond roedd Gwion wedi setlo o flaen y teledu am y noson a rhyw ffilm Jackie Chan gwbwl wrthun eisoes wedi cychwyn. Ers iddo gydnabod y byddai'n syniad da iddo gwarfod â Iestyn, to'n i'm isio pwsio'n lwc efo fo, felly gadewais o'n gorwedd ar ei hyd ar y soffa o flaen y bocs a chychwynnais allan.

Ro'n i wedi disgw'l sŵn byddarol yn y Clagwydd – y dynion ar flaenau'u traed yn trio sbecian i mewn dros y *baize* blacowt dros y drws ar ogoniannau'r hen Ann. Ond roedd y lle'n gymharol ddistaw, a'r dynion yn ista wrth y bar yn ôl eu harfer yn araf feddwi'n dawel ddi-falu-cachu. Deuai rhywfaint o sŵn o'r stafell gefn, ond lleisiau dynion gan mwya.

'Lle rong,' medda Lloyd Barman wrth 'y ngweld i'n cerdded i mewn. 'Dybl-bwcing.'

Roedd y tîm dartiau wedi bwcio'r stafell gefn ers wythnos cyn criw'r Cylch, meddai, felly 'ffêrs ffêr, buo rhaid i' genod symud'.

'I lle?' holais. Fedrwn i ddim meddwl pa un o'r genod fyddai'n ddigon dewr i wahodd ugain o ferched sgrechlyd a dynes hefo dil-dos i'w stafell ffrynt ar y fath fyr-rybudd.

'Festri,' meddai Lloyd Barman heb lyfu'i weflau. 'Mi brynson nhw bob potel win oedd gin i'n y lle ma a'i throi hi am Bethania.'

Bu bron i mi golapsio.

'Hei,' medda Lloyd B. wedyn cyn i mi allu dod ata i fy hun,

'pan welodd Blodwen Davies y notis yn y siop yn deud am y parti heno, mi gymodd mai parti politishans oedd gynnoch chi, wir. Oedd hi isio dŵad yno'i hun!' Trodd at Bil Tŷ Sgwâr oedd yn eistedd ar y stôl o'i flaen fel rhan o'r papur wal. 'Parti A.S. oedd arno fo, ti'n gweld! A.S.! A.S.! Fatha *aelod seneddol*! Ti'n 'i gweld hi?'

'Ych-a-fi,' medda Bil Tŷ Sgwâr. 'Genod yn 'u hoed a'u hamsar yn chwara hefo pricia plastic,' cyn torri allan i chwerthin yn fudur. 'Gin i'r *aelod* go *iawn*! Gelan nhw hwnnw am ddim 'mond iddyn nhw ofyn yn neis!'

Rhedais allan o'r Clagwydd gan feddwl be ar wyneb daear Duw oedd wedi cymell y genod dwl i fynd i'r *festri*! Roedd gan Doreen oriada i'r lle, ac yn amlwg wedi penderfynu fod cysegrfan Bethania'n well lle i gynnal parti Ann Summers nag un o'u stafelloedd ffrynt nhw.

Pan agorais ddrws y festri, bron nad oedd troed dana i. Prin y gallwn weld drwy'r mwg ffags am eiliad. Daeth gwaedd gan y genod i'm cyfarch a 'ngwahodd i mewn. Roedd gan y ddynes Ann Summers arddangosfa fach o ddildos wedi eu gosod yn ddel ar y bwrdd o flaen y meinciau lle'r oedd rhieni fy nghylch ac eraill yn slochian o boteli gwin ac ashtres – soseri te-capal – yn orlawn yn eu plith. Gwelais fod un dildo wedi ei bropio'n dalog gan *Caneuon Ffydd*, ac ar Ben y Piano roedd 'bar' o bedair neu bump potel o win. Hongiai dillad isa a chobanau sgimpi ar hangars oddi ar ffrâm y drws i'r capal, ac eraill rhwng llun melynllyd o'r 'Ddwy Law yn Erfyn' a Neges Ewyllys Da yr Urdd 1986. Roedd y genod wedi tynnu'r meinciau'n gylch, ac yn y canol gorweddai Tina Thits ar y llawr llychlyd pren efo paciad mawr o Maltesers yn ei llaw. Tasg Tina oedd chwthu'n galed i geisio cael Malteser i hofran yn yr aer uwch ei cheg. Lled-orweddai Doreen ar un o'r meinciau ac roedd ganddi diwb o ryw eli affrodisiac yn ei llaw. Rhwbiai'r stwff i lawr ei siwmper am y gwelech chi, a'r ddynes Ann Summers yn rhybuddio mai samplau'n unig oedd y tiwbiau ac os oedd Doreen isio prynu peth...

'Dwi'n edrach yn dwp?' gofynnodd Doreen. 'Os 'dio i ga'l am ddim... iwsia i hwn. 'Na i'm golchi am fis rŵan!'

Daeth bloedd o chwerthin gan y genod a Bethan eisoes yn ymateb i rinweddau affrodisiac yr eli drwy fwytho ysgwyddau ei chariad. Ar silff y ffenest liw, sylwais ar baceidiau o basta siâp cocia a phentwr o fideos efo llunia genod a dynion noeth ar eu cloriau a theitlau megis *Dungeon Slag* a *Sexy Su Sucks* a chyffelyb faswedd.

'Blydi hel!' oedd yr unig eiriau ddaeth o 'ngheg i.

'Paid â bod yn flin,' medda Susan, yn amlwg wedi dechrau ei dal hi wrth iddi adael i'r gwin orlifo o gwpan te-capal yn ei llaw. 'Fydd neb ddim callach! Helpa i chdi i glirio llanast wedyn.'

Diolch yn blwmin fawr, meddyliais. Fel tasa hi'n job i mi i glirio'r lle ma ar eu hola nhw.

Gwahoddodd y ddynes Ann Summers – Judy, mae'n debyg – fi i orwedd ar lawr yn ymyl Tina. Ceisiais wrthod, ond dechreuodd y merched alw'n enw i'n swnllyd. Ro'n i'n dal yn flin gacwn wrth y diawliaid gwirion, ond stwffiodd Melangell, oedd yn bell o fod yn hi'i hun bropor, sychlyd, botel o win yn fy llaw a 'ngorchymyn i lowcio er mwyn ymlacio. Cymerais lwnc anferthol cyn gorwedd ar lawr yn y cylch. Y dasg y tro hwn oedd i ddwy o'r genod eraill rasio'i gilydd i weld pwy fedrai gario Maltesers yn ei cheg ar ei phedwar o ben draw'r festri at fogel Tina a fi. Doreen gafodd ei hethol i lenwi fy motwm bol i â Maltesers a Bethan gafodd ei dewis i gario'r Maltesers at fogel Tina. Gwelais wawr o genfigen yn croesi wyneb Doreen wrth weld Bethan yn cael ei dewis i fod yn nhîm Tina yn ein herbyn ni'n dwy, ond cymerodd ei lle ar ei phenagliniau wrth ddrws y festri. Gwaeddodd Judy 'Ewch!' a bachodd Doreen a Bethan bobi Falteser yn eu cegau a bustachu ar eu pedwar i'n cyfeiriad. Disgynnodd Malteser Doreen yn dwt yn fy motwm bol a methais â pheidio teimlo bod y gêm yn y bag i Doreen a finnau gan fod cryn wahaniaeth maint rhwng fy motwm bol i a phant bach twt Tina, heb sôn am y fodrwy oedd yn rhwystro'r Malteser rhag disgyn i'w gyrchfan. Cafodd Doreen *hole-in-one* efo'i Malteser cynta ond cymerodd ddau neu dri thro i Bethan fedru gollwng y belen fach frown i fogel bach tynn Tina. Doreen a fi enillodd – pedair Malteser o'i gymharu ag un Bethan a Tina.

'Well 'ŵan?' gofynnodd Melangell wrth i mi godi. Atebais i ddim. Bachais y botel win o'i dwylo a drachtio'n hir ohoni: doedd dim dewis ond ceisio meddwi cyn gyflymed â phosib ac ymuno yn y rhialtwch. Cau'r lleoliad allan o fy mhen a mentro i Deml y Phariseaid...

Roedd cryn ugain o'r genod yno. Mamau'r Cylch, a dwy neu dair o famau rheini wedyn. Roedd nifer o'r mamau eisoes yn *gyn*-famau'r Cylch yn dechnegol bellach, gan fod Brengain a Lowfi a Myfyr a Nebo wedi cychwyn yn yr ysgol gynradd yn y pnawniau, gan fynychu'r Cylch ond yn achlysurol bellach, pawb ond Brengain a fynychai bob dydd yn rheolaidd fel cynt – doedd hi ddim yn teimlo lludded diwrnod o addysg fel plant meidrol eraill. Cafwyd dau aelod newydd i'r Cylch – Osian Prys, cefnder bach Brengain, a Madonna, a elwir Maddie, hogan fach deirblwydd Adrienne, nad oedd fawr mwy na hogan bach ei hun gan iddi eni Maddie'n bedair ar ddeg, ac eisoes roedd hi'n disgwyl ei hail. Bu'n rhaid i mi chwerthin pan wahoddodd Doreen Adrienne i'r parti Ann Summers, a hithau'n ateb yn gwbwl wynebsyth nad oedd hi'n siŵr ddylai hi ddod gan nad oedd hi'n ddeunaw tan y mis wedyn. O leia, ni fu'n rhaid poeni gormod amdani'n yfed dan oed: rhoddodd stop arni ar ôl hanner potelaid o win gan ei bod hi'n disgwyl 'a ddim isio geni lysh'.

Trodd sylw Judy at y dillad isa. Gofynnodd i fam Glenys fodelu'r *teddy* bach di-grotsh lesiog du nes gyrru honno i wichian. Gwisgodd mam Glenys y cyfryw eitem dros ei thracsiwt *velor* nes bod pawb ar y llawr yn chwerthin. Ticiodd Tina'r bocs cymwys maint wyth ar ei chatalog Ann Summers.

'Pwy uffar' gei di i enjoio fo?' tynnodd Doreen arni wrth ei chopio.

'Pryna ditha un os ti'n jelys,' brathodd Tina nôl. 'I Bethan ga'l 'i enjoio fo.'

'Ia... ella *gna* i!' prepiodd Doreen yn ôl a gwenodd Bethan yn ddwl arni.

Y dildos nesa. Gwahoddodd Judy ni i gyd i afael mewn un a'i drio fo – yn ein dwylo, hynny ydi. Tynnodd Doreen ar Tina eto mai hwn oedd y peth iddi hi, peth 'gosa gela hi at ddyn, a rhoddodd Bethan dic bach yn y bocs yn ei chatalog hithau ar ôl bwrw golwg bach llechwraidd o'i chwmpas i neud yn siŵr fod neb yn edrych. Daliodd lygaid Doreen a sbiodd y ddwy'n lysti i lygaid ei gilydd am eiliad cyn i Bethan golli ffocws o achos y gwin.

Y lyci-dip ddaeth wedyn – pawb yn ei dro, am ddwybunt yr un, i ddewis anrheg bach o'r bocs oedd gan Judy wedi ei baratoi'n barod a'i lenwi efo *polystyrene*. Aeth pawb ati'n frwd i agor y papur a chanfod myrdd o ryfeddodau na wyddwn i be oedd eu hanner nhw. Ond dildos oedd fwya cyffredin, rhaid deud: rhai o bob siâp, lliw a defnydd.

'Trïwch nhw yn ych cega,' awgrymodd Judy gan ddangos y ffordd drwy ddal dildo anferthol du rhwng ei gwefusau a'i switsio 'mlaen. Dilynodd y genod eraill, gyda'u dildos amryliw, nes gyrru bloedd arall o chwerthin gwichlyd drwy'r festri.

Dyna lle'r oedden ni gyd â'r dildos yn ein cegau pan gerddodd Blodwen Davies i mewn drwy'r drws a dau gopar dre wrth ei sodlau.

Cymerodd Blodwen un cip ar yr olygfa cyn disgyn yn glewt ar y fainc agosa. Aeth un o'r copars ati i neud yn siŵr ei bod hi'n dal yn anadlu, tra anelodd y llall i'n plith.

'Cwyn,' medda fo. Toedd 'na'm isio gofyn gan bwy. 'Am y sŵn.'

Rhuthrodd Susan i guddio'i feibretor drwy eistedd arno fo, a stwffiodd Melangell ei hun hithau i lawr ochr y fainc lle'r eisteddai. Doedd yr un o'r ddwy yn rhy lysh feddw gachu fel nad oedden nhw'n ymwybodol o'r gwarth posib pe deuai'n wybodaeth gyhoeddus fod darlithwraig prifysgol ar y naill law a chyfreithwraig barchus ar y llaw arall wedi eu dal yn festri Bethania hefo feibretors yn eu cegau.

Roedd gweld dyn ynghanol yr holl ddillad ac offer rhyw – plismon neu beidio, a dau ar hynny – wedi cynnau dogn nid bychan o nwyd yn y genod. Anelodd Tina'n syth am yr un bach gwallt coch a gysurai Blodwen Davies a dechrau mwytho'i sgwyddau. Gwnâi Glenys lygaid bach ar yr un tal, tywyll. Ond effaith wahanol gafodd yr ymweliad ar Bethan, a welai yn ymyrraeth yr heddlu holl orthrwm bwystfil y drefn ar yr unigolyn, a'i hargyhoeddiad yn hyn o beth lawer cryfach ers iddi slochian potelaid a hanner o win coch. Roedd hi wedi dechrau rhochian pan ddaeth y ddau drwy'r drws gynta, ond wedi i'r heddwas tal, tywyll sylwi arni, gofynnodd – yn hynod o neis, meddyliais –

''Sa chi'n meindio stopio hynna?'

'Safwn yn y bwlch, cont!' rhuodd Bethan, a gneud mosiwns 'wancar'.

Yn gall iawn, mi benderfynodd y plismon gogio bach nad oedd o wedi gweld na chlywed. Rhyfedd 'de... *bob* tro dwi 'di gymaint â thorri gwynt o fewn canllath i blisman, mae o wedi naill ai fy rhybuddio (fatha ddigwyddodd mewn protest Cymdeithas yr Iaith yn y coleg pan gesh i'r bai am regi o flaen

Carlo, a ddim fi *na'th,* ond yr hogan oedd yn sefyll wrth 'yn ochr i), neu fy arestio (fatha ddigwyddodd pan beintiodd Twm-hanner-peint slogan ar wal yn deud wrth Saeson am fynd adra, cyn cer'ad drwy'r paent nôl i wely'i gariad yn y fflat ro'n i'n rannu hefo dwy arall. Wrth gwrs doedd y ddwy arall ddim yna, a'r camau paent yn incrimenêtio fi'n llwyr, damia Twm), neu fy nghyhuddo (am dorri mewn i swyddfa Toris Rhyl a finna heb neud dim byd ond bod ar lwc-owt, digwydd bod).

'Ylwch,' meddai'r plisman yn gymodlon. 'Sgynnon ni'm hawl i'ch gyrru chi o 'ma… ond ella 'sa chi'n cadw llai o sŵn. Dach chi i'ch clywed drw'r pentra.'

Ella nad oedd gynno fo hawl i'n gyrru ni o ma, ond roedd Blodwen yn dam syrt o neud. A beth bynnag, ar ôl cael copsan, doedd gen i, yn un, fawr o awydd parhau â'r miri. Ac roedd Judy eisoes yn pacio'i phethau. Gwelais hi'n rhoi *Caneuon Ffydd* i mewn hefo'r *G-strings* di-grotsh cyn sylweddoli beth roedd hi'n ei wneud. Gosododd o'n ôl yn barchus reit ar Ben y Piano ochr yn ochr â'r poteli gwin.

Bu'n rhaid i un o'r plismyn hanner-llusgo hanner-cario Blodwen allan o'r festri. Ar ôl gadael digon o amser iddi gael ei chludo adre, mentrodd y gweddill ohonon ni allan. Fi oedd yr ola… fedrwn i ddim gadael y ddau heddwas 'ma dan yr argraff mai dyma'r math o beth roedd Pwyllgor Cylch Meithrin Nantclagwydd yn ei wneud yn wythnosol…

'Ylwch,' meddwn i wrth PC Plod. ''mond chydig o hwyl oedd o. Eith o'm pellach na neith?'

'Na neith siŵr,' medda'r heddwas. 'A 'sa ddim o'i le tasa chi isio cario mlaen o'n rhan ni, ond 'swn i'n meddwl ella 'sa well i chi beidio o styriad y cyflwr roedd Mrs Davies yn'o fo, be dach chi'n ddeud?'

Roedd pawb wedi gadael y festri be bynnag. Dechreuais

boeni lle ar wyneb y ddaear – neu yn Nantclagwydd o leia – y byddwn i'n gallu cynnal y Cylch o hyn ymlaen gan nad oedd gynnon ni obadeia o obaith y byddai'r Pwyllgor Blaenoriaid yn caniatáu i 'run ohonon ni roi cymaint â blaen ewin troed dros riniog y drws o hyn allan. Sôn am godi pais... 'sa well 'swn i wedi rhoi mwy o sylw i'r broblem honno wrth gerdded i mewn i'r fath Gehenna.

Poenau o'r fath oedd yn fy meddwl pan sylwais ar Mr Het Dethog yn snwyro o gwmpas planhigyn Doreen.

'Felly... dyna fo,' meddwn i, er mwyn tynnu ei sylw yn fwy na dim. 'Fydd 'na'm tsharjys 'ballu...?'

'Na fydd siŵr,' medda'r heddwas, 'ddim am gadw sŵn.' Anelodd i'w boced a thynnu ei lyfr bach allan. 'Ond ella'ch bod chi'n wynebu tsharj o *cultivation of a class C drug* 'de. Enw plîs?'

Ar y bore Llun canlynol, cynhaliwyd y Cylch yn ein tŷ ni.

'Chynigodd neb arall 'i gynnal o'n 'u tŷ nhw,' meddwn i ar y nos Sul i geisio dwyn sêl bendith Gwion. Byddai gofyn am ei gydweithrediad o i allu cael y lle i drefn bob bore cyn chwarter i naw. 'Pa ddewis arall oedd gin i?'

'Peidio cynnig, 'de,' atebodd yntau gan ddefnyddio'i resymeg dihafal arferol.

''Sa well gin ti weld y Cylch yn cau?' danodais iddo.

Cododd ei ysgwyddau'n ddi-hid cyn ymosod ar y dorth am ryw ail damaid bach rhwng te a swper ac anelu am ei lofft. Medrwn ddadlau mai'r Cylch oedd yn rhoi'r celc tila ychwanegol yn fy mhoced i'w gadw o mewn bocsyrs a sana, ond i be? A nabod Gwion, mi 'sa'n ateb drwy ddeud yr âi o heb focsyrs a sana 'ta os mai fela o'n i'n teimlo.

Es ati i lanhau'r stafell fyw a gosod rhywfaint o drefn ar y pentwr o offer chwarae mawr (beics) ac offer chwarae bach (jig-sôs, *lego*, *sticklebricks*, ceir bach...) a oedd yn llenwi'r pasej wedi i mi eu hachub o'r cwpwrdd storio yn y festri dros y penwythnos.

Wnes i ddim aros i Blodwen nag i un o'r blaenoriaid eraill roi cic owt yn ffurfiol i ni. Doedd yna'r un llygedyn gwybedyn meiopig o obaith am faddeuant. Es ati i gysylltu â Chadeirydd y Pwyllgor Neuadd a chael awgrym y byddai'r aelodau'n croesawu cynnydd bach i'r coffrau ar ffurf rhent, ond roedd gofyn cwblhau'r gwaith adnewyddu oedd ar y gweill yn gynta, a dim argoel y câi hwnnw ei orffen lawer cyn y Nadolig.

Felly, ein tŷ ni.

Doedd fy nghalon ddim yn llamu o lawenydd wrth feddwl am agor y drws ffrynt i ddeg (ers Osian a Maddie) o ellyllod bach swnllyd anwaraidd. Ceisiais ddod o hyd i goriadau'r stafelloedd gwely a'r stydi cyn bodloni ar eu blocio drwy osod cadair yn erbyn pob drws.

Roedd sawl un o'r plant â golwg ar goll braidd ar eu hwynebau drwy'r bore Llun: iddyn nhw, y festri *oedd* y Cylch, a'r newid lleoliad, er cadw'r un drefn chwarae-beics-sgwrs-paent/clai-tost-stori-canu-Iesu-Tirion-amen-côt-ag-adra, yn amlwg yn ymyrraeth go sylweddol ar drefn eu bywydau bach. Pawb ond Nebo, hynny ydi, a fu wrthi drwy'r bore'n ategu ei berchnogaeth ar y diriogaeth ac yn symud y cadeiriau i arddangos parthau mwya cyfrinachol – a llanast – gweddill y tŷ i'w gymheiriaid a Doreen. Ar ganol mynd drwy 'nghyfrifon treth i oedd o pan fachais i o nôl i'r gorlan am y seithfed tro.

'Fedar hyn ddim para,' meddwn i wrth Doreen gan ymladd am 'y ngwynt.

'Dwn i'm,' atebodd Doreen heb owns o gywilydd a'i phen yn fy rhestr enillion am y flwyddyn flaenorol.

Y munud y gadawodd yr ola o'r plant, sodrais baned o goffi o flaen Doreen a ffonio Cadeirydd Pwyllgor y Neuadd eto i erfyn arno hwrjo gweithwyr y to yn eu blaenau fel na fyddai'n rhaid i mi fyw yn hir yn yr uffern hon.

"Mond dros dro fydd o 'de,' meddai Doreen gan chwarae hefo darn o glai efo'i throed nes ei wasgu'n ddyfnach fyth i mewn i 'ngharped i.

'Ia, ond 'y nros dro *i*, 'de... ddim dros dro neb arall,' dadleuais. Sbiodd Doreen yn dwp reit arna i.

'Ti byth yn gwbod,' meddai Doreen yn frwd, 'ella bysa Blodwen Davies yn... '

'Yndw, dwi *yn* gwbod,' torrais ar ei thraws yn bendant. 'A na fysa, fysa Blodwen Davies *ddim* yn ailystyried.'

'Na 'sa ella...' meddai Doreen, cyn rhoi ochenaid bach bodlon ac ychwanegu, 'ond mi *oedd* hi'n noson dda'n doedd.'

Ddim dy enw di sy lawr ar ffeiliau'r heddlu am fod yn delio mewn cyffuriau, meddyliais. Doedd neb wedi cysylltu ynghylch hynny, a dechreuais obeithio'n ddistaw bach na wnâi'r glas ddim mynd â'r peth ymhellach. Roedd y planhigyn yn dal ar silff ffenest liw'r festri am y gwyddwn: câi fod yno. Ella byddai'r haul yn tywynnu arna i ryw ddiwrnod a Blodwen Davies yn cael ei dal yn gyfrifol am dyfu canabis. Duw a ŵyr, roedd hi'n hen bryd: roedd hi 'di bod yn bwrw cachu arna i'n ddigon hir.

Erbyn dydd Gwener, ro'n i'n diolch i bwy bynnag greodd benwythnosau am ei bellwelediad. Roedd Seimon wedi ffonio'r noson cynt yn ymddiheuro na fedrai Gwion fynd ato fo ar y dydd Gwener, gan fod gofyn iddo fo weithio. Dôi acw i'w nôl o ar y dydd Sadwrn yn lle hynny. Gobeithiais yn dawel bach nad oedd o'n dechrau llithro'n ôl i'w ddiogi tadol blaenorol, ond gwelais gyfle ar yr un pryd i ddŵad â'r ddau ddyn yn fy mywyd ynghyd o'r diwedd. Anfonais neges testun at Iestyn yn ei rybuddio nad naid i'r gwely y munud fysa fo'n glanio fyddai hi y nos Wener honno gan y byddai Gwion yn bresennol.

Soniais wrth Gwion am neges ffôn ei dad ac awgrymais mor ofalus ag y medrwn y byddai hyn yn gyfle iddo gyfarfod â Iestyn. Ro'n i wedi paratoi fy hun i beidio derbyn rhyw lawer o ymateb gan fy mab, a ches i mo fy siomi.

'Mm,' medda fo wrth arllwys llefrith i baciad *variety size* o *Coco Pops* a dechrau tyrchu iddo.

'Fydd o yma tua saith.'

'Mm,' medda fo.

'Fyddi di yma, byddi?' mentrais.

'Mm,' medda fo, a bodlonais ar ddehongli'r ebychiad fel cadarnhad.

Bûm wrthi am awr wedyn yn codi paent a chlai o'r carped yn y parlwr.

Plygodd Gwion i lawr yn heglog drafferthus i helpu heb i mi ofyn iddo am rai munudau cyn diflasu, ond cymerais ei led-barodrwydd i helpu fel arwydd positif. Gwthiais gymaint ag y medrwn o focsys y Cylch i bellafion y cwpwrdd-bob-dim yn fy stafell wely gan weddïo y medrwn gau'r drws arnyn nhw. Yna, trois fy sylw at geisio creu rhywbeth o'r llanast a elwir 'fi'.

Pan gyrhaeddodd Iestyn, roedd Gwion ar ei hyd ar y soffa'n gwylio MTV. Cnoais fy nhafod rhag deud wrtho fo am ddiffodd y bocs ac ista'n gall. To'n i ddim isio cynhyrfu'r hormonau a chymaint yn y fantol. Cyflwynais y ddau i'w gilydd yn ffurfiol.

'Smai? Ti'n iawn?' cyfarchodd Iestyn yn hafaidd.

'Mm,' medda Gwion. Dechra da.

Es ati i siarad bymtheg y dwsin i batsio'r diffyg yn sgwrs

fy mab, gan restru ei bynciau TGAU a rhoi *précis* bach am bob un o'i athrawon. Ymunodd Iestyn yn y gêm gan ffugio diddordeb er ei fod eisoes wedi cael gwbod be oedd hynt a helynt gyrfa addysgol Gwion gen i.

'Be 'di dy hoff bwnc di?' holodd Iestyn.

''Mbo,' atebodd Gwion heb dynnu ei lygaid oddi ar y set deledu.

'Ty'd o 'na, Gwion,' promptiais. 'Ti wrth dy fodd efo Miss Puw Cymraeg.' Amdani hi roedd o wedi sôn fwya wrtha i, er nad oedd hi'n gystadleuaeth ffyrnig, a phe bawn i'n onest, parthau anatomegol Miss Puw Cymraeg oedd yn gyfrifol am yr arlliw o ddiddordeb a ddangosai Gwion yn y pwnc.

'Mm,' ategodd Gwion.

Daliai Iestyn i chwarae'r gêm heb ddangos anniddigrwydd at dawedogrwydd diserch Gwion. Ceisiais daro sawl edrychiad bygythiol i'w gyfeiriad, ond roedd hynny'n anodd gan iddo ond prin lwyddo i dynnu ei lygaid oddi ar y bocs.

Wedi saib hirach nag y gallai'r un o'r ddau ohonon ni ei oddef, cynigiodd Iestyn fynd i goginio'r pryd bwyd. Es drwadd i roi peth cyfarwyddyd iddo. Ro'n i wedi bod yn *Tescos* yn prynu rhyw betha ffansi fel pe bai Gwion a fi'n arfer swpera ar *anchovies* a phrôns, ond estynnodd Iestyn am y brocli a'r moron unwaith y gwelodd fod gen i frestia cyw iâr (yn y ffrij hynny ydi, nid ar fy mherson. Er…) a datgan ei fwriad i neud rwbath syml. Does 'na ddim yn y maes cogyddol drwy'r byd y galwn i'n syml – y tu hwnt i ferwi wy – ond wedi ei gyfeirio at buprau amryliw a madarch ffresh, gadewais iddo a dychwelyd i'r parlwr. Gallwn glywed Iestyn yn mwmian canu wrtho'i hun yn y gegin. Rhyfedd fel mae dynion yn hoff o goginio, 'mond achos bod o'n weithgaredd nad oes rhaid iddyn nhw ei wneud. Tasan nhw'n gorfod sicrhau dau neu dri phryd y dydd, fysa'r diawliaid ddim hanner mor barod i ganu dros y pilion tatws.

Distawrwydd oedd yna yn y parlwr. Ceryddais fy hun am adael i Iestyn wneud swper: nid fel'ma oedd hi i fod. Ddim *fi* oedd â gwaith dod i nabod Gwion, ac eto fi oedd yn ista'n fama'n sbio arno fo'n sbio ar y bocs. Fi oedd i fod yn y gegin er mwyn gadael i Iestyn a Gwion ddarganfod eu bod nhw ill dau o'r un enaid, yn ffrindiau bore oes, yn taro hoelen eu cyfeillgarwch ar ei phen. A dyma Iestyn yn coginio – fel tasa fo angen profi i Gwion cystal gwraig tŷ wnâi o!

'Gna ymdrech,' sibrydais dan fy anadl wrth Gwion.

'Be?' trodd ataf a holl anghyfiawnder fy ensyniad yn brifo yn ei lais. 'Be dwi 'di neud?!'

Gadewais y cwestiwn i hongian, a throdd yntau ymhen eiliad neu ddwy yn ôl at y bocs. Ro'n i'n teimlo fel pe bawn i'n actio mewn drama wrth ista i gael bwyd. Canmoliaeth i'r coginio perffaith, a phromptio Gwion yn yr un gwynt. Bu'n ymdrech i'w gael o i ddod drwadd i'r gegin i ista, ond tyrchodd at y bwyd yn ddigon harti.

'Da'n de, Gwion.' meddwn i gan geisio'i gynnwys o am y canfed tro.

'Mm,' medda Gwion wrth gnoi'r cig.

Roedd ista rownd bwrdd i fwyta ynddo'i hun yn newydd i Gwion a finna. Efo 'mond y ddau ohonon ni yn y tŷ, aem â'n prydau i ba bynnag ran o'r tŷ lle digwyddem fod eisiau bod. Roedd chwithdod y sefyllfa'n tarfu ar fy nerfau, a'r siarad mor hurt â chynt.

'Cymraeg…' medda Iestyn i geisio ennyn ymateb Gwion unwaith yn rhagor. 'Pa betha dach chi'n stydio?'

''Mbo,' medda Gwion yn surbwch.

'Wyt siŵr!' meddwn i'n dechrau colli mynadd go iawn. 'Be am *Wele'n Gwawrio*?'

'Mm,' cadarnhaodd Gwion yn ddigymell.

'Gas gin i ddarllan rwbath 'mond i dynnu fo'n ddarna,'

meddai Iestyn i drio dangos cymaint o 'lanc' oedd yntau hefyd yn y bôn. Ddywedodd Gwion ddim byd, 'mond estyn am ragor o gyw iâr o'r caserol.

Daeth cnoc ar y drws ac ymesgusodais i fynd i'w ateb gan obeithio na chodai rycshiwns wrth fwrdd y gegin yn fy absenoldeb. Tina.

'Ordyr Ann Summers.' Am amseru gwych.

'Diolch.' Cymerais y paced o'i llaw a dechrau cau'r drws.

'Hei! Ti'm am ddeud be ydi o?!' gwaeddodd Tina.

'Dw'm yn cofio,' meddwn i, a to'n i ddim.

''Mond dyn sy isio arna chdi 'ŵan,' meddai hithau'n ddigon pigog, mewn ymateb i fy ysfa amlwg i gael gwared arni.

Cyn meddwl dim pellach, amneidiais at yr *Audi* bach glas oedd wedi ei barcio wrth y pafin, a dalltodd Tina ymhen eiliad neu ddwy.

'Be? *Sgin* ti un?' gofynnodd mewn syndod.

'Rei 'nan ni'n dal i fedru sti,' meddwn i'n ddidaro a chau'r drws yn glep.

Ceisiais feddwl lle medrwn guddio'r paciad bach coch efo 'Ann Summers' wedi ei argraffu drosto. Roedd digwyddiadau'r nos Wener flaenorol wedi bwrw rhagddi mor echrydus o drwstanllyd fel 'mod i wedi anghofio i mi dicio unrhyw un o'r bocsys yn y catalog. Ddim rŵan oedd yr amser i ddarganfod pa ryfeddod a'm disgwyliai yn y bocs. Stwffiais ef i mewn i ddrôr cyn dychwelyd at y bwrdd.

'Rhywun o'r Cylch,' meddwn i gan feddwl y bysa hynny'n ddigon.

'Swydd rownd y cloc,' medda Iestyn.

'Isio gwbod ai fama ma'r Cylch wsos nesa,' rhaffais gelwyddau a dechrau deud wrtho fo mai yn tŷ ni oedd y Cylch yn cael ei gynnal am y tro. Wnes i ddim manylu ar y rhesymau dros hynny, 'mond deud, fel ro'n i wedi deud wrth Gwion, bod 'na broblem wedi codi efo'r festri. To'n i ddim wedi cael cyfle i sôn wrth Iestyn am ddigwyddiadau'r parti nac am ymweliad yr heddlu â'r cyfryw ddigwyddiad: roedd yr wythnos wedi bod yn banics gwyllt fel roedd hi a dim ond unwaith yn frysiog ro'n i wedi siarad ag o dros y ffôn. Câi'r manylion aros nes y byddai Gwion allan o glyw.

Rhybuddiais Iestyn i adael y llestri heb eu golchi, a dychwelodd y drindod straenllyd i'r parlwr. Yno, ailgychwynnodd y gwag siarad, a theimlwn fod Iestyn yn dechrau teimlo'r straen bellach wrth i'w waddol gwestiynau ddechrau rhedeg yn sych heb fawr o ymateb gan Gwion.

'Cymraeg, ia?' dechreuodd eto a finnau'n gwaredu dan fy ngwynt. Rhaid bod Iestyn wedi sylweddoli wrth i'r ddau air ddod o'i geg fod hyn bellach yn dechrau mynd yn ffarsaidd, achos mi ychwanegodd: 'Sut un 'di'r Miss Puw ma 'ta?'

'Slasiar,' meddai Gwion gan ailgynnau MTV efo'r teclyn, a theimlais oruchafiaeth. Gair deusyll.

Ar hynny daeth cnoc arall ar y drws. Pwy ddiawl eto, ebychais a chodi i'w agor. Disgynnodd fy nghalon wrth sbio'n gegrwth ar y plismon tal, tywyll â'r wyneb difynegiant yn sefyll yno, fel postyn lamp a'r golau 'di ffiwsio. Hwn y bûm mor ffodus â'i gwarfod gynta yn festri Bethania.

'Ga i ddod i mewn?' gofynnodd yn ddigon serchus.

Na chei! Blydi hel! Ddim *rŵan*!

Ond ces yr argraff yn ddigon sydyn nad oedd gen i lawer o obaith ei berswadio i ddychwelyd rhyw dro eto wrth iddo gamu heb ei wahodd i mewn i'r pasej. Medrai Iestyn ei weld o'r parlwr, a doedd gen i fawr o nunlle heblaw'r gegin i fynd ag o, ac i be awn i ag o i fanno i ganol y llestri budur a Iestyn eisoes wedi ei weld...

Roedd Mr Het Dethog bellach yn y parlwr be bynnag gan

adael fawr o ddewis i mi yn y mater.

'Smai?' meddai Iestyn yn serchog gan godi ar ei draed.

Trodd Plod ata i.

'Isio gair am nos Wener dwetha,' dechreuodd, a gadael saib i mi benderfynu oeddwn i isio i'r ddau berson arall yn y stafell glywed. Ebychais fy ildiad. I be awn i guddio? Mi 'sa'r gwir yn bownd o ddŵad allan wedyn be bynnag, bernais. Roedd Gwion bellach wedi diffodd y teledu – tro cynta i bob dim – ac wedi sythu i ista ar y soffa. 'He-e-e-i! 'Mbach o sbort' meddai ei wyneb.

'Steddwch,' meddwn i wrth y mochyn yn ddiflas.

'Sgynnon ni'm bwriad i'ch arestio chi,' meddai wrth wneud. Wel, dwi *yn* falch o glwad, meddyliais. Gin bod gin i *sut* gymaint i neud hefo'r dam peth! ''Mond rhybuddio...'

'Ia, wel, ddim fi rho'th y planhigyn yna, ddim fi brynodd o, ddim fi dyfodd o, sgin i'm syniad sut do'th o acw, dwi rioed 'di weld o o'r blaen...' Fedrwn i ddim rhoi trefn ar ddim a ddôi allan o 'ngheg i.

'*Class C drug,*' dechreuodd yr het dethog eto a lledodd llygaid Iestyn. Roedd Gwion eisoes yn rhythu a hanner gwên anghrediniol ar ei wyneb. Ei fam! *Class C* drygs! 'Os rhoisoch chi ddŵr iddo fo hyd yn oed... neu 'mond *gada'l* iddo fo dyfu... fedar o olygu *cultivation*.'

'Ylwch!' protestiais. Roedd hyn wedi mynd yn rhy bell a'r ffŵl gwirion yma'n fy nghyhuddo o flaen fy mab pymtheg oed o dyfu canabis!

Cyn i mi allu rhestru rhagor o wadiadau, prysurodd teth-ben i fy sicrhau nad oedd neb am fynd â'r mater ymhellach: fy rhybuddio i fel arweinyddes y Cylch oedd o, nid oherwydd ei fod o'n meddwl mai fi oedd yn gyfrifol am dyfu canabis yn y festri.

To'n i'm yn siŵr a o'n i'n ei gredu fo, ond mi gododd ar ei draed i fynd a to'n i'm am ei rwystro fo eiliad yn rhagor. Ar ei ffordd allan, mi ofynnodd lle'r oedd y planhigyn rŵan a ches rywfaint o bleser yn deud wrtho fo nad oedd neb wedi mentro ei symud, a'i fod yn yr un lle, ar silff ffenest liw y festri fel o'r blaen. Eled at Blodwen Davies. Fedrai honno ddim lluchio rhagor o frics ata i na'r Cylch; roedd pob bricsen eisoes wedi ei lluchio. Waeth i Blodwen Davies ddiodda munud anghyffyrddus yn ei gwmni ddim.

Caeais y drws ar y copyn gan addo rhoi gwybod pe dôi planhigion o'r fath i fy sylw yn y dyfodol. Medrwn i fod wedi rhoi Mungo yn y cach unwaith eto, ond i be? Haws ffugio anwybodaeth lwyr. Ond pe dôi i hynny, medrai Plod yntau fod wedi gwthio mwy arna i, neu eraill yn y Cylch, i ddatgelu o lle daeth y planhigyn. Amheuwn mai lladd amser oedd o wrth alw efo fi: toriad bach ar y bît, rhybudd bach sydyn a 'mlaen at y mân-drosedd pitw bach nesa.

Pan ddois yn ôl i'r parlwr, roedd Gwion a Iestyn yn siarad bymtheg y dwsin, y ddau â llewyrch yn eu llygaid a chynnwrf yn eu lleisiau.

'He-e-i, Mam!' cyfarchodd Gwion gan chwerthin, 'sgin ti sbliff i fi?'

Torrodd y ddau allan i forio chwerthin.

'Rhowch gora iddi,' meddwn i'n flin.

'He-e-e-i *Man*!' cywirodd Iestyn, cyn morio chwerthin eto. 'Ga i fynd i sbio ar dy ardd di? 'Swn i'n medru neud hefo smôc!'

'Ty'd â un i fi tra ti wrthi,' medda Gwion, wrth ei fodd. 'Hei, os t'isio neud 'mbach o cash, fedra i werthu fo'n rysgol i chdi!'

'Gwion!' Doedd hyn ddim yn rhywbeth i wamalu yn ei gylch.

'Paid â beio fo!' medda Iestyn gan sychu'r dagrau chwerthin o'i lygaid. 'Ddim *fo* sy'n 'i dyfu fo!'

Aeth y ddau ati wedyn i restru penawdau posib yn y papur newydd lleol – a chenedlaethol – pe dôi'r newyddion yn gyhoeddus fod Arweinyddes Cylch Meithrin Nantclagwydd yn tyfu cyffuriau, a chael digon o achos miri yn y broses. Ar fy nghownt i. *Nantclagwydd Nursery School Narcotics Shock, Cylch Canabis Crisis, Sali Marley a Jac y Joint...*

Gadewais iddyn nhw – nid bod gen i unrhyw obaith o gau eu cegau. Es ati i olchi llestri, gan ddiolch yn ddistaw bach bod y garw wedi ei dorri...

Dros y trochion, cynlluniais alwad ffôn at Doreen i ddeud wrthi – er gwybodaeth – 'mod i'n mynd i'w lladd hi.

Ac wrth sychu'r llestri, dechreuais gynllunio be o'n i'n mynd i neud efo Iestyn y noson ganlynol yn y *teddy* bach di-grotsh lesiog, du ro'n i wedi'i brynu o'r catalog Ann Summers...

7: Paid â'm gwrthod, Iesu Du, Amen

Erbyn diwrnod Tân Gwyllt, roedd y Cylch yn y Neuadd, a'r plant yn ceisio cynefino efo newid arall yn eu hamgylchiadau beunyddiol, bechod.

Erbyn dechrau Rhagfyr, roedd 'na alw dybryd am ddrama'r geni, felly dyma alw cyfarfod un bore i drafod ei sgwennu. Faint o sgwennu sy isio at bwrpas plant tair a phedair oed, dwn i'm, ond mae 'na famau uchelgeisiol gynnon ni, a sawl un isio cyfrannu ei chnegwerth at y broses o greu. Mi ddiflannodd Bethan drwy'r drws a Nebo dan ei chesail rhag gorfod aros, a phlediodd gwarchodwraig Osian nad oedd mynychu cyfarfodydd Cylch *in loco parentis* yn rhan o'i chytundeb gwaith.

Gorchmynnais Tina i gadw llygad ar y plant tra 'mod i a Doreen, Melangell, Susan a Heidi yn trafod y Ddrama. Tybiwn na fyddai cyfraniad Tina i'r drafodaeth yn or-helaeth, a medrai gadw un glust ar bethau be bynnag rhag i ni neud cam â'i Sam bach hi.

Penderfynodd Heidi a Susan a Melangell dros bawb fod y ddrama eleni'n mynd i fod yn un oltyrnatif. Doedd dim yn waeth medda Susan na chael yr un hen gawl eildwym bob blwyddyn. Roedd Melangell a Heidi i'w gweld yn cytuno efo hi. Wnes i ddim mentro lleisio'r farn bod gwell blas ar gawl eildwym rhag gorfod trefnu'r sioe fy hun.

Y broblem gyntaf i godi ei phen oedd castio Mair. Testun gweiddi blynyddol i'w osgoi fel y pla. Ond doedd dim modd osgoi. Atgoffodd Heidi fi'n ddiymdroi i mi addo y câi Tree'r anrhydedd wyth mis ynghynt: dyna oedd un amod ei dychweliad i'r Cylch wedi'r Rhyfel Mawr dros Mungo. Yr eliffant â thi, meddyliais. Saethodd Melangell edrychiad dieflig i 'nghyfeiriad am gyflawni'r fath frad. Dechreuodd Susan ddeud mai Brengain oedd yr un, ohonyn nhw i gyd, fyddai'n medru cofio, a *deud* y geiriau gliria. Saethodd Melangell edrychiad llofruddiol ati hithau.

'Camwahaniaethu annheg ar sail y gallu i ddeud 'r' ti'n feddwl?' gofynnodd yn ymosodol.

'Na, na, ddim o gwbwl,' er mai dyna'n union roedd Susan yn ei feddwl. "Mond deud. A *tydw* i ddim yn un o'r rhieni ma sy isio gwthio'u plant ar draul pawb arall bob cyfla posib.'

Disgrifiad perffaith ohoni wrth gwrs. A dyna'n union wna Melangell hefyd 'mond nad ydi honno, yn wahanol i Susan, yn ceisio gwadu'r union beth mae hi yn ei wneud ar yr un gwynt a mae hi'n ei wneud o.

'Lowri 'di'r hyna,' dadleuodd Melangell gan fachu ar gyfraith *primogeniture*.

'Wel, sgin i'm tamaid o isio i Kayleigh Siân na Shaniagh Wynne ga'l y rhan neu cha' i byth glwad 'i diwadd hi,' medda 'nghynorthwywraig yn gynorthwygar. Bu bron i mi awgrymu y bysa cael y *ddwy* yn Mair yn anturiaeth bach difyr rhag y cyffredin ond cedwais fy hopran ar gau: roedd hi'n frwydr rhwng tair fel roedd hi, heb i mi fynd i lusgo dwy arall ar faes y gad.

'Ylwch,' cyhoeddais i roi taw ar y cecru. 'Rown ni enwau'r tair mewn het: yr enw ddaw allan fydd Mair.'

'Sgynnon ni'm het,' medda Doreen.

'Oes ma 'na!' galwodd Tina o gyfeiriad y beics. 'Ma 'na un plismon yn y bocs dillada.'

'Nag oes, tad!' galwodd Doreen yn ôl. 'Ma'r bocs dillada'n dal yn nhŷ Mared.'

'Ylwch,' meddwn i eto, yn uwch y tro hwn, gan neud nodyn

yn fy meddwl i'm hatgoffa i fynd i dyrchu'r bocs dillada allan o ddrysni anghysbell y cwpwrdd-bob-dim. 'Het, potyn, bocs, 'dio'm bwys!'

Cytunodd Melangell a Susan – a Heidi wysg ei thin: ro'n i wedi rhoi 'ngair iddi. Gadawyd y tynnu o'r het/potyn/bocs tan ar ôl i ni gael trefn ar weddill y ddrama.

Roedd y cast posib o ddeg wedi crebachu'n wyth ers hanner tymor wedi i Glenys benderfynu bod ysgol yn y pnawniau'n hen ddigon o addysg i Myfyr heb fod isio'i anfon i'r Cylch yn y boreau hefyd, ac ers i Adrienne – a Maddie yn ei sgîl – ddiflannu mewn pwff o fwg y munud y dechreuodd y mamau eraill roi pwysau arni i ddod ar Bwyllgor y Cylch. Awgrymodd Susan ein bod yn rhoi gwahoddiad i Myfyr ymddangos fel gwestai arbennig yn y cynhyrchiad cyhyd â'n bod ni ddim yn rhoi dim iddo i'w ddeud, rhag iddo benderfynu llithro'n ôl i'w dawedogrwydd blaenorol.

Trodd y sylw at y cynnwys.

''Dan ni ddim isio gormod o *religious stereotyping*,' cynigiodd Heidi.

Sut ar wyneb daear mae llwyfannu drama'r geni heb stereoteipio crefyddol, dwn i'm, ond gadewais i'r peth fod.

'Mae'r syniad o angylion,' meddai Heidi wedyn yn ei Chymraeg glana, 'yn codi disgwyliadon afrealaidd yn y plant.'

Sbiodd Doreen ar Heidi fel pe bai hi wedi dechrau tyfu cyrn.

'Be?' holodd Melangell. 'Be t'isio ni alw nhw 'ta?! Oltyrnatif ocê, ond ddim lwpyrs!'

'Ym… pobol dda?' cynigiodd Heidi. 'Yn gwisgo tinsel yn lle adainydd…?'

'Ia, iawn, fedran ni drefnu hynny,' meddwn i. 'Cyfan sy isio ydi peidio *deud* y gair "angylion". Geith pawb 'u cymyd nhw fatha be bynnag ma'n nhw isio felly.'

'Dwi isio deud hefyd,' bwriodd Heidi rhagddi eto, 'fod y cysyniad o genhedlu gwyrthiaidd yn safbwynt cyfeiliornog.'

Ro'n i'n rhyw feddwl mai gweld hyn fel cyfle i fflasio'r cynnydd amlwg yn ei Chymraeg roedd Heidi yn hytrach na rhoi mynegiant i ddaliadau pwysig. Ond dechreuodd Susan gytuno efo hi.

'Ia... wn i be sgin ti,' meddai gan nodio'i phen yn frwd. 'Ma'n bwysig 'yn bod ni'n deud mai Joseff ydi'r tad go *iawn*, a'i bod hi ond yn iawn iddo fo wbod 'i gyfrifoldeb. Cofia di,' meddai hi wedyn gan sbio ar Heidi – roedd pawb arall islaw'r drafodaeth, 'wiw i ni roi'r argraff fod Mair yn wan, 'mbwys pa mor agos at ddyddiad yr enedigaeth mae hi. Mi fysa hi'n medru sefyll ar ei dwy droed ei hun yn tshampion, diolch yn fawr. Y cwestiwn mawr ydi, oes *isio* Joseff o gwbwl?'

Fedrwn i ddim peidio â syllu'n gegrwth arni, gan fethu yn 'y myw â phenderfynu ai tynnu'r pis allan o Heidi roedd hi ai peidio. Mae Susan yn ffeminist hyd at fêr 'i hesgyrn ac yn gweld cyd-destun ffeministaidd ymhob agwedd ar fywyd, felly fentrwn i ddim cymryd yn ganiataol mai tynnu coes roedd hi. Yn lwcus, roedd gynnon ni gyfreithwraig i setlo'r mater.

'Os 'dan ni'n cytuno i gyfeirio at Joseff fel "partner", fedrwn ni gadw fo,' meddai Melangell, hithau eto heb awgrym o eironi yn ei llais. Ro'n i isio mynd adre'n barod.

'Gŵr y llety,' meddai Susan gan symud ymlaen at y cymeriad nesaf.

'Cyfalafydd,' meddai Heidi. 'Globalydd diegwyddorau sy'n poeni mwy am elw nag am dynged dynesod beichiog.'

'Cweit,' meddai Susan. 'Cythra'l dan din. Raid i ni ga'l hogyn 'lly.'

Pan ddechreuodd Heidi holi a fyddai Joseff yn barod i glymu cwlwm yn y llinyn bogail a'i goginio iddo fo a Mair bu'n rhaid i mi roi stop arni.

"Dan ni ddim yn mynd i gael *gweld* y geni, Heidi.'

'*Before and after,* 'lly,' ategodd Susan.

Penderfynwyd mai'r ddoli ddu roedden ni am ei gosod yn y preseb, gan mai dyna oedd lliw'r baban Iesu wedi'r cyfan. Ofnais y byddai hyn yn arwain at drafodaeth ar union liw croen yr Addfwyn Oen gan mai o dras Iddewig yn hytrach nag Affricanaidd roedd o'n hanu go iawn, a'r ddoli sy gynnon ni o natur ddu iawn, ond roedd pethau wedi newid cyfeiriad unwaith yn rhagor.

'Hogan 'di'r ddoli,' meddai Melangell.

'Pwy sy i ddeud nad hogan oedd yr Iesu?' gofynnodd Susan. Roedd *rhaid* ei bod hi'n malu cachu! 'Na, wir 'ŵan,' aeth rhagddi. 'Y cysyniad o berson da sy'n blentyn i Dduw ydi'r hyn sy'n graidd i'r hanes. Gan gymryd *bod* yna berson o'r fath wedi bodoli, ma'n bur bosib mai'r hyn sgynnon ni heddiw ydi llurguniad traddodiad patriarchaidd – drwy Rufain *misogynist* – ar wirionedd llawer mwy benywaidd.'

'A mae rhai'n dweud fod dynes ydi Duw,' ategodd Heidi.

To'n i ddim wedi mentro edrych ar Doreen ers cychwyn y ddarlith athronyddol, ond dôi sŵn fel balŵn yn gollwng gwynt o'i chyfeiriad hi rŵan a phawb wedi troi i sbio arni'n llawn consýrn.

'Lol botes maip!' arthiodd, â'i hwyneb yn gochach na siwmper Jac y Jwc. 'Chlwish i *rioed* y fath rwtsh! Be uffar sy o'i le ar cnoc-cnoc-sori-'sna'm-lle-yn-y-llety-stabal-aur-thus-myrr-sêr-y-nos-yn-gwenu-nos-da-adra?!'

Wnaeth hi ddim rhoi cyfle i neb ateb. Mi gododd a martsio draw at ei chwaer ym mhen pella'r neuadd a dechrau cadw'r beiciau, er mawr ofid i'r plant oedd yn dal ar eu cefnau. Anogodd Tina y rhai bychain i ddyfod ati hi i chwara *sticklebricks* wrth y bwrdd rhag cymell mwy ar Gorwynt Doreen.

Ni wnaeth ymfflamychiad Doreen fawr o ddim i darfu ar garlam y ceffylau roedd Heidi a Susan a Melangell yn eu marchogaeth yn ffri. Cysurais fy hun fymryn o'u gweld ill tair yn cyd-dynnu wedi blwyddyn o gecru, cyn cofio y dôi awr y tynnu o'r het/potyn/bocs, a chastio Mair.

Roedd Susan wrthi'n rhestru'r tair eitem oltyrnatif y dylid eu cyflwyno i'r Baban Iesu, amheus ei ryw, yn lle aur a thus a myrr: paciad o *baby-wipes*, eli tetha poenus a chopi o *The Female Eunuch*. Ffafriai Heidi focs o *terries*, pwmp godro â llaw a chwpwl o *babygros* cywarch.

'Na, o ddifri 'ŵan,' torrais ar draws eu harabedd. 'Sgynnon ni fawr o amser…'

Yn y diwedd, cytunwyd ar focsys lliwgar a neb yn gwbod be oedd ynddyn nhw, defnyddio'r ddoli ddu heb glwt a gwisgo Mair mewn dyngarîs efo clustog tu mewn a thiwbigrip am ei fferau i gynrychioli aberth beichiogrwydd a merthyrdod benyweidd-dra'n gyffredinol. Awgrymodd Tina, o ben draw'r neuadd, roi siaced amryliw i Joseff, a fentrodd neb ei chywiro drwy ddatgan ei bod hi'n amlwg wedi drysu ei Joseffsys.

Trodd y sylw'n ôl at y castio. Câi Sam, fel yr hyna, fod yn Joseff (addawodd ei fam ddod o hyd i siaced fraith iddo ei gwisgo) gyda Nebo, Myfyr ac Osian yn fugeiliaid; câi Kayleigh Siân a Shaniagh Wynne fod yn Bobol Dda/Angylion. Ac yna Lowri/Brengain/Tree yn Mair/Llefarydd a Gŵr y Llety/Tri Gŵr Doeth yn Un, yn dibynnu ar ganlyniad y tynnu o het/potyn/bocs.

Cofiodd Heidi am Herod, ac awgrymu gwisgo masg George Bush am wyneb un o'r hogiau. Awgrymais gadw Herod allan o'r how-di-dw.

Un mater bach oedd yn weddill. Es draw at Doreen, a oedd yn dal i fytheirio dan ei gwynt am ddwlaldod y tair cynhyrchydd, a rhyngon ni, mi sgwennon ni enwau Tree a

Lowri a Brengain ar dri darn bach o bapur.

'Gobeithio i'r nefoedd mai Tree eith â hi,' meddwn i'n ddistaw wrth Doreen. Roedd Melangell a Susan a Heidi ynghanol trafodaethau dwys ynghylch natur fenywaidd y Duwdod. Byddai i Tree ennill yr anrhydedd o fod yn Fair feichiog faricoslyd yn achub fy nghroen ar ôl fy addewid i Heidi, nôl yn niwloedd hanes, ac yn osgoi ailddechrau'r rhyfel rhwng y ddarlithwraig a'r gyfreithwraig.

Daliodd Doreen fy llaw wrth i mi sgrwnsio'r darnau papur yn beli bach. Cyfarfu ein llygaid. Bu bron i mi â deud wrthi nad oedd gen i ddiddordeb, sori, yn enwedig rŵan bod Iestyn efo fi, pan agorodd hi un o'r peli bach sgrwnsiog, a chan droi at y tair arall i neud yn siŵr nad oedden nhw'n sbio, edrychodd ar yr enw. Sgrwnsiodd ef drachefn cyn agor yr ail belen bapur. Lledodd gwên fach dros ei hwyneb wrth iddi droi'r blwch pensilion ben-i-waered a gosod dwy o'r peli papur i mewn ynddo.

'Reit 'ta! Mair!' cyhoeddodd yn uchel i bawb glywed fel y caen ni oll dystio i broses ddemocrataidd ar waith. Tawodd y tair yn ddigon hir i nodi bod Doreen wedi codi pelen bapur o'r potyn mewn dull cyfiawn a theg.

Gwyddwn o'r gorau fod y belen bapur ag enw Tree arno yn llaw Doreen cyn iddi ffugio ei dynnu allan. Doreen, ti'n werth y byd!

'Tree!' cyhoeddodd Doreen yn llawn syndod gorfoleddus ac aeth â'r darn papur draw at Melangell a Susan iddyn nhw gael tystio'n swyddogol nad oedd 'na dwyll na chamweinyddu cyfiawnder, na *hanging chads* yn llesteirio proses y dewis.

'Lowri'n Llefarydd 'ta!' Manteisiodd Melangell ar eiliad o siom Susan. 'A gwraig y llety,' ychwanegodd.

'A Brengain yn Dri Gŵr Doeth,' cyhoeddodd Susan, yr un mor fodlon yn y diwedd.

A finna wedi cael dihangfa rhag torri addewid i Heidi.

Tree yn Fair (drymfeichiog, bachgennaidd); Lowfi'n Llefafydd a Gwfaig y Llety; a Brengain yn Dri Gŵr Doeth yn Un.

Cafwyd heddwch ar ddaear lawr.

Medrwn ddeud arno fo'r munud cyrhaeddodd o fod rhywbeth yn bod. Wedi'r cwbwl ro'n i wedi bod yn mynd allan efo fo ers bron i saith mis.

Cwarfod ar y prom yn Llandudno wnaethon ni. Ro'n i wedi galw yno i siopa ar y ffordd nôl o fynd â Gwion at Seimon, ac wedi bod yn gwario drwy'r bore gan dreulio cyfran helaeth ohono'n ceisio dod o hyd i anrheg i Iestyn. Cythraul o waith, gan na fedrwn feddwl am ddim byd fyddai'n ddigon arbennig ac eto heb fod yn *rhy* arbennig. Anrheg oedd yn deud, 'mi w't ti'n sbesial' ond ddim un oedd yn deud, 'yli, pr'oda fi'r cwd'. Wnâi rhyw declyn i'r tŷ ddim y tro gan fod ganddo bob dim roedd o'i angen yn barod, ac roedd CDs yn rhy fychan a ffwrdd-â-hi. Go brin bod athro ysgol deugain a phump oed, a fu'n byw mewn tŷ modern cyffyrddus efo'i wraig am dros ddeuddeng mlynedd, yn brin o unrhyw beth gwirioneddol bwysig. A fentrwn i ddim prynu watsh nag ysgrifbin aur na dim byd ofnadwy o ddrud o'r fath – yn y lle cynta, am na fedrwn i fforddio ac, yn yr ail le, am y bydden nhw'n cael eu hystyried yn anrhegion rhy bersonol, rhy hir dymor, ac yn absenoldeb unrhyw ymrwymiad hir dymor ar ein rhan (dim ond saith mis oedd hi'n y diwedd), byddai anrheg felly'n rhagdybio gormod.

Bodlonais ar ddilledyn – fflîs go dda o'r siop bethau dringo – a stwffio'r bag i waelod bag arall rhag iddo'i gweld. Gallwn bob amser brynu rhyw ddau neu dri o fanion ati os argoelai pethau'n dda yn ystod y tair wythnos cyn y Nadolig. Ceisiwn beidio meddwl gormod am yr ŵyl, gan nad oedd gen i syniad eleni lle byddai neb. To'n i ddim wedi mentro gofyn i Iestyn a hoffai o ddod draw ata i i dreulio'r diwrnod, na gofyn i Gwion ai efo fi neu efo'i dad oedd o am fod. Roedd meddwl am Dolig heb Gwion yn codi ofn arna i: fyddai Iestyn ddim yn medru llenwi'r bwlch waeth pa mor dda roedd pethau rhyngon ni. Dair blynedd yn ôl, aethai Gwion at Seimon a'r teulu am dridiau hyd ddydd Gŵyl San Steffan, ac mi wnes i fwy neu lai anghofio'r Dolig tra bu i ffwrdd.

Gallwn weld Iestyn yn sefyll wrth fainc ymhell cyn i mi ei gyrraedd. Ro'n i wedi ei ffonio y noson cynt i drefnu cyfarfod am ginio bach. Doedd Iestyn ddim awydd dod nôl efo fi – rhywbeth wedi codi efo'i waith medda fo a wnaeth o ddim manylu. Tarodd hynny fi'n rhyfedd, ond ro'n i ar frys i fynd draw at Susan i orffen rhoi trefn ar ddrama'r geni, felly wnes i ddim oedi dros ei dawedogrwydd ar y ffôn. Ond wrth gerdded ato ar draws y prom, gwelwn fod rhywbeth yn gwasgu arno: roedd o'n sefyll, yn un peth, er bod y fainc yn wag, ond fedrai o ddim aros yn llonydd, ac roedd golwg nerfus ar ei wyneb o.

'Iestyn...' Trodd ata i'n sydyn, a dechrau cerdded i 'nghwarfod. 'Ti'n iawn?'

'Mared...'

'Be sy?'

'Dim byd, pam?'

'Ma rwbath, fedra i ddeud.'

Rhoddodd gusan i fi yn lle ateb, a chadarnhaodd hynny fy ofnau. Cynigiodd ein bod yn mynd am baned. Fedrai o ddim aros yn hir, ond ro'n i isio mynd i waelod pethau ar unwaith. Er ei bod hi'n rhynllyd oer, mynnais ei fod yn eistedd ar y fainc a deud wrtha i beth oedd yn bod. Mi wadodd eto, a cheisio manylu ar yr holl waith oedd ganddo i'w wneud, gan wneud dim mwy nag ategu i mi nad oedd ganddo fawr ddim gwaith i'w wneud ond bod yr ychydig yn gneud esgus handi i leddfu cydwybod euog.

'Deud, Iestyn...' meddwn i. 'Ti 'di blino arnan ni. Ti 'di cwarfod rywun arall. Pw' 'di? Y be-oedd-'i-henw-hi, yr athrawes 'na...?'

'Paid â rwdlan, Mared!'

Dydw i ddim yn greadur mwy cenfigennus nag unrhyw ddynes arall. Ond dwi'n gallu darllen wynebau, a fedrwn i'n fy myw â chau wyneb yr athrawes arall 'na ym Mae Colwyn, pan darodd hi ar Iestyn a fi'n cael smôc tu ôl i'r siop, allan o fy meddwl. Roedd 'na berchnogaeth yna, gweld colli meddiant ar rywbeth roedd ganddi hawl iddo.

Anadlodd Iestyn anadliad annioddefol o hir a gwyddwn fod y cachu ar hitio'r ffan, a chymryd mai fi oedd y ffan.

'Ma Gwen yn 'i hôl,' medda fo. 'Do'th hi nôl echdoe.'

'O,' meddwn i. Be arall fedrwn i ddeud?

Eglurodd iddo ddod adre o'r ysgol a'i chanfod hi a'i phethau yn y tŷ.

'Ond be am yr ysgariad?' holais gan gadw emosiwn o fy llais gymaint ag a fedrwn.

'Ia'n de,' medda fo.

Iestyn oedd wedi llusgo'i draed efo'r ysgariad ar y cychwyn. Roedd o wedi cyfadde hynny wrtha i'n fuan iawn yn ein carwriaeth. 'Sbyrms yn nofio ffor' rong' oedd yr unig esboniad ges i dros y gwahanu, a fysa ond i un ohonyn nhw nofio chydig bach i'r cyfeiriad iawn yn ddigon, ond arhosodd Gwen ddim yn ddigon hir efo fo iddyn nhw gael tro ar anelu ffor' reit. Ond roedd Iestyn hefyd wedi fy sicrhau sawl gwaith bod yr ysgariad bellach yn mynd rhagddo, bod popeth ar y gweill, yn nwylo'r cyfreithwyr, ac mai dim ond mater o amser fyddai hi...

'Dyna fo 'lly,' meddwn i. 'Dduda i ta-ta rŵan.' Medra i swnio'n ddidaro yn wyneb adfyd cystal â'r un ddynes sy'n cuddio'i chlwyfau.

'Na, ti'm yn dallt…' mynnodd Iestyn. Fedrwn i ddim gweld be arall oedd 'na i'w ddallt. Ro'n i wedi ca'l 'y nhwyllo ganddo fo i gredu nad oedd i Gwen le yn ei fywyd bellach, mai fi oedd yr unig un roedd ganddo lygad iddi. 'Dw'm *isio* hi nôl… dwi isio *chdi*.'

Os oedd o isio fi, fysa 'run o draed Gwen wedi cael aros eiliad yn ei dŷ fo. Ond yn ôl yr hyn roedd o'n ddeud, roedd hi'n dal yno. Clir fel twllwch i ddyn dall.

'Ma hi'n sâl,' medda fo wedyn. 'Newydd ga'l deiagnosis…'

Handi iawn, meddyliais i.

'MS.'

Gadawodd i'r ddwy lythyren hofran rhyngthan ni, fel pe baen nhw'n egluro pob dim ac yn ddiwedd y stori. Aeth y saib yn funud o hyd, a finnau'n damio na allwn gerdded oddi wrtho. Ni allwn lai nag amau'r salwch – naill ai ei amau fo o ddeud celwydd wrtha i, neu ei hamau hi o ddeud celwydd wrtho fo.

'Dw'm yn gwbod be i neud,' medda Iestyn wedyn i dorri ar y tawelwch.

"Sna'm ond un peth i neud,' meddwn i'n ddigon swta. 'Ti'n cario mlaen fel tasa chi rioed wedi gwahanu.'

'Ma'n anodd deu'thi am fynd a chymaint o'i blaen hi… cadair olwyn, a… dwn i'm…'

'Yndi, siŵr.' Digon oeraidd. 'Dos adra… dos ati. Anghofia hyn…'

'Dw'm isio anghofio hyn!' Roedd o wedi troi i sbio arna i ac yn gafael yn'a i gerfydd 'y mreichiau. 'Dw'm isio dy golli di, Mared. Ond fedra i'm jyst gada'l iddi ddiodda ar 'i phen 'i hun chwaith… ddim un fela ydw i.'

Codais i fynd.

"Sa well i ti neud be bynnag sy rhaid i chdi,' meddwn i a chychwyn i gyfeiriad y maes parcio dan do. Ro'n i isio mynd adra, adra i'n lle fy hun efo 'mhetha fy hun o 'nghwmpas i, nôl at y cyfarwydd, fel pe na bai'r saith mis dwytha rioed wedi digwydd. Cofiais am y fflîs yn y bag a bu bron i mi ei thynnu allan a'i lluchio ato fo ond gweithred ferthyraidd fyddai honno: yli be dwi 'di brynu i chdi, a *fel'ma* ti'n 'y nhrin i! Mi wnâi i Gwion ar binsh be bynnag. Gwell na gwastraffu pres.

Cerddais oddi wrth y fainc gan ewyllysio iddo ddod ar fy ôl, yn erfyn maddeuant ac yn pledio gwallgofrwydd am fod wedi hyd yn oed *ystyried* mynd nôl at Gwen. Ond wnaeth o ddim, wrth gwrs. 'Mond mewn ffilmia ma' petha felly'n digwydd, a tydw i ddim yn edrych yn ddigon tebyg i Nicole Kidman i haeddu'r fath addoliad.

'Sa fo 'di gallu gweiddi rhywbeth er hynny. Ychydig *bach* mwy na 'mond gadael i fi gerdded i ffwrdd. Daliais y dagrau tan ro'n i'n y car. A chrio mwy wedyn wrth gofio na fyddai Gwion adra'n aros amdana i. Damia Prestatyn! A damia Iestyn!

'Wel?' gofynnodd Gwion y munud y gadawodd car ei dad a'r ddau sgwifflyn bach o'i eiddo efo fo. 'Be fuoch chi'n neud? Neu ella 'sa well mi beidio gofyn, 'cofn ca i wbod!'

Methais â dal, a chafodd Gwion wybod y cyfan am brofiadau prom Llandudno. Mi afaelodd o yndda i, fath â dyn go iawn, a rhoi 'caru mawr' annwyl i mi.

Ro'n i'n ymwybodol bod Gwion yn mynd i'w golli hefyd. Roedd o wedi buddsoddi cryn dipyn o ymdrech yn 'y mherthynas i â Iestyn. Wedi'r oerni cychwynnol, daethai'r ddau'n ffrindiau. Ro'n i wrth 'y modd yn cael cwmni'r ddau efo'i gilydd a gweld y cyfeillgarwch oedd rhwng fy mab a 'nghariad. Mi fynnodd Iestyn fod Gwion yn dod hefo ni pan aethon ni allan ar fore braf o haf bach Mihangel i ddringo Tryfan a fuodd jest â'n lladd i, ond a oedd megis bryncyn yng nghefn y tŷ i 'nau ddyn i. Ddaeth o efo ni hefyd pan benderfynodd Iestyn y bysa'n llesol i ni gyd fynd ar heic feics rownd Sir Fôn. Ar un adeg, ro'n i wedi tynnu coes Iestyn mai gweld cyfaill yn Gwion roedd o go iawn, ac mai jyst esgus dros gynnal y cyfeillgarwch hwnnw oedd ein carwriaeth ni.

'Sori,' meddwn i wrth Gwion rŵan.

'Am be?' medda fo gan dynnu'n rhydd o'r goflaid.

'Am bo chdi 'di colli ffrind.'

Mi chwerthodd Gwion, chwara teg, a deud bod ganddo ddigon o ffrindiau ei oed o'i hun, diolch yn fawr, heb fod isio chwilio am rai yn eu deugeiniau, ac er bod Iestyn yn hen foi iawn yn arfer bod, doedd o ddim rŵan ar ôl iddo fo 'nympio i (gan ddefnyddio terminoleg Gwion).

Bechod na 'swn i'n medru cymryd yr un agwedd ag o at y petha ma.

Pan welodd Doreen fi'n cadw'r *sticklebricks* yn y bocs ceir bach a'r anifeiliaid fferm efo'r *Duplo*, fuo hi ddim yn hir yn rhoi dau a dau at ei gilydd.

'Iestyn...?' meddai.

'Be amdano fo?' meddwn i.

'Mae o 'di bod ar dy feddwl di drw bora. Ti'm hefo ni o gwbwl.'

'Pam dylsa fo fod yn Iestyn? Pam na fedar rhwbath arall fod yn bod?'

'Dim rheswm o gwbwl,' medda Doreen. 'Fo ddoth i'n meddwl i gynta, 'na'r cwbwl.'

'Cant allan o gant,' meddwn i gan anadlu'n ddwfn. 'Iawn tro cynta.'

To'n i ddim wedi bwriadu arllwys 'y nghwd wrth Doreen – o bawb! – ond roedd hi wedi 'nal i ar eiliad wannach na'r cyffredin. Ro'n i wedi bod yn troi digwyddiadau prom Llandudno rownd a rownd yn 'y mhen ers tridia, ac yn methu dod i unrhyw gasgliad. Ro'n i *wir* isio gwbod a oedd Iestyn yn deud y gwir – gwelwn rŵan fod y peth yn bwysig: os *oedd* Gwen yn sâl, a'i fod o'n deud y gwir ynglŷn â'i ddyletswydd iddi, a'i deimladau dwfn o ata i, yna ella 'mod i wedi bod fymryn yn annheg efo fo. Nes rŵan, doedd y posibilrwydd ei fod yn deud y gwir ddim wedi bod yn uchel iawn ar fy rhestr o ddehongliadau o'r hyn ddywedodd o.

Penderfynais ddeud wrth Doreen be oedd wedi digwydd, yn union fel y digwyddodd o ddydd Sadwrn. Fûm i ddim yn hir yn cael fy nadrithio eto fyth.

'Cachu rwtsh!' cyhoeddodd Doreen yn ddigon uchel i Nebo ailadrodd yr ymadrodd yn yr un goslef llais â hi'n union. Roedd o wedi plannu ei law hyd at yr arddwrn i ganol y potyn paent coch. 'Typical dyn! Methu jest *deud*... goro sbinio rhw glwydda rownd y rîl.'

'Ti'm yn meddwl 'i bod hi'n sâl go iawn 'ta?' holais yn lloaidd.

'Gyn iachad â chdi a fi, fetia i. Jest isio gneud gorffan hefo chdi'n haws.'

'O.' Dyna fi wedi cael slap yn fy wynab am ofyn.

'Doro gora iddi'r cythral bach!'

Nebo. Ddim fi.

'Cyfan dduda i,' medda Doreen wedyn, cyn cipio Nebo dan ei braich i fynd ag o i olchi ei law, ''sna'm ond un ffordd o wybod.'

'O?' sbiais arni'n ddwl.

'Dos draw 'na a gweld drosta chdi dy hun. Gofyn iddi *hi* be 'di be.'

'O,' llawn gwae. "Sa well gin i beidio…'

'Mared, dwi'n cymyd,' medda'r ddynes a atebodd y drws. Doedd dim golwg o gadair olwyn, nac awgrym bod angen un arni.

Ro'n i wedi bod yn eistedd yn y car yn sbio ar y tŷ o bellter parchus am dros hanner awr yn ceisio magu digon o blwc i fynd i guro ar y drws, ac yn damio Doreen eto am fy ngwthio i wraidd pethau. Ar y dŷd o droi'r allwedd i ailgynnau'r injan ro'n i pan ddisgynnodd niwlen afrealrwydd amdana i fel mantell warcheidiol. Galluogodd y teimlad hwnnw o afrealrwydd fi i gamu allan o'r car ac anelu am ddrws y tŷ. Er mai tŷ ar stad oedd o, bocs o dŷ wedi'i glônio ar y tŷ drws nesa a'r tŷ drws nesa wedyn hyd at y nawfed clôn, do'n i ddim yn ymwybodol o bresenoldeb yr un heblaw hwn â'i ddrws glas.

A dyma hi, yn sefyll o fy mlaen, yn iach fel cneuen o ran ei golwg, ac yn llawer meinach o gwmpas ei chanol na fi.

'Mared?' 'Swn i wedi tyngu ei bod hi'n fy nisgwyl i gan mor ddidaro oedd ei chyfarchiad.

'Ia,' cadarnhais. "Di Iestyn adra?' Gwnes ymdrech â phob cyhyr yn fy nghorff i swnio yr un mor ddidaro â hithau.

Rhoddodd fflic bach sydyn i'w gwallt syth, golau a ddisgynnai hyd at union ddau filimedr uwchben ei hysgwyddau, ac agor y drws yn lletach i 'ngadael i i mewn.

Roedd Iestyn *yn* dod i lawr y grisiau a thywel am ei war yn sychu ei wallt, ac ar ganol gofyn fysa hi'n licio têc awê i swpar pan welodd o fi. Tawodd ar ganol awgrymu *'chow… '* a delwi'n fwy syfrdan na'r 'llwynog' am hanner eiliad a'i wallt yn das wair anniben dros ei dalcen.

'Be ti'n neud ma?' holodd, fel pe bawn i wedi canfod fy ffordd ar feic i un o foroedd y lleuad.

'Oedd rhaid i fi ga'l dŵad i weld drosta fi fy hun,' meddwn i gan geisio ffrwyno'r nerfusrwydd yn fy llais. Daliai Gwen i sefyll yno, fel pe bai hi mewn cynulleidfa theatr.

Ro'n i wedi bod yn y tŷ o'r blaen, bedair neu bump o weithiau dros y misoedd, ond teimlai'n gwbl ddieithr i mi rŵan, wyneb yn wyneb â Gwen oddeutu'r bwrdd coffi. Methais ag atal fy llygaid rhag crwydro at y soffa lle'r oedd Iestyn a fi wedi bod yn gwneud pethau na feddyliwn yn bosib gwta saith mis yn flaenorol, i ddau yn eu deugeiniau.

'Ama 'ngair i oedda chdi?' Bradychai ei lais tawel ei siom, nes fy mwrw oddi ar fy echel yn llwyr.

Ro'n i wedi bwriadu ymhelaethu, egluro fod 'na rai pethau sy'n rhaid i mi eu gweld drosof fy hun, fod 'na rai geiriau sy'n anodd eu derbyn heb gadarnhad.

'A' i nôl y tabledi a'r papur doctor,' meddai Gwen yn gynorthwygar fel pe bai hi'n cynnig paned, a gwenodd wên fach sinistr wrth anelu am y gegin.

I be oedd isio i fi fod wedi gwrando ar *Doreen*, o bawb?!

'Yli Mared... os nad oedda chdi yn 'y *nghoelio* i...'

Gadawodd i'r frawddeg hongian rhyngon ni. Dychwelodd Gwen a stwffio papur doctor a rhyw lythyr arall – efo enw rhyw arbenigwr ar ei waelod – o flaen 'y nhrwyn.

'Diolcha nad chdi sy'n goro byw hefo fo,' meddai Gwen yn sur.

Am eiliad, tybiais mai am Iestyn roedd hi'n sôn, nes sylweddoli mai siarad am ei hafiechyd oedd hi, ac es i i deimlo'n ofnadwy o flin efo fi fy hun. Roedd hon yn wynebu andros o fynydd nad oedd gen i 'mo'r arlliw lleia o ddirnadaeth am ei faint o hyd yn oed, heb sôn am wbod sut 'swn i'n ei ddringo. Anelais am y drws, isio i'r awyr fy llyncu.

'Ti'n anghredadwy,' meddai Iestyn yn ddistaw wrth i mi ei basio am allan. Dan amgylchiadau gwahanol, byddwn wedi croesawu'r un geiriau'n union.

'Penderfyniad Iestyn ydi o yn y diwadd,' meddai Gwen. ''Sa well i chdi fath â finna ada'l iddo fo neud y dewis.'

Es oddi yno â 'nghynffon i fyny 'nhwll tin. Damia las! Damia piws, coch, du a damia Doreen...

'Wel?' medda Doreen yr eiliad y cerddais i mewn i'r neuadd y bore canlynol.

'Wel be?' holais.

'Est ti draw 'na?'

Methais ag atal fy hun.

'*Jest paid holi*!' poerais ati cyn slamio'r beics ar lawr ac ond osgoi hitio Brengain o hyd blewyn trwyn. Gwawriodd rhyw olwg 'o'n i'n iawn 'lly' dros wyneb Doreen a bu ond y dim i mi â rhedeg oddi yno.

Wrthi'n damio Gwion am anghofio'i oriad eto o'n i pan agorais i'r drws a gweld Iestyn yn sefyll ar y rhiniog a golwg smala fatha'r robin goch arno fo.

Y peth cynta fedrwn i feddwl am ei ddeud oedd 'Sgin ti'm ysgol?' ac mi ddaeth o i mewn heibio i mi'n ddiwahoddiad gan fwmian rhywbeth ynglŷn ag 'un diwrnod o sici mewn pum mlynedd ar hugain ddim yn gneud yn rhy wael'.

Eisteddodd o ddim. Doedd ganddo ddim bwriad aros yn hir. Mwmiais fy edifeirwch am fod wedi galw heibio iddo fo a Gwen, a barnu wrth wneud na ddyliwn geisio rhoi esgusodion.

"Dio'm bwys 'ŵan,' meddai. 'Ella 'swn inna 'di gneud 'run fath yn dy le di. Yli,' dechreuodd, fel pe bai o'n egluro i blentyn, a phwy o'n i weld bai arno fo am hynny? 'Dwi isio i chdi drio dallt. Fedra i'm gneud penderfyniad ar hyn ar chwara bach.'

Aeth rhagddo i bwysleisio nad oedd o isio 'ngholli i ac ar yr un pryd, doedd o ddim isio osgoi ei ddyletswydd i Gwen.

'Dyletswydd gŵr,' meddwn i gan geisio cadw'r cyhuddiad o fy llais.

'Ia,' ategodd yntau'n bendant heb ostwng ei olygon.

Sylweddolais fod Gwion yn sefyll yn y drws yn gwrando.

'Be wyt *ti isio* ydi o yn y diwedd, neu fyddi di ddim yn gneud dy ddyletswydd i neb,' meddai wrth Iestyn cyn troi am y gegin.

Ces nerth gan ei bresenoldeb a gofynnais i Iestyn, yn dawel fonheddig, a fysa fo'n hidio gadael.

'Plîs, Mared,' medda fo wrth fynd drwy'r drws. 'Nei di roi amsar i fi...? Jyst cyfla i fi feddwl...?'

Rhois nòd bach sydyn a chau'r drws arno. Roedd gen i goron Tri Gŵr Doeth yn Un i'w phaentio i Brengain, a phenwisg i fynd efo siaced fraith Joseff i'w chreu i Sam...

Glaniodd noson Drama'r Geni. Plant yr Ysgol Gynradd oedd i berfformio'n gyntaf, tra ceisiai'r mamau a finnau gadw rheolaeth ar ein praidd yng nghefn y neuadd hyd nes y dôi eu cyfle nhw i ddangos eu doniau. Pwy bynnag drefnodd ein cadw ni'n ola, roedd o'n haeddu bilwg drwy ei ben. Cafwyd cefndir o 'Shshshshshshshsh' drwy holl ddarnau'r plant cynradd, a phitran patran traed bach yn rhedeg o un ochr i'r llwyfan i'r llall tu ôl i'r llenni yn y cefn, a stomp stomp stomp y mamau ar eu holau. Ar wahân i ambell sgrech, er hynny, llwyddwyd i gadw'r caead ar lanast llwyr.

Ro'n i wedi treulio'r pythefnos cynt mewn tomen o hen ddillada, a gyfrannwyd gan y mamau, i geisio llunio gwisgoedd, a thomen gyfuwch o focsys carbord ar gyfer creu'r cefndir a'r bocsys aur-thus-a-myrr. Diolchwn na ches i ormod o gyfle i lyfu 'nghlwyfau gan fod rhaid ysgarthu'r meddwl o unrhyw fater ar wahân i gynhyrchiad y plant. Câi unrhyw alaru oedd gen i'w wneud dros Iestyn aros tan wedyn: câi bywyd yn ei gyfanrwydd aros tan wedyn. Roedd amser wedi ei hollti'n ddau: Bywyd Cyn Drama'r Geni a Bywyd Ar Ôl Drama'r Geni, er na fedrwn ddychmygu'r fath wynfyd a finnau hyd at fy nghorun mewn carpiau a bocsys carbord.

Roedd Osian wedi taflu fyny dros ben y ceir bach yn y Cylch y bore hwnnw jest cyn ein Hymarfer Gwisgoedd Olaf. Troesai Doreen ei thrwyn ar y chwd *Coco Pops* a lynai'n gacen dros un *Vauxhall Astra* ac un *Lamboughini Diablo* cyn gwisgo bag Tesco'n faneg am ei llaw a lluchio'r ddau gar yn ddigwafars i'r bin. Hanner gobeithiwn y byddai Osian yn rhy gwla i ddod i'r perfformiad gan ofni'r cyfuniad o fugail a bỳg stumog uwch gwair y preseb, a diolchais yn ddistaw bach pan ffoniodd ei fam fi'n llawn ymddiheuriadau na fyddai Osian yn ddigon da i 'actio' heno. Doedd ei ran yn y ddrama ddim yn gofyn am fwy na'i ymbresenoldeb wrth y preseb, felly go brin y byddai neb yn gofyn am ei bres yn ôl wrth y drws yn sgîl ei absenoldeb disymwth.

Cytunwyd ar grud *Baby Born* Kayleigh Siân a Shaniagh Wynne fel preseb, a bu'n frwydr hir i geisio cael caniatâd yr efeilliaid i dynnu'r mobeil bach a oedd yn hongian wrtho ac yn jinglo-canu *The Sandman* rownd a rownd a rownd.

Y munud y daeth hi'n amser i Gylch Meithrin Nantclagwydd lwyfannu eu Drama'r Geni, hysiais y mamau, ar wahân i Doreen a Tania, i eistedd yn y seddau oedd wedi eu cadw iddyn nhw yn nhu blaen y neuadd. Lowfi oedd yn mynd ar y llwyfan gynta.

'Mae gwyfth y geni yf un fath i ni heddiw ag yf oedd o adag geni'f baban Iesu.'

Doedd ganddi ddim syniad be oedd hi'n ei ddeud fwy na'r un o'r cymeriadau eraill, ond roedd Susan a Melangell a Heidi wedi treulio nosweithiau'n chwysu dros yr union eiriau i'w llefaru.

Wedyn daeth Tree i mewn, yn ei dyngarîs pyg efo clustog y tu mewn fel na fedrai gerdded bron. Dechreuodd un neu ddau o'r llanciau yng nghefn y neuadd – Gwion yn eu plith – chwerthin, ond sysiwyd nhw i ddistawrwydd pur sydyn gan famau a thadau'r perfformwyr, a'r neiniau a'r teidiau, modrybedd, ewythrod a cefndryd hyd at y nawfed ach, a eisteddai yn y gynulleidfa.

Trodd Tree i sbio tu ôl iddi, o'r man y daeth, yn ôl y gorchymyn a sibrydwyd gan Doreen wrthi o ochr y llwyfan.

'Joseff!' galwodd ar dop ei llais, yna troi nôl at y gynulleidfa a rhoi ei dwylo ar ei morddwydydd. 'Typical dyn!'

Chwerthodd pawb – yn ôl y disgwyl y tro hwn.

Cerddodd Tree at flaen y llwyfan gan fwytho'i bol a chodi llodrau'r dyngarîs i ddangos y tiwbigrip am waelod ei choesau a mwytho hwnnw wedyn i leddfu'r boen yn ei faricos fêns.

Yna daeth Joseff yn ei gôt amryliw ar y llwyfan, a golwg bron â bod wedi boddi ynddi ar Sam druan. Lowfi oedd â'r dasg o siarad drosto, gan i ni farnu bod peryg i Joseff yngan gair o reg pe baen ni 'di caniatáu iddo ddeud rhywbeth.

'Joseff oedd y tad,' meddai Lowfi'n glir. 'A'i le fo oedd edfych af ôl Maif, ef bod Maif yn ddigon abal i edfych af 'i hôl hi'i hun.'

Bu'n rhaid i mi edrych heibio i len y llwyfan i weld pa argraff roedd geiriau'r Efengyl yn ôl Heidi, Susan a Melangell yn ei gael ar Blodwen Davies. Roedd ei gên hi'n cyffwrdd y llawr ar yr ymwadiad o'r Iesu fel mab i Dduw... a chanmolais fy hun yn dawel bach ar fod wedi gofyn i'r mamau gymryd gofal o'r sgript.

'O! O! O!' meddai Tree gan ddal ei bol. Chwarae teg, roedd hi'n uffar o actores fach dda, ac yn cyfleu poen y geni yn bur dda o ystyried nad oedd hi eto'n bedair oed. Rhaid bod Heidi wedi treulio aml i noson yn hyfforddi ac yn cyflwyno gwybodaeth i'r fechan, a'i thrwytho yn y *method acting* y gofynnai'r rhan amdano.

Lowfi wedyn: 'Cfafodd Joseff ei ben…'

Ar y pwynt yma, roedd Sam fel Joseff i fod i grafu ei ben, ond roedd ei ddiddordeb o bellach ar sbotio ei nain a eisteddai yn y tywyllwch yng nghefn y neuadd. Crafais fy mhen fel nytar yn y gobaith yr edrychai Sam i 'nghyfeiriad.

'Cfafodd Joseff ei ben!' cyhoeddodd Lowfi'n uwch, a dalltodd Sam. Crafodd Joseff ei ben.

'… a meddwl beth i neud,' ychwanegodd Lowfi.

'Dos i chwilio am lety!' erfyniodd Tree/Mair ynghanol gwewyr geni.

Yn y fan yma, roedd Lowfi/Llefafydd yn troi'n Lowfi/Gwraig y Llety, a gwnaeth hynny'n ddeddfol drwy symud dri cham tuag at Mair a'i phartner.

'Cnoc, cnoc, cnoc,' meddai Sam/Joseff, gan actio cnocio ar ddrws nad oedd yn bodoli rhyngddo a Lowfi. Doedd o ddim i fod i *ddeud* cnoc, cnoc, cnoc wrth wneud, ond dyna fo.

''Sna'm lle i bobol dlawd heb bfes,' meddai Lowfi'n echrydus o sarrug, 'ewch i'f stabal!' a chaeodd y drws na fodolai yn glep yn eu hwynebau. Cerddodd Joseff a Mair a'i chontracshyns rownd a rownd y llwyfan tra chwaraeai'r recordydd tâp a ddaliwn yn fy llaw fiwsig 'Does dim lle yn y llety'.

Hysiodd Doreen ei dwyferch 'angylaidd-nad-oeddynt-angylion' ar y llwyfan i guddio erchyllterau'r enedigaeth. Bodlonwyd ar wisgo'r ddwy mewn dillad tylwyth teg wedi i

Doreen fynnu – doedd hi ddim yn mynd i fynd i'r drafferth i greu dillad 'bobol dda' ddiadenydd gan fod gwisgoedd tylwyth teg gan y ddwy'n barod – a mynnodd y ddwy gario bobi hudlath serennog hefyd, er gwaetha ofnau Heidi ynghylch 'creu disgwyliadon afrealaidd yn y plant'.

Erbyn i Kayleigh Siân a Shaniagh Wynne gamu i'r ochr ar orchymyn eu mam o ochr y llwyfan, roedd y glustog a'r baban Iesu wedi eu geni (yn wyrthiol o sydyn – dyna maen nhw'n ei olygu wrth 'Wyrth y Geni' dybiwn i) ac yn gorwedd ar ffurf *Baby Born* du yn y preseb plastig a'r gwellt papur-melyn-drwy'r-shredyr. Roedd Tree wedi llwyddo i gipio'r glustog allan o'i gwisg yn rhyfeddol o sydyn a'i daflu i gefn y llwyfan.

'Daeth gweithwyf ffefm a phobol dlawd efill i weld y Baban Iesu,' cyhoeddodd Lowfi a gwthiodd Doreen Myfyr a Nebo ar y llwyfan cyn i'r un o'r ddau wybod be ddiawl oedd yn digwydd.

Gwisgai Myfyr wisg *Bob the Builder*, a Nebo wrth ei fodd efo'i wisg *Spiderman*, a brynais iddo'n arbennig ar gyfer y perfformiad. Safai'r ddau o boptu'r preseb cyn dechrau chwarae efo'r gwair.

Yn y fan yma, cododd Tree y babi dol ddibidlan, a gynrychiolai'r Addfwyn Iesu, at ei bron a thynnu un ochr o'r dyngarîs i lawr cyn sodro'r ddol i gael ffîdan. Doedd hyn ddim yn y sgript, ac mi barodd i un neu ddau mwy difanars yn y gynulleidfa chwerthin. Ond daliodd Lowfi ati, chwarae teg, fel pe na bai dim o'i le.

'A daeth pobol ddoeth hefyd,' cyhoeddodd. Camodd Brengain ar y llwyfan yn gwisgo clogyn prifysgol ei mam ac yn cario tri bocs bach wedi eu lapio mewn papur *crêpe* a'u clymu â rhubanau.

'Dyma ti, Faban Iesu,' ynganodd Brengain yn glir fel cloch. 'Anrhegion i ti eu trysori ac i gynorthwyo dy daith drwy'r byd.'

Susan oedd wedi llunio'r rhan yma o'r sgript.

'Boed i ti iechyd a llwyddiant yn dy genhadaeth i wneud y byd yn lle mwy cyfiawn i fyw ynddo.'

Ro'n i wedi gorfod deud wrth Susan bod rhaid torri geiriau fel 'anrhywiaethol' ac 'ansiofinistaidd' allan o'r sgript, a bu'n rhaid iddi gydymffurfio am unwaith. Gallwn ei gweld yn y rhes flaen yn geirio'n ddistaw tra siaradai Brengain ei llinellau, a'i hwyneb yn pefrio o edmygedd. Gwên fach fwy tila oedd ar wyneb Richard, y tad – roedd o wedi gorfod clywed y fechan yn mynd dros ei geiriau bob nos ers bron i fis dan orchymyn y fam.

Y cyfan oedd yn weddill oedd canu 'I Orwedd Mewn Preseb' i gyfeiliant y recordydd tâp. Dyma oedd yr unig gonsesiwn i draddodiad, ac roedd Doreen wedi sefyll yn bendant a diwyro dros ei gynnwys. Pwysais y botwm a dechrau canu yn y gobaith y gwnâi'r plant ar y llwyfan yr un fath.

'I orwedd mewn preseb rhoed Crëwr y byd...'

Canodd Lowri a Brengain a'r efeilliaid nerth esgyrn eu pennau, yn ddigon i ddeffro unrhyw faban Iesu tybiwn i, ond gan ddiolch ar yr un pryd nad fy llais i a Doreen fyddai'r unig leisiau i'w clywed. Roedd sylw Myfyr a Nebo'n dal wedi ei hoelio ar wair y preseb yn hytrach nag ar ganu amdano, ac roedd Sam bellach wedi anghofio'i ddyletswyddau tadol, ac yn taflu peli papur melyn o wellt at y ddau arall. Ond doedd 'na'm iotyn o ots.

Roedd y gynulleidfa bellach wedi dechrau ymuno yn y canu, ac anadlais yn ddwfn: caed llwyddiant.

Mae hynny o grefydd sy gen i'n cael ei amlygu ar noson Drama'r Geni – unrhyw Ddrama'r Geni. Aiff pob dim arall yn angof: y strach a'r ffraeo dros y cynhyrchiad, neu yn ystod y cynhyrchiad, wrth i'r plant ynganu a chamynganu eu geiriau.

Tra canai pawb, ymwthiai deigryn i fy llygaid wrth wylio'r plant, ac yna wrth wylio wynebau'r rhieni yn gwylio'r plant, rai ohonynt hwythau hefyd yn methu atal deigryn. Llifodd yr atgofion am Gwion yn sefyll yn yr union fan â'r plant dan fy ngofal. Deuai lwmp i fy ngwddf inna wrth wrando arno'n mynd drwy ei bethau: boed yn Joseff, neu'n Ŵr Doeth neu'n Fugail, roedd o bob amser yn Angel i mi.

Trawodd fy llygaid ar wyneb Melangell Wyn Parry LLB, bron yn boenus o falch o'i merch fach, a sylwais fod ei llaw'n gafael yn dynn yn llaw Mr Melangell Wyn Parry LLB, yntau'n pefrio o falchder. Eisteddai Susan wrth ei hymyl, a gwyliais hi'n tynnu hances bapur o'i llawes i sychu ei thrwyn. Heidi a Mungo wedyn, yn gwenu'n ddigon llydan i lyncu'r Neuadd a phob dim ynddi, a Bethan a'i chwech, bob un â'i sylw wedi ei hoelio ar Nebo bach a oedd yn rhywun o bwys wedi'r cyfan.

'A'r gwartheg yn brefu, y baban ddeffroes…'

Roedd Glenys yn codi ei llaw ar Myfyr a adawodd ei fomiau gwellt yn ddigon hir i godi ei law yn ôl arni hi a'i dad. Gwelais fod Tina bellach wedi symud o gefn y llwyfan i eistedd ar ben y rhes o rieni yn y tu blaen. Roedd James, ei mab hyna, wedi bod yn ffilmio'r Ddrama ar gamra bach digidol digon o sioe – gobeithiwn y medrwn ddod o hyd i rywun i wneud copïau o'i ffilm – a bellach roedd wedi troi'r camra i ffilmio'r gynulleidfa. Wnaeth Tina ddim sylwi: thynnodd hi mo'i llygaid oddi ar Sam.

'Diniw, bechod, digon i neud i chdi grio,' meddai Doreen gan ddod ata i ar ochr y llwyfan. 'Bron iawn,' ychwanegodd wedyn. Ond doedd hi ddim wedi gadael i'w llygaid hithau chwaith grwydro'n hir oddi ar yr efeilliaid bach o'i heiddo a oedd yn edrych yn ddigon o ryfeddod, un bob ochr i'r preseb.

Trois fy ngolygon yn ôl at wynebau'r rhieni a gweld nad Mrs Melangell Wyn Parry LLB, na'r Dr Susan Cadwaladr, na

Mrs Heidi Moon ac ati oedden nhw heno. Mam a Dad oedden nhw oll, ac eto'n blant hefyd, efo emosiynau plant ganddynt lawn cymaint â'r llond llwyfan o'u blaenau. Ar noson Drama'r Geni, ma'r cyfan arall, y cecru a'r manion dibwys, yn mynd yn angof, yn cael ei ddiosg ar amrantiad fel diosg gwisg ffansi, wrth i'r plant gerdded ar y llwyfan. Plant, bob un ohonyn nhw, yn ddisgyblion a'u rhieni. Diolch byth.

Tarodd fy llygaid ar Gwion yn y cysgodion yng nghefn y neuadd. Safai yno efo criw o lanciau o'r un oed, a'u golygon hwythau hefyd yn methu gwyro oddi wrth y llwyfan. Canai un neu ddau ohonyn nhw, gan gynnwys Gwion – heb ryw ormod o arddeliad, rhag colli'r 'cool' yn llwyr, ond yn amlwg yn methu peidio â chanu hefyd wrth ddotio at y bychins yn sefyll rŵan yn yr union fan ag y buon nhw'n sefyll fawr ddim yn ôl. A dacw Gwion rŵan, yn ddyn…

Rhaid 'mod i wedi dod i'r golwg rownd y llen gan i Gwion sbio i 'nghyfeiriad a gwenu'n llydan arna i nes twymo cocls 'y nghalon i. Gwenais yn ôl arno a sychu deigryn arall.

Amneidiodd Gwion ei ben at ben draw'r rhes o'i flaen, a throis fy mhen i edrych. Yno, ar ben y rhes, yn canu'n braf efo gweddill y gynulleidfa roedd Iestyn, a'i sylw wedi ei hoelio ar y plant.

Credais fod yn rhaid bod Doreen wedi 'nghlywed i'n ebychu dros y canu, cymaint oedd fy syndod o'i weld, a'r gorfoledd, a'r rhyddhad, a'r…

Roedd Iestyn wedi dod yn ôl ata i.

Es i ddim ato fo'n syth bìn pan orffennodd y noson. Trois fy sylw at glirio'r llwyfan. To'n i ddim isio rhedeg nôl i'w freichiau. Doedd pethau ddim mor hawdd â hynny.

Roedd o'n sefyll tu ôl i mi erbyn i mi godi ar ôl gorffen casglu'r gwellt.

'Sioe gwerth 'i gweld,' medda fo'n annwyl.

Arweiniais o i ochr y llwyfan rhag clustiau Doreen.

'Be na'th i chdi ddŵad?' holais yn ddigon serchog.

'O'dd hi'n bryd, ti'm yn meddwl?' gofynnodd Iestyn.

'Ydan ni rwfaint callach...?' meddwn i, heb unrhyw gyhuddiad yn fy llais. Isio gwbod o'n i...

'Mi ydw i,' medda fo. Yna, rhoddodd ei fys dan fy ngên a 'nhynnu i gusan. Mwynheais hi am rai eiliadau, cyn tynnu'n rhydd.

'Chdi dwi isio,' medda Iestyn. 'Mi oedd Gwion yn llygad 'i le pan ddudodd o mai be o'n *i isio*'i neud sy bwysica, ddim be dwi'n deimlo *ddyliwn* i neud...'

Gwion bach, yn llatai i'w fam!

'Ma'r saith mis dwetha ma 'di bod yn fendigedig,' medda Iestyn wedyn. "Swn i'm isio'i golli fo am y byd... colli chdi...'

'Na...' cytunais.

'Ma Gwen 'di derbyn,' meddai. 'Ma'i chyflwr hi'n sefydlog. Cyffuria 'ballu. Mi fydd hi'n iawn. Fedar fod ar 'i thraed o gwmpas lle'n hirach na'r un 'na ni.' Roedd y rhyddhad ar ei wyneb yn amlwg. 'Cyflwr ara ydi o ar 'i waetha, a ma hi 'di bod yn lwcus.'

'Dwi'n falch,' meddwn gan adlewyrchu ei wên. Yn falch tu hwnt. Fedrwn i ddim gwadu fod Gwen wedi creu argraff arna i y diwrnod hwnnw yn eu tŷ, efo'i llonyddwch meddwl ymddangosiadol wyneb yn wyneb â'r ddynes ddiarth a laniodd o nunlla, y ddynes oedd wedi bod yn rhannu gwely â'i gŵr. A wyneb yn wyneb â'i salwch.

'A finna,' gwenodd Iestyn. 'Ond efo chdi dwisho bod.'

'Sut 'swn i'n medru bod yn siŵr?' gofynnais.

'Fedra i 'mond rhoi 'ngair,' meddai. 'Gwthio'r ysgariad yn 'i flaen a wedyn ella…' gadawodd y frawddeg ar ei hanner.

'Ella…?' gofynnais.

'Ella 'san ni'n dau'n medru pr'odi,' medda Iestyn, gan afael yn fy ysgwyddau.

Gadewais saib hir, i'r geiriau gymryd eu lle yn fy mhen.

A dyna pryd sylweddolais i nad oedden nhw wir yn *cymryd* 'u lle yno.

'Peth ydi, ti'n gweld,' meddwn i, 'mi gymist ti'n hir i benderfynu… ac ella nad w't ti dy hun yn sylweddoli hynny, ond ma hynna ynddo'i hun yn deud rhwbath, yn tydi o?'

Ffrydiai'r geiriau cyn i mi fedru roi stop arnyn nhw. Crychai Iestyn ei dalcen. Doedd o ddim wedi ystyried mai fel'ma fyddai pethau.

'Be dwi'n olygu ydi,' meddwn i heb fod yn siŵr wir *be* ro'n i'n 'i olygu. 'Ti'n dal i feddwl y byd o Gwen on'd dwyt ti? Fysa chdi'm 'di styriad aros efo hi tasa chdi ddim. Ti'n alw fo'n ddyletswydd… ond ddim dyna ydi o, Iestyn. Ti'n dal mewn cariad efo hi. A tra ma hynny'n bod, fedar 'na ddim bod dyfodol i ni, na fedar?'

Trawyd o'n fud am eiliad, ond gwelais yn ei lygaid 'mod i wedi datgelu'r gwirionedd. Trwy gornel fy llygad medrwn weld Gwion yn taro'i ben rownd y drws, yn ein copio ni'n siarad yn glòs wrth ein gilydd, ac yn gwenu. Aeth allan yn ei ôl.

''Di hynna ddim yn wir…' medda Iestyn. 'Dwi'n meddwl y byd ohona *chdi*…'

'W't,' meddwn i'n dawel, a heb unrhyw gyhuddiad yn fy llais gobeithiwn, 'ond yn 'i charu *hi*.'

'Dowch o 'na *lovebirds*!' Daeth llais Doreen fel hwter o ben arall y llwyfan. 'Adra yn y gwely 'di'r lle i snogio a neud misdimanars, ddim ar lwyfan neuadd bentra!'

Roedd Gwion bron â chyrraedd adra. Gafaelais yn ei fraich i gydgerdded efo fo.

'Haia!' medda fo. 'Llwyddiant, Mam! Ar ddau gownt 'swn i'n ddeud. Lle mae o?'

Edrychodd o'i gwmpas am Iestyn.

"Dio'm yn dŵad efo ni,' meddwn i. 'A *fydd* o'm yn dŵad.' Anadlais yn ddwfn i adfer fy ngwynt ar ôl rhuthro o'r neuadd ar ei ôl. 'Gwion,' mentrais yn syth wedyn, gan geisio swnio mor ddidaro ag y medrwn. 'Fysa hi'n ormod i fi ofyn i ti aros adra hefo fi yn hytrach na mynd at Dad Dolig yma…?'

Rhoddodd ei fraich yn dynn am fy ysgwyddau. Doedd dim angen iddo ddeud gair.

Mi ges i fy nyn yn gwmni dros y Nadolig, a'r dyn ro'n i fwya o isio'i gwmni fo hefyd.

Mi ges ddau o gyfri Nebo – gan i hwnnw dreulio'r rhan fwya o'r gwyliau fel io-io rhwng ei gartra a'n tŷ ni – a braf oedd gweld Gwion yn ymgynefino â'i frawd-*in-loco*-brawd newydd ysbeidiol.

Llamasai amser allan o'i wely ar ffurf mis Ionawr, yn barod ar gyfer blwyddyn arall newydd sbon, a phrin roedd o wedi tynnu ei byjamas a gwisgo'i slipars erbyn i'r Cylch ailagor wedi'r Nadolig.

A dyma lle rydw i – eto…

Yn fy nghwrcwd mewn twnnel cynfas pedwar lliw i fatsio'r babell gynfas pedwar lliw yn trio breibio Osian allan ohono hefo cystyd-crîms. Mi benderfynodd ymneilltuo rhag prif ffrwd cymdeithas chwartar awr yn ôl er mwyn ceisio darganfod ei hunan mewnol mewn noddfa rhag llygaid gweddill y byd, a ninnau isio lapio'r bali noddfa i ni ga'l canu Iesu Tirion a mynd o ma.

'Jest gafa'l yn'o fo a tynn o allan!' ydi gorchymyn Doreen o'r tu allan i'r twnnel fel pe bawn i yn y broses o eni oen.

Diolch byth, gwell gan Osian y cystyd-crîms dros gael ei lusgo allan gerfydd ei war yn y dull Doreen-aidd, a daw allan ei hun.

Wrth ymsythu, gwelaf fod Sam wrthi'n tynnu gwallt Shaniagh Wynne a Doreen yn sgrechian arno i beidio, a Tina'n sgrechian arni hi i beidio sgrechian ar ei mab, a Doreen yn sgrechian nôl.

'Paid-â-sgrechian-a'na-fi-jest-achos-bo-gin-ti'm-control-drosd-dy-blydi-fab!'

'Blydi fab,' ailadrodda Nebo'n ddeddfol wrth adeiladu gwn efo'r *Duplo* i saethu Brengain, ond mae Osian – ar ôl ailymuno â'r byd – wedi cael syniad gwell am ffordd o saethu Brengain. Mae'n dechrau agor ei falog yn fygythiol i dynnu ei bidlan allan.

'Osia-a-a-a-n!' sgrechiaf.

Be ddiawl dwi'n dal yn da ma?

Am restr gyflawn o nofelau cyfoes Y Lolfa,
a'n holl lyfrau eraill, mynnwch gopi o'n
Catalog newydd, rhad – neu hwyliwch i
mewn i'n gwefan

www.ylolfa.com

i chwilio ac archebu ar-lein.

TALYBONT CEREDIGION CYMRU SY24 5AP
e-bost ylolfa@ylolfa.com
gwefan www.ylolfa.com
ffôn (01970) 832 304
ffacs 832 782